2ª edição

Tradução de
Ana Ban

RIO DE JANEIRO

2022

CIP-BRASIL. CATALOGAÇÃO NA FONTE
SINDICATO NACIONAL DOS EDITORES DE LIVROS, RJ

Asher, Jay, 1975-
A161f   O futuro de nós dois / Jay Asher & Carolyn Mackler;
2ª ed. tradução de Ana Ban. – 2ª ed. – Rio de Janeiro: Galera
Record, 2022.

Tradução de: The Future of Us
ISBN 978-85-01-09723-1

1. Ficção juvenil americana. I. Mackler, Carolyn II. Ban,
Ana. III. Título.

12-8828.   CDD: 813
                                                        CDU: 821.111(73)-3

Título original em inglês:
The Future of Us

Copyright © 2011 Jay Asher and Carolyn Mackler

Publicado mediante acordo com Razorbill, um selo de Penguin Young
Readers Group, membro de Penguin Group (USA) Inc.

Todos os direitos reservados. Proibida a reprodução, no todo ou em
parte, através de quaisquer meios. Os direitos morais do autor foram
assegurados.

Adaptação de capa original: Igor Campos
Composição de miolo: Abreu's System

Direitos exclusivos de publicação em língua portuguesa somente
para o Brasil adquiridos pela
EDITORA RECORD LTDA.
Rua Argentina 171 – Rio de Janeiro, RJ – 20921-380 – Tel.: (21) 2585-2000
que se reserva a propriedade literária desta tradução.

Impresso no Brasil

ISBN 978-85-01-09723-1

Seja um leitor preferencial Record.
Cadastre-se no site www.record.com.br
e receba informações sobre nossos
lançamentos e nossas promoções.

Atendimento e venda direta ao leitor:
sac@record.com.br.

Carolyn Mackler
para Jonas, Miles e Leif Rideout

Jay Asher
para JoanMarie e Isaiah Asher

Nosso passado, presente e futuro

Em 1996, menos da metade dos alunos das escolas de ensino médio nos Estados Unidos já tinha usado a internet.

O **Facebook** só seria inventado dali a alguns anos.

Emma & Josh estão prestes a entrar no futuro deles.

domingo

1://Emma

NÃO POSSO TERMINAR com Graham hoje, apesar de ter dito a meus amigos que faria isso na próxima vez que a gente se encontrasse. Em vez disso, estou enfiada no quarto, instalando o computador novo, enquanto ele joga *Ultimate Frisbee* no parque do outro lado da rua.

Meu pai me mandou o computador como mais um pedido de desculpas. No verão passado, antes de ele e minha madrasta se mudarem da Pensilvânia central para a Flórida, ele me deu as chaves do antigo Honda e foi embora para começar sua nova vida. Agora, eles tinham acabado de ter o primeiro filho, e eu ganhei um computador com Windows 95 e um monitor colorido.

Estou dando uma olhada em vários protetores de tela quando alguém toca a campainha. Deixo minha mãe atender porque ainda não me decidi entre o labirinto de paredes de tijolos e os encanamentos. Espero que não seja Graham batendo à porta.

— Emma! — grita minha mãe. — Josh está aqui!

Isso, sim, que é uma surpresa. Josh Templeton é meu vizinho, e quando nós éramos pequenos vivíamos correndo de uma casa para a outra. Acampávamos no quintal, e, no sábado de manhã, ele trazia a tigela de cereal dele para assistir aos desenhos animados no sofá. Mesmo depois de iniciarmos o ensino médio, costumávamos passar um tempão juntos. Mas então, em novembro do ano passado, tudo mudou. Ainda almoçamos com o nosso grupinho de amigos, mas ele não esteve na minha casa sequer uma vez nos últimos seis meses.

Escolho o protetor de tela da parede de tijolos e desço. Josh está parado na varanda, batucando na porta com o dedão gasto do tênis. Ele é um ano mais novo que eu, o que significa que está no primeiro ano. Ele tem o mesmo cabelo desgrenhado louro-avermelhado e o sorriso tímido de sempre, mas cresceu mais de doze centímetros neste ano.

Vejo o carro da minha mãe dar a ré na garagem. Ela buzina e acena antes de virar na rua.

— Sua mãe disse que você não saiu do quarto o dia inteiro — diz Josh.

— Estou instalando o computador — respondo, evitando falar de Graham. — É bem legal.

— Se a sua madrasta ficar grávida de novo — continua ele —, você devia convencer seu pai a lhe dar um telefone celular.

— Até parece.

Antes de novembro do ano passado, Josh e eu não estaríamos assim sem jeito, parados à porta. Minha mãe teria dito para ele entrar, e ele teria corrido direto até meu quarto.

— Minha mãe pediu para lhe dar isto — diz, estendendo um CD-ROM. — A America Online dá cem horas grátis, se você se inscrever. Chegou pelo correio nesta semana.

Recentemente, nossa amiga Kellan assinou a AOL. Ela dá um gritinho cada vez que alguém manda uma mensagem instantânea para ela. E passa horas debruçada sobre o teclado, digitando uma conversa com alguém que talvez nem seja da Lake Forest High School.

— Sua família não quer? — pergunto.

Josh balança a cabeça.

— Meus pais não querem internet. Dizem que é perda de tempo, e minha mãe acha que as salas de bate-papo estão cheias de depravados.

Dou uma risada.

— E ela quer que *eu* tenha?

Josh dá de ombros.

— Falei para a sua mãe, e ela disse que tudo bem você se inscrever, desde que ela e Martin também possam ter endereços de e-mail.

Ainda não consigo ouvir o nome de Martin sem revirar os olhos. Minha mãe se casou com ele no verão do ano passado, dizendo que, dessa vez, tinha encontrado seu grande amor. Mas ela também tinha dito a mesma coisa sobre Erik, e ele só durou dois anos.

Pego o CD-ROM, e ele enfia as mãos nos bolsos de trás.

— Ouvi dizer que, às vezes, demora um tempão para baixar — diz ele.

— Minha mãe disse quanto tempo ia demorar para voltar? — pergunto. — Talvez seja um bom momento para ficar com a linha do telefone ocupada.

— Ela disse que vai pegar Martin e eles vão até Pittsburgh para ver umas pias.

Nunca fui próxima do meu último padrasto, mas, pelo menos, Erik não botou a casa abaixo. Em vez disso, convenceu minha mãe a criar periquitos, por isso parte do ensino fundamental foi recheada de passarinhos piando. Martin, no entanto, convenceu minha mãe a dar início a uma reforma enorme, e encheu a casa de poeira de madeira serrada e cheiro de tinta. Há pouco tempo, eles terminaram a cozinha e o carpete, e agora estão cuidando do banheiro do andar de baixo.

— Se você quiser — falo, mais para preencher o silêncio — pode vir aqui experimentar a AOL alguma hora.

Josh afasta o cabelo dos olhos.

— Tyson diz que é demais. Que vai mudar a sua vida.

— Sei. Mas ele também acha que todos os episódios de *Friends* vão mudar a vida da gente.

Josh sorri e se vira para ir embora. A cabeça dele quase bate nos sinos de vento que Martin pendurou na varanda da frente. Não dá para acreditar que Josh agora está com quase um metro e oitenta de altura. Às vezes, de longe, mal o reconheço.

* * *

Coloco o CD-ROM no computador e ouço quando ele gira lá dentro. Vou clicando nas telas de apresentação e, depois, aperto o *Enter* para começar a baixar. A barra de status azul na tela diz que o download vai demorar noventa e sete minutos. Dou uma olhada ansiosa pela janela, para uma tarde perfeita de maio. Depois de um inverno com muitas tempestades de neve, seguido por uma primavera com muita chuva, o verão, finalmente, está chegando.

Tenho uma prova da equipe de corrida amanhã, mas faz três dias que não treino. Sei que é uma idiotice me preocupar em cruzar com Graham. O parque Wagner é enorme. Ele se estende dos limites do centro da cidade até o loteamento mais recente. Graham podia estar jogando *Frisbee* em qualquer lugar. Mas, se nos encontrarmos, vai colocar o braço ao redor do meu ombro e me levar para algum lugar para a gente ficar se beijando. No baile de formatura do fim de semana passado, ele não me largou. Nem consegui dançar Macarena com Kellan, Ruby e meus outros amigos.

Penso em interromper o download para ligar para a casa de Graham e ver se ele já chegou. Se ele atender, desligo. Mas Kellan me falou de um serviço novo no qual alguns telefones mostram o número de quem está ligando. Não; vou agir como adulta em relação a isso. Não posso ficar enfiada no quarto para sempre. Se avistar Graham no parque, só vou acenar e gritar que preciso continuar correndo.

Visto short e top e prendo meu cabelo cacheado com um fru-fru. Ajeito o Discman no braço com o fecho de

Velcro e saio para o gramado da frente de casa, parando para me alongar. Então a porta da garagem de Josh se abre, e, um instante depois, ele sai andando de skate.

Quando me vê, para na frente da casa dele.

— Você começou o download?

— Comecei, mas vai demorar uma eternidade. Aonde você está indo?

— Para o SkateRats — responde. — Preciso de rodas novas.

— Divirta-se então — digo, e ele toma um impulso na direção da rua.

Houve um tempo em que Josh e eu teríamos conversado mais; no entanto, as coisas não são mais assim. Vou correndo até a calçada e viro à esquerda. Ao chegar ao fim do quarteirão, atravesso e vou dar na trilha pavimentada que leva ao parque. Aperto o Play no Discman. Kellan fez um CD de corrida para mim — começa com Alanis Morissette, depois vem Pearl Jam, e, no fim, Dave Matthews.

Concentro-me e faço a volta de cinco quilômetros, aliviada por não ver nenhum jogo de Frisbee. Quando estou chegando perto da minha rua mais uma vez, a guitarra da abertura de "Crash into Me" começa a tocar.

Lost for you, vou cantando as palavras. *I'm so lost for you.* A letra sempre me faz pensar em Cody Grainger. Ele está na equipe de corrida comigo. É aluno do último ano e um corredor incrível, classificado entre os vinte melhores do estado. Na primavera passada, quando estava voltando para casa, depois de uma prova de corrida, ele se sentou a meu lado no ônibus e me contou sobre os olheiros das faculdades que estavam entrando em contato com ele. Depois, quando não consegui segurar um bocejo, ele me deixou colocar a cabeça no ombro dele. Fechei os olhos e fingi que dormia, mas fiquei pensando: *apesar de eu não acreditar em grandes amores, posso reconsiderar por causa de Cody.*

Kellan diz que estou me iludindo com ele, mas olha só quem fala. Quando ficou com Tyson no verão passado, parecia até que aquela garota tinha inventado o amor. Ela tem um QI de gênio e escreve editoriais intensos para o jornal da escola, mas só sabia falar de Tyson isso e Tyson aquilo. Quando ele terminou com ela depois das férias de inverno, ela ficou tão mal que perdeu duas semanas de aula.

Apesar de eu ser a fim de Cody, preciso viver minha vida. Nos últimos dois meses, estou saindo com Graham Wilde. Nós estamos juntos em uma banda. Ele toca bateria, e eu, saxofone. Ele é gostoso, com cabelo loiro que bate no ombro, mas o grude dele no baile de formatura foi uma chatice. Vou terminar com ele logo, com certeza. Ou, talvez, acabe deixando o verão dar um fim nas coisas.

* * *

A barra de status continua avançando bem devagar.

Tomo um banho e, então, me acomodo na poltrona redonda para dar uma lida nas anotações para a prova final de biologia. Neste ano, só tirei 10 em biologia, e, com certeza essa é a matéria em que sou melhor. Kellan está tentando me convencer a me inscrever junto com ela em um curso de biologia na faculdade no próximo semestre, mas não acho que vá rolar. Quero que meu último ano de escola seja tranquilo.

Quando o download termina, fecho o livro e reinicio o computador. Quando disco para a AOL, o modem estala e apita. Depois de me conectar, checo para ver se *EmmaNelson@aol.com* está disponível, mas alguém já pegou esse endereço de e-mail. Então vai ter que ser *EmmaMarieNelson*. Finalmente, me decido por *EmmaNelson4Ever*. Para a senha, considero algumas opções antes de digitar "Millicent". No verão passado, quando Kellan e Tyson não se largavam, Josh e eu tirávamos sarro deles, fingindo que éramos um casal de meia-idade apaixonado — Millicent e Clarence —, que devorava comida semipronta de caixinha da Hamburger Helper e andava pela cidade em um caminhãozinho de sorvete todo batido. Kellan e Tyson nunca acharam engraçado, mas Josh e eu morríamos de rir com aquilo.

Dou um clique em Enter e a mesma tela da AOL que eu tinha visto no computador de Kellan aparece no meu agora.

— *Bem-vindo!* — diz a voz eletrônica, toda alegre.

Estou prestes a escrever meu primeiro e-mail para Kellan quando uma luz forte pisca na tela. Uma caixinha branca com borda azul aparece e pede para eu escrever de novo o meu e-mail e a senha.

"EmmaNelson4Ever@aol.com", digito. "Millicent."

O monitor congela por uns vinte segundos. Então, a caixa branca se transforma em um pontinho azul e outra página aparece. Tem uma faixa azul na parte de cima que diz "Facebook". Uma coluna no centro da tela tem o título de "Feed de notícias" e, embaixo disso, um monte de fotinhos de gente que não reconheço. Cada foto é seguida de uma frase curta.

Jason Holt

Adorando NY. Já comi dois cupcakes da Magnolia!!

Há 3 horas • Curtir • Comentar

> **Kerry Dean** E nem dividiu comigo? Quero cobertura de chocolate e granulado.
>
> Há 2 horas • Curtir

Mandy Reese

Acabei de passar pelo meio de uma teia de aranha e nem tive um chilique. Viva!

Há 17 horas • Curtir • Comentar

Passo o mouse pela tela, confusa com a profusão de imagens e palavras. Não faço a menor ideia do que tudo isso quer dizer: "Status" e "Solicitação de Amizade" e "Cutucar".

Depois, bem embaixo da faixa azul, vejo uma coisa que me dá calafrios. Do lado de uma mulher sentada em uma praia, diz: "Emma Nelson Jones." A mulher tem mais de trinta anos, cabelo castanho encaracolado e olhos castanhos. Meu estômago se revira, porque a mulher parece conhecida.

Conhecida *demais*.

Quando passo o mouse pelo nome dela, a setinha branca se transforma em uma mão. Dou um clique e outra página carrega devagar. Desta vez, a foto dela está maior e tem muito mais informação, tanta que nem sei por onde começar a ler. Na coluna do meio, do lado de uma versão menor da mesma foto, vejo:

Emma Nelson Jones
Pensando em fazer luzes.
Há 4 horas • Curtir • Comentar

Aqui diz que Emma Nelson Jones estudou na Lake Forest High School. Ela é casada com alguém chamado Jordan Jones Jr. e nasceu no dia 24 de julho. Não encontro o ano, mas dia 24 de julho é o dia do *meu* aniversário.

Afundo a testa nas mãos e tento respirar fundo. Pela janela aberta, ouço Josh chegando em casa de skate, com as rodas pulando nas linhas da calçada. Corro escada abaixo, saindo de supetão pela porta de entrada, e preciso apertar os olhos por causa do sol forte.

— Josh? — chamo.

Ele entra na garagem da casa dele e pisa na ponta do skate para fazê-lo pular até sua mão.

Agarro a grade da varanda da minha casa para me equilibrar.

— Aconteceu uma coisa depois que fiz o download da AOL.

Josh fica olhando para mim sem entender nada, e o sino de vento toca em meio ao silêncio.

— Você pode subir um segundo? — pergunto.

Ele abaixa os olhos para a grama, mas não diz nada.

— Por favor — peço.

Com o skate na mão, Josh me segue para dentro de casa.

2://Josh

SIGO EMMA ESCADA ACIMA e vou contando nos dedos os meses, de novembro a maio. Faz seis meses que não entro na casa dela. Antes disso, era como se aqui fosse minha segunda casa. Mas, depois que fomos todos juntos à estreia de *Toy Story*, entendi mal as coisas e achei que ela queria mais do que amizade.

Ela não queria.

Quando chegamos ao quarto dela, Emma faz um gesto para o computador.

— Aqui está.

O monitor mostra um protetor de tela que faz parecer que você está andando em um labirinto de paredes de tijolo.

— Legal — comento, apoiando o skate na cômoda.

— Mal dá para ouvi-lo funcionando.

O quarto dela está do mesmo jeito que antes, a não ser por um vaso de rosas brancas murchas na cômoda. Várias lanternas de papel vermelho estão penduradas no teto. Dois quadros de cortiça perto da cama estão cheios de fotos e canhotos de entradas de cinema e de bailes da escola.

Emma balança a cabeça.

— Desculpe — diz ela, dando uma risada baixinha. — Isso é uma idiotice.

— O que é uma idiotice? — Tiro o cabelo suado de cima dos olhos. Depois de pegar as rodas novas, encontrei Tyson no estacionamento da igreja batista para andar de skate. Entre o culto da manhã e o da noite, o estacionamento fica vazio, e ali tem umas rampas de arrasar no asfalto.

Emma fica em pé ao lado da cadeira da escrivaninha e a vira para mim.

— Certo, preciso do seu humor um segundo.

Eu me sento, e Emma vai me girando a cadeira até eu ficar de frente para o monitor.

— Mexa no mouse — diz ela — e fale o que você vê.

Eu não sei bem se é o fato de estar de volta ao quarto dela ou a maneira estranha como ela está agindo, mas essa situação toda está me deixando sem jeito.

— Por favor — pede, e então vai até a janela.

Eu balanço o mouse dela. A parede de tijolos congela e depois desaparece. E o que vejo em seguida é um site com palavras e fotos bem pequenininhas espalhadas por todos os lados, como um caleidoscópio. Não faço a menor ideia do que ela quer que eu veja.

— Esta mulher se parece com você — observo. — Que legal! — Dou uma olhada em Emma, mas ela está com o olhar fixo do lado de fora. A janela dela dá para o gramado da frente, assim como a janela do meu banheiro, no andar de cima. — Ela não é *exatamente* parecida com você. Mas, se você fosse mais velha, seria.

— O que mais você está vendo? — pergunta ela.

— Ela tem seu nome, só que com Jones no fim.

O site diz "Facebook" no alto. É desorganizado, com imagens e coisas escritas por todos os lados.

— Não foi você quem fez isso, foi? — pergunto. Estou fazendo Processamento de Texto neste ano, que mostra como criar, alterar e salvar arquivos no computador. Emma está um ano à minha frente, em Processamento de Texto II.

Ela se vira para mim com as sobrancelhas erguidas.

— Não que você não fosse *capaz* — completo.

Parece que Emma fez este site como projeto de aula e criou um futuro de fantasia para ela mesma. Ela diz que Emma Nelson Jones estudou na nossa escola, agora mora na Flórida e se casou com um sujeito chamado Jordan Jones Jr. O nome do marido dela parece falso, mas, pelo menos, ela não escolheu o nome de Emma Nelson Grainger, por causa daquele cara da equipe de corrida. Nem Emma Nelson Wilde, por causa do atual namoradinho. E por falar em Graham, ela não tinha dito que ia terminar com ele?

Emma se senta na beirada da cama, com as mãos pressionadas entre as coxas.

— O que você acha?

— Não sei bem dizer qual era a sua intenção — respondo.

— Do que você está falando?

— Para quando é? — pergunto.

— Para quando é o *quê*?

Emma vem para o meu lado e fica olhando a tela, batendo dois dedos nos lábios. Com o cabelo molhado dela pingando na camiseta, as estrelinhas de arco-íris do sutiã começam a aparecer. Tento não olhar.

— Josh, seja sincero — diz ela. — Como você fez isso?

— *Eu*?

— Foi você quem me disse para fazer o download daquele CD-ROM — responde Emma. Ela abaixa a mão e aperta o Eject no drive do computador. — Você disse que era da AOL.

— E era! — Aponto para a tela. — Você acha que *eu* sei fazer isso?

— Você tem um monte de fotos minhas. Talvez tenha escaneado uma na escola e...

— E mudei para você parecer mais velha? Como poderia fazer uma coisa dessas?

Minhas mãos começam a suar. Se Emma não fez isso, então...

Esfrego as palmas das mãos nos joelhos. Um lado do meu cérebro sugere que este pode ser um site do futuro. O outro lado dá bronca no primeiro por ser tão idiota.

Na tela, Emma Nelson Jones, com ruguinhas leves nos cantos dos olhos, sorri.

Emma faz um gesto na direção do monitor.

— Você acha que pode ser um vírus?

— Ou uma piada — completo.

Tiro o CD-ROM do computador e examino. Talvez alguém na escola soubesse que Emma ia ganhar um computador novo, por isso criou este disco de aparência realista e... colocou na *minha* caixa de correio?

Na tela, há uma série de frase curtas que correm pelo centro da página. Foram escritas por Emma Nelson Jones, com respostas de outras pessoas.

Emma Nelson Jones

Pensando em fazer luzes.

Há 4 horas • Curtir • Comentar

> **Mark Elliot** Não mude nada, E!
>
> Há 57 minutos • Curtir
>
> **Sondra McAdams** Vamos fazer juntas!! :)
>
> Há 43 minutos • Curtir

— Se for piada, não entendi — confessa Emma. — Qual é o significado disso?

— Obviamente, querem que pareça que é do futuro. — Dou risada. — Talvez esta página signifique que você é famosa.

Emma começa a gargalhar.

— Certo. Como é que eu ficaria famosa? Com o saxofone? A corrida? Ou acha que vou ser uma patinadora famosa?

Entro na onda.

— Talvez patinação se torne esporte olímpico no futuro.

Emma solta um gritinho e bate palmas.

— Talvez Cody se qualifique na corrida e nós vamos para a Olimpíada *juntos*!

Detesto esse jeito que ela acha para enfiar Cody Grainger em qualquer conversa.

Ela aponta para algo no fim da página.

— O que é isso?

Emma Nelson Jones

Alguém quer adivinhar onde meu maridinho passou o último fim de semana inteiro?

Há 20 horas • Curtir • Comentar

Embaixo desse texto, quase totalmente escondida pela parte de baixo da tela, tem uma foto. A parte de cima da imagem parece ser de água do mar. Passo o mouse por cima dela.

— Será que devo clicar para ver se...?

— Não! — responde Emma. — E se for um vírus e quanto mais a gente abrir, pior ficar? Não quero estragar o computador novo.

Ela pega o CD-ROM de mim e coloca na gaveta de cima da escrivaninha.

Viro a cadeira para ficar de frente para ela.

— Vamos lá, mesmo que seja uma pegadinha, você não quer ver com quem dizem que você vai se casar?

Emma pensa a respeito do assunto por um segundo.

— Tudo bem — responde.

Clico na foto e uma tela nova aparece. Observamos enquanto um quadrado grande no meio vai se preenchendo devagar, de cima para baixo. Primeiro, ondas em um mar agitado. Logo após, o rosto de um homem. Ele usa óculos de sol pretos. Depois, vemos os dedos dele, agarrando o nariz em forma de espada de um peixe. Quando a foto termina de carregar, vemos que o homem está na proa de um barco de pesca.

— Que peixe enorme! — exclamo. — Onde será que ele está? Acho que deve ser na Flórida.

— Ele é gostoso! — diz Emma. — Para um cara mais velho. Onde será que arrumaram esta foto?

Nós nos assustamos com uma batida na porta do quarto, seguida pela entrada da mãe de Emma.

— Então, está gostando do computador novo? — pergunta ela. — Vocês dois estão navegando na internet com todas aquelas horas grátis?

Emma desliza um pouco na frente do monitor.

— Estamos fazendo uma pesquisa sobre peixes-espada.

— E futuros maridos — acrescento, recebendo em troca um beliscão dolorido no braço.

— Será que vocês podem trabalhar nisso mais tarde? — pergunta a mãe dela. — Marty precisa ligar para um cliente antes do jantar e não pode fazer isso enquanto você está nessa internet.

— Mas não terminei — diz Emma. — Não sei se consigo voltar a este site.

Ela tem razão. E se não conseguirmos voltar aqui? Mesmo que seja piada, ainda tem muito mais coisa para conferir. Emma precisa dizer algo convincente para nós podermos ficar online.

— Só tem *uma* linha de telefone — responde a mãe dela. — Anote o nome do site em um pedaço de papel e volte mais tarde. Se esta coisa de internet vai ser um problema...

— Não vai — interrompe Emma. Ela pega o mouse, solta a respiração devagar e sai da AOL.

A voz eletrônica dá um "*Até logo!*" todo animadinho.

— Obrigada — diz a mãe de Emma. Então inclina a cabeça para mim. — Que bom que você está aqui de novo, Josh. Quer ficar para o jantar?

Eu me levanto e pego o skate, evitando os olhos de Emma.

— Não posso. Tenho muita lição de casa, e meus pais... — Minha voz vai sumindo, e sinto as bochechas corarem.

Nós três descemos a escada. A mãe de Emma se junta a Martin no banheiro, onde ele está ajeitando sacolas plásticas da loja de material de construção Home Depot. Emma abre a porta para eu sair e chega bem perto de mim.

— Vou tentar entrar de novo na internet mais tarde — sussurra.

— Certo — respondo, com os olhos fixos no skate. — Ligue, se precisar de alguma coisa.

3://Emma

A ÚNICA COISA em que consigo pensar durante o jantar é Emma Nelson Jones.

— Mal dá para perceber que é queijo com baixo teor de gordura — diz mamãe toda melosa para Martin, enquanto mordisca um pedaço de pizza. — E pera em vez de calabresa? Delicioso.

— Concordo — responde Martin.

Estamos comendo em bandejas na frente da TV, enquanto assistimos a *Seinfeld*. Todas as quintas-feiras, eles gravam o programa no videocassete e nós assistimos no domingo à noite. Pego mais um pedaço de pizza e jogo no meu prato.

— Tome cuidado com isso — recorda Martin.

— Por causa do carpete novo — completa minha mãe.

O programa entra nos comerciais. Em vez de avançar a fita, Martin chega mais perto da minha mãe e acaricia o braço dela. Não consigo aguentar isso. Equilibro o prato na mão, pego meu copo de leite e vou para o quarto.

Eu me sento de pernas cruzadas na cama, comendo a pizza, enquanto fico observando o protetor de tela de parede de tijolos no computador. Talvez aquilo não seja uma pegadinha nem um vírus. Talvez exista realmente uma mulher com trinta e tantos anos, que se chama Emma Nelson Jones. Ela estudou em Lake Forest High anos atrás e, por acaso, faz aniversário no mesmo dia que eu. Mas, mesmo que todas essas coincidências sejam verdade, por que ela foi aparecer no meu computador?

Pego o telefone e ligo para Josh. Conheço o número dele tão bem que nem preciso olhar na lista do quadro de cortiça. Mas, em seguida, coloco o telefone de volta no gancho. Josh não quer que eu o envolva nessa história. Ele saiu correndo do meu quarto assim que teve oportunidade.

Tento ligar para Kellan, mas a linha está ocupada e não consigo me decidir a ligar para meu pai. Quando ele e Cynthia moravam em Lake Forest, nós nos víamos o tempo todo. Íamos correr juntos, e, quando ele tocava sax com a banda de jazz dele, eu sempre subia no palco e participava de uma música. Mas, agora, sempre que ligo, parece que estou me intrometendo no tempo deles com o bebê novo. Desde que ele se mudou, só fui visitá-lo duas vezes — durante uma semana no Natal e por quatro dias na semana de folga da primavera.

Termino a pizza e vou para o banheiro. Como o banheiro do andar de baixo está interditado, preciso passar pelo meio do quarto da minha mãe e de Martin sempre que preciso fazer xixi. Quando olho no espelho, penso em Emma Nelson e nas luzes dela.

Sempre gostei da cor do meu cabelo, principalmente no verão, quando passo o clareador em spray Sun-In, e fico tomando sol no quintal dos fundos. Mas, talvez, um dia eu também pense em fazer luzes.

Talvez eu já até esteja pensando.

Corro para o computador e mexo no mouse. Quando disco para a AOL, só aparece a página inicial normal. Então olho na lista dos "Favoritos", onde sei que Kellan guarda os links de todas as páginas de que ela gosta.

E lá está. Facebook. Quando clico na palavra, aparece aquela caixa pedindo meu e-mail e a senha, que digito logo.

Joy Renault
Assistindo a *Harmony Alley Carjackers* pela primeira vez desde a faculdade. Oba!!!
Há 17 horas • Curtir • Comentar

Gordon Anderson
Eu me sinto meio besta, pedindo suco de maçã depois de adulto, como se devesse pronunciar feito criança.
Há 4 horas • Curtir • Comentar
>**Doug Fleiss** Isso sempre me lembra bafo de bebê.
>Há 2 horas • Curtir

No canto do alto, perto de onde diz "Emma Nelson Jones", tem uma foto diferente da que estava lá da última vez. Quando clico no nome dela, aparece uma página com uma versão maior da mesma foto. Ela parece muito chique com um chapéu de aba larga e óculos de sol.

Embaixo da foto, clico em um menu escrito "Sobre".

Ensino médio Lake Forest High School, turma de 1997

Mil novecentos e noventa e sete? Esse é o ano em que *eu* vou me formar. Isso é no ano que vem!

Faço um esforço para desviar os olhos da turma da formatura que ainda não aconteceu e desço a página. Emma Nelson Jones criou uma lista com seus filmes, músicas e livros preferidos.

Filmes Beleza americana, Titanic, Toy Story 3

Nunca ouvi falar dos primeiros dois filmes e fico feliz de saber que *Toy Story* parece ter duas sequências, mas é a seção de livros que realmente chama minha atenção.

Livros A fonte secreta, Harry Potter, A resposta

Não sei o que é *Harry Potter* nem *A resposta*, mas Josh me deu *A fonte secreta* quando fiz 11 anos. Ainda me lembro de ler a cena em que Tuck rema num lago com Winnie. O barco fica encalhado em um emaranhado de raízes, e Tuck explica que a água que passa é como o tempo correndo sem eles. Ler essas palavras fez com que eu me sentisse profunda e filosófica.

Clico de volta para a página em que Emma Nelson Jones falava sobre querer fazer luzes no cabelo, mas agora não consigo encontrar nada sobre isso. Ainda diz que ela está Casada com Jordan Jones Jr., mas não tem mais a foto dele com o peixe.

Isso é estranho. Como é que tudo o que eu vi antes mudou assim?

Emma Nelson Jones

Quinta-feira, 19 de maio, é um dia que vai entrar para a história. Mas será que vai ser pelo lado bom ou pelo lado ruim? Vou pensar sobre a questão, enquanto preparo o jantar.

Há 2 horas • Curtir • Comentar

Hoje é dia 19 de maio! Então, isso significa que tudo está acontecendo agora mesmo. Mas hoje não é quinta-feira. É *domingo*.

Três pessoas responderam a Emma, perguntando o que ela está preparando. É bem estranho, mas ela respondeu com uma das minhas comidas preferidas.

Emma Nelson Jones Macarrão com molho de queijo. Estou precisando muito comer algo que me faça sentir melhor.

Há 1 hora • Curtir

Mais algumas pessoas escreveram, dizendo o quanto gostam desse tipo de comida. Então, no fim da página, Emma escreveu algo há apenas doze minutos. Quando leio, meus braços ficam todos arrepiados.

4://Josh

MEUS PAIS CHEGARAM EM CASA tarde, então vai ser noite de ovo mexido com salsicha na casa dos Templeton. Em qualquer outra noite, estaria adorando, mas hoje estou um pouco distraído. Tentei ligar para Emma, antes de nos sentarmos para comer, mas a linha dela estava ocupada.

— Você está muito quieto — observa meu pai. Ele vira a frigideira na direção do meu prato e serve mais lascas de salsicha.

O telefone toca. Quando meu pai vai atender, fico mexendo nos ovos com o garfo. O site no computador de Emma não faz o menor sentido. Tem que ser uma pegadinha, mas, se for, eu não entendi. Se eu fosse inventar um futuro falso para alguém, colocaria umas coisas fantásticas, como ganhar na loteria ou morar em um castelo na Escócia. Por que ter tanto trabalho para falar de tintura de cabelo e pescaria?

Papai volta para a mesa e comenta:

— Era Emma. Eu disse a ela que você ligava depois do jantar.

— Como está Emma? — pergunta minha mãe. — Ela quis o CD da America Online?

— CD-ROM — corrijo, enfiando um pouco de salsicha na boca para evitar o resto da pergunta dela.

— Sheila vai deixar que ela use a AOL? — insiste mamãe.

Faço que sim com a cabeça e espeto mais uma salsicha com o garfo. Por que Emma ligou? Ela sabe que meus pais detestam receber telefonemas na hora do jantar. Será que achou algo errado para provar que o site é uma pegadinha? Ou talvez ela tenha descoberto quem fez!

— As coisas mudam tão rápido, quando se é adolescente — observa meu pai, usando uma colher para colocar molho nos ovos. — Você e Emma costumavam ser tão próximos. No verão do ano passado, sua mãe e eu começamos a nos preocupar, achando que você precisava andar com outras pessoas também.

— Eu ando com Tyson — digo.

— Com outras meninas — completa meu pai.

— Pelo menos, nós conhecemos Emma — diz minha mãe. E olha para o meu pai, dando uma risada. — Você se lembra de como David sempre ia à casa daquela tal de Jessica depois da escola, mas eles nunca vinham aqui? Por fim, insistimos para eles estudarem aqui, e veja só *o que* aconteceu.

— No dia seguinte — diz meu pai —, ele terminou com ela.

David é meu irmão mais velho. Meus pais achavam que ele ia fazer faculdade na Universidade Estadual Hemlock, onde os dois são professores de sociologia. Em vez disso, ele se mudou para Seattle para estudar, a mais de três mil quilômetros daqui. Sinceramente, fico me perguntando se ele não escolheu estudar na Universidade Estadual de Washington para impedir que minha mãe e meu pai se metessem tanto na vida dele. Ele até fica lá nas férias de verão para fazer estágios. E eu tive que pegar um avião e ir para lá na semana de folga de primavera para passar um tempo com ele.

O telefone toca de novo. Meu pai olha para o relógio e balança a cabeça, mas o telefone não toca a segunda vez.

— Acho que terminei — digo. Limpo as mãos no guardanapo, jogando-o todo amassado em cima do prato.

— Tem certeza? — pergunta minha mãe. Ainda tem um monte de comida.

— Estou com um pouco de dor de estômago — digo.

E nem é uma mentira completa. Estou me sentindo enjoado porque acho que Emma está tentando falar comigo. Levo o prato para a cozinha e coloco na pia, então volto até o corredor. O telefone fica perto da escada. Pego o fone, disco o número de Emma e estico o fio o máximo possível para que meus pais não me ouçam. Antes de o primeiro toque terminar, Emma atende.

— Josh? — pergunta, sem fôlego.

— Qual é o problema? Foi você quem ligou agora há...

— Nem sei por onde começar — diz ela, com voz contida. — Entrei naquele site de novo, mas...

— Continuava lá? Como você achou? — Não consigo segurar a animação.

— Você pode vir aqui? — pergunta ela. Parece que andou chorando. — Minha mãe e Martin acabaram de sair para dar uma caminhada, então você pode usar a chave de emergência para entrar.

— Você pode me dizer, primeiro, o que está acontecendo?

— Acho que o site pode ser de verdade — diz Emma. — E não estou feliz.

— Dá para ver. Mas por quê?

— Não — responde ela. — Estou falando do futuro. Eu *nunca* vou ser feliz.

5://Emma

— OI — DIZ JOSH, abrindo a porta do meu quarto.

Levanto os olhos da cama. Ele está parado na entrada do quarto, segurando a chave extra que nós deixamos embaixo de uma pedra, perto da garagem. Tem um chaveiro de Scooby-Doo que acende quando você aperta o nariz.

— Desculpe ter demorado tanto. Meus pais me obrigaram a colocar a louça na máquina. — Josh enfia as mãos nos bolsos. — Então, o que está rolando? Achou alguma coisa ruim?

Tenho medo de começar a chorar de novo, se abrir a boca. Do jeito que as coisas estão, Josh já parece bem pouco à vontade por estar aqui. Isso é meio triste, porque nós sempre estávamos prontos a apoiar um ao outro. Ele deu tantos passeios de bicicleta comigo, quando meus pais estavam se separando... Isso foi quando eu estava no quinto ano. Quando Josh quebrou a perna andando de skate, fiquei com ele no quintal dos fundos da casa dele, apesar de todo mundo que conhecíamos estar nadando no lago Crown. Josh se sentou ao meu lado no casamento da minha mãe, em setembro do ano passado, e ficava dando beliscões no meu braço toda vez que eu não conseguia me segurar e soltava risadinhas inapropriadas.

E aqui está ele mais uma vez, só que parece que as coisas nunca mais vão ser tão fáceis como já foram entre nós.

— Consegui voltar àquele site — digo, enxugando os olhos. — Só que estava diferente.

Pego Josh olhando para as rosas murchas na minha cômoda. Graham me deu as flores antes do baile de formatura, quando estávamos tirando fotos no quintal da minha casa. Faço uma anotação mental para jogar fora, assim que Josh for embora.

— Continua dizendo que Emma Nelson Jones estudou na Lake Forest High School — falo. — E ainda diz "Facebook" no alto. Você pode clicar em qualquer lugar que isso continua escrito lá.

— Você acha que Facebook é o nome da empresa dela? — pergunta Josh.

— Talvez. — Mas isso não importa. O que importa é o que o site diz sobre ela. Só de pensar, meu peito dói.

— Emma, você ainda não sabe o que é esta coisa, nem se é de verdade mesmo — observa Josh. — Alguém provavelmente só está sacaneando com...

— Não, não está! — Eu me sento ereta e coloco a mão no colar que repousa sobre o pescoço. — Emma Nelson *Jones* estava usando *este* colar na foto dela.

Josh olha para a corrente de ouro que sempre uso, com o pendente delicado em forma de E pendurado.

— O nome da mulher é *Emma* — diz. — Que outra letra ela iria colocar no colar?

— E ela disse que é quinta-feira, dia 19 de maio.

A testa de Josh se enruga. Ele está confuso.

— Hoje é *domingo*, 19 de maio — emendo. — Isso significa que ela está escrevendo tudo isso de outro ano, em que 19 de maio é uma quinta-feira.

Josh balança a cabeça.

— Se alguém quisesse fazer uma pegadinha com você, não ia pensar em tudo isso.

— Mas *tudo* estava diferente! Quando olhei agora há pouco, tinha uma foto novinha de Emma. E eram outras pessoas dizendo coisas a ela. Você acha que tudo isso podia mudar com um CD-ROM corrompido? Você não está entendendo? Esta coisa... Facebook, ou sei lá como se chama... é do futuro.

Josh coloca o chaveiro na escrivaninha e se senta. Quando ele mexe no mouse, a parede de tijolos desaparece e tudo está bem onde deixei, com Emma Nelson Jones escrevendo sobre macarrão com molho de queijo.

— Por que diz aqui que ela tem trezentos e vinte amigos? — pergunta Josh. — Quem tem tantos amigos assim?

— Vá para a parte de baixo da página — digo, enquanto espio por cima do ombro dele.

Emma Nelson Jones Sabem por que preciso comer algo que me faça sentir melhor? Faz três noites que JJJ não volta para casa. A viagem dele era para ser só de um dia. Perdi as esperanças.

Há 12 minutos • Curtir

Josh ergue os olhos para mim.

— Quem é JJJ?

— Meu marido. Jordan Jones Júnior. O cara do peixe. Eu não digo por que ele não voltou para casa, mas obviamente estou desconfiada. Quando vi isso, comecei a passar mal.

Josh esfrega a testa com a ponta dos dedos.

— Talvez ele tenha feito outra viagem para pescar.

— Continue lendo — insisto e passo a mão por cima de Josh para alcançar o mouse.

Emma Nelson Jones

Estou desempregada há seis meses. Dizem que é a economia, mas estou começando a acreditar que sou eu. Trinta e um anos é cedo demais para ser um fracasso na carreira.

Terça às 9:21 • Curtir • Comentar

— Trinta e um — diz Josh. — Então, isso deve ser daqui a quinze anos.

Aponto para a frase seguinte.

Emma Nelson Jones

Nem tenho dinheiro para um terapeuta decente.

Segunda às 20:37 • Curtir • Comentar

Josh se vira para mim.

— Não acredito que ela está escrevendo essas coisas.

— Não é *ela* — digo. — Sou *eu*.

— Por que alguém iria dizer essas coisas sobre si mesmo na internet? É loucura!

— Exatamente — concordo. — Daqui a quinze anos, eu vou ter uma doença mental, e é *por isso* que meu marido não quer ficar comigo.

Josh se recosta na cadeira e cruza os braços em cima do peito. Quando ele faz isso, fica parecido com o irmão. Eu não vejo David desde o ano passado, mas sempre era bom tê-lo por perto. Os meninos queriam que ele fosse o irmão mais velho deles, e as meninas eram apaixonadas por ele.

— Olhe, Emma. Eu acho... — começa Josh, fazendo uma pausa em seguida.

— Diga logo.

Josh aponta para a tela.

— Nós não sabemos com certeza quem é Emma Nelson Jones, nem o que é isso que estamos vendo. Mas, mesmo que seja real, você está lendo coisa demais nas entrelinhas.

A porta da frente se fecha. Josh e eu nos afastamos do computador de um pulo.

— Emma? — chama minha mãe. — Marty diz que trancou a porta quando saímos, mas...

— Está tudo bem — grito. — Josh está aqui, mais nada.

— Você está pronta para nos ajudar a criar as contas de e-mail? — pergunta ela.

— Pode nos dar mais um minuto? Josh está me ajudando a achar uma coisa... para a escola.

— Tudo bem — diz mamãe.

Ouço passos subindo a escada.

— Mas você precisa terminar logo. Amanhã tem aula.

Ela não pode ver isso. Estico a mão e clico no X do canto direito, no alto da tela. A voz alegre diz: "Até logo!"

Minha mãe passa e acena a caminho do quarto dela.

Josh pega o chaveiro de Scooby-Doo. Ele para à porta e olha para mim.

— O que foi? — pergunto.

— Acho que você não deve olhar esta coisa sozinha — responde. — Ou é uma pegadinha de mau gosto ou...

Sinto as lágrimas vindo mais uma vez.

— Vamos combinar de só olhar isso juntos — diz ele.

— Então, você vai voltar? Você não se importa?

Josh fica olhando para o chaveiro que está segurando e aperta o nariz do Scooby para ligar e desligar.

— Não, tudo bem.

— Que tal amanhã? Depois da corrida.

— Está bem — concorda. — Talvez Tyson e eu possamos até dar uma passada na corrida.

Sorrio pela primeira vez naquela noite. No ano passado, Josh sempre ia a todas as minhas competições locais só para acenar e torcer por mim. Isso me dá vontade de ser sincera e de contar para ele o que mais vi no site, antes de ele chegar. Mas não consigo dizer nada. Olho para o carpete branco novo. O que eu vi faria com que as coisas ficassem ainda mais sem jeito entre nós. E, pelo menos nesta noite, quero sentir que as coisas podem voltar a ser normais.

— O que foi? — pergunta Josh.

Vou ter que contar para ele uma hora.

— Amanhã — digo — precisamos ver se você também tem uma página dessas.

segunda-feira

6://Josh

QUANDO APERTO O TUBO da pasta de dente, ouço a porta do carro de Emma bater e o motor ligar. Hoje de manhã, ao acordar, pensei em pegar uma carona para podermos conversar, mas é melhor ainda manter certa distância. A rejeição sempre dói, mas ser rejeitado pela minha melhor amiga foi a pior coisa que podia ter acontecido.

Emma desliga o motor do carro. Olho pela janela. Ela está voltando para dentro de casa. Como a janela do quarto dela fica de frente para o banheiro no andar de cima, vejo quando ela tira o estojo do saxofone do armário. Quando eu era mais novo, escrevia recados com pincel atômico e segurava nesta janela para Emma ler com o binóculo cor-de-rosa dela. Eu ainda tenho uma lata com pincéis atômicos na mesa, mas tenho certeza de que ela vendeu o binóculo em uma das feirinhas de garagem que a família dela sempre organiza.

Enxáguo a boca e cuspo, enquanto ouço Emma ligar o carro de novo. Segundos depois, ela desliga. Desta vez, bate a porta do carro. Eu me sinto mal por ela, mas não posso deixar de dar risada. Ela está convencida de que o que nós vimos no computador é a vida dela daqui a quinze anos. Por mais que eu quisesse acreditar que algo assim é possível, um de nós precisa ser cético.

Fecho a torneira e olho para fora. Agora o porta-malas está aberto e Emma está jogando os tênis prateados de corrida por cima do estojo do saxofone. Ela bate a tampa do porta-malas com força, que volta a se abrir assim que ela se afasta.

* * *

Bato na janela do passageiro do carro de Emma.

— Posso pegar uma carona?

Ela estende a mão e destranca a porta. Abaixo a cabeça para entrar, algo que não precisava fazer quando Emma tirou a carteira de motorista. Coloco meu skate entre os joelhos e ponho o cinto de segurança.

Emma dá marcha a ré.

— Obrigada por ter ido lá em casa.

— A noite foi difícil?

Emma assente.

— Não estou a fim de encarar certas pessoas hoje.

Fico imaginando se ela está falando de Graham. O armário dele fica perto do meu, então vejo quando ele pega Emma, e os dois ficam se agarrando todo dia de manhã.

Isso sempre me enche de alegria.

— Quer dar uma passada no Sunshine Donuts? — pergunto.

Emma liga o pisca-pisca.

— Com certeza.

Um quilômetro e meio depois do parque Wagner, Emma encosta na frente da caixa cor de laranja do alto-falante e pede um café com leite e açúcar e uma rosquinha de canela. Eu peço uma rosquinha com glacê e um leite com chocolate.

— Não entendo — diz Emma, enquanto avança. Ainda tem dois carros à nossa frente antes da janela em que vão nos entregar o pedido. — Como foi que isso aconteceu comigo?

— Não que eu esteja acreditando nessa coisa de futuro — digo —, mas não faço a menor ideia da razão para *brincar* com o seu futuro, dizendo que era péssimo. Você é muito inteligente e...

— Obrigada por tocar nesse assunto — interrompe Emma. — Mas eu não estava falando do fato de o meu futuro ser péssimo. Estava falando do site todo, de modo geral. Como é possível ler a respeito de algo que ainda não aconteceu?

O carro à nossa frente encosta à janela. Enfio a mão no bolso de trás e ofereço algumas notas amassadas de um dólar para Emma, mas ela empurra meu dinheiro.

— No começo, achei que fosse o CD-ROM — diz ela —, mas, talvez, seja a ligação com o telefone que fez alguma coisa acontecer durante o download. Você se lembra daquele eletricista que trocou a fiação lá de casa?

— Você acha que ele ligou você ao futuro sem querer? — pergunto, tentando não dar risada. — Mas, bom, isso foi há meses.

— Mas eu ainda não tinha computador. Talvez a gente deva levar o computador para a sua casa para ver se o site funciona lá.

De jeito nenhum. A gente não pode começar a correr de uma casa para outra mais uma vez.

— Mas isso não ia servir para explicar *como* aconteceu — diz Emma. — Nem como a gente consegue ler sobre coisas que acontecem daqui a quinze anos.

Aponto para fora da janela, para os carros que estão passando.

— Se você quer que eu me meta nessa história, vou lhe contar minha teoria. Sabe que o vice-presidente Gore chama a internet de "superestrada do futuro"? Vamos dizer que todos andem na mesma direção, nessa superestrada. A viagem no tempo estaria relacionada a encontrar uma maneira de pular para um ponto diferente.

O carro à nossa frente se afasta. Emma vai até a janela e então entrega o dinheiro para a mulher do Sunshine.

— Então, você acha que o site, de algum modo, deu um salto para a frente?

A mulher entrega nossas bebidas a Emma, que as passa para mim. Coloco o copo de isopor com café no suporte do carro, para que ela possa pegar o saco com as rosquinhas.

— Sinceramente, só estou tentando entrar na sua — digo. — Continuo achando que é uma pegadinha.

Não conversamos muito no caminho até a escola. Quando entramos no estacionamento dos alunos, confiro o relógio. O sinal vai tocar daqui a três minutos.

— Sei que arrastei você para essa história toda — diz ela, virando-se no banco para ficar de frente para mim. — Mas estou um pouco magoada por você não levar mais a sério. Se você visse o *seu* futuro e ele parecesse horrível, não acho que você ia desprezar tudo isso assim tão rápido.

— Mas não é real — respondo. Amasso o saco das rosquinhas e enfio no meu copo vazio. — Que tal a gente tentar entender essa história toda, depois da sua corrida? Talvez a pessoa que fez o site escreveu o seu nome errado em algum lugar ou colocou uma data errada. Vamos encontrar algo.

— Por que você precisa tanto provar que é uma pegadinha? — pergunta Emma.

— Para *você* parar de se preocupar. A sua vida vai ser ótima.

Emma olha no espelho retrovisor e então se vira para mim.

— Josh, antes de você voltar à minha casa ontem à noite, achei mais uma coisa naquele site.

A maneira como ela olha fixo para mim me dá calafrios.

— Se alguém está fazendo uma pegadinha comigo — completa ela —, então também está fazendo uma pegadinha com você.

7://Emma

— COMIGO? — Os olhos de Josh se apertam, e ele parece confuso.

A página dele foi uma das muitas coisas que não me deixaram dormir ontem à noite. Eu devia ter dito a ele no instante em que entrou no meu quarto.

— Emma. — Josh passa a mão na frente dos meus olhos. — Do que você está falando?

— Ontem à noite, antes de você ir lá em casa, eu estava olhando o site do Facebook. Lembra o lugar em que diz que tenho trezentos e vinte amigos? — Faço uma pausa e solto a respiração devagar. — Mostrava você como sendo um deles.

O silêncio se instala no carro.

— Dizia "Josh Templeton" — acrescento —, e tinha uma foto sua, numa versão mais velha.

Josh bate o copo do Sunshine Donuts no joelho. Ele não queria acreditar em nada disso. Ele queria provar que era uma pegadinha.

— Você tem cabelo curto igual ao do David — continuo. — E usa óculos.

— Mas minha vista é ótima — diz ele.

— Parece que, no futuro, não é.

Josh aperta a unha do polegar contra o copo de isopor e faz marcas de meia-lua de um dos lados.

— Você viu mais alguma coisa? Quando você clicou na foto de Emma Nelson Jones, uma outra página entrou. Deu para fazer isso com a minha?

Faço que sim com a cabeça.

— Diz que seu aniversário é no dia cinco de abril, e fala que você estudou na Universidade de Washington.

— Igual a David — diz Josh.

— E que voltou a morar aqui.

— Em Lake Forest?

Fico imaginando como ele se sente a respeito disso. Eu, pessoalmente, estou determinada a me mudar para algum outro lugar, um dia. Não tem nenhuma floresta de verdade na cidade e o lago Crown fica a quinze quilômetros da estrada, rodeado por casas caras. O centro só tem três ruas, e não dá para fazer nada sem que todo mundo fique sabendo. Mas Josh é mais tranquilo do que eu. Ele parece achar que Lake Forest é um lugar ótimo.

— Onde fica minha casa? — pergunta ele. — Não me colocaram morando com meus pais depois dos trinta anos, colocaram?

Balanço a cabeça.

— Acho que você mora perto do lago. Tinha uma foto sua no quintal, e dava para ver uma doca, no fundo, com uma lancha atracada.

— Que legal — diz ele. — Então fizeram com que eu fosse rico.

Reviro os olhos.

— Por que você fica falando como se alguém tivesse feito alguma coisa? De quem você está falando?

— Das pessoas que criaram essa piada. Vou ao laboratório de tecnologia hoje para ver quem anda escaneando fotos de...

— Quando você diz "as pessoas que criaram isso", você não entende? Em algum momento do futuro, *nós* é que criamos. Eu não sei exatamente o que é, mas parece ser um site interconectado em que as pessoas mostram suas fotos e escrevem sobre tudo o que está acontecendo na vida delas, como, por exemplo, que encontraram um lugar para estacionar ou o que comeram no café da manhã.

— Mas por quê? — pergunta Josh.

O primeiro sinal toca para a sala de estudo. Graham vai querer saber onde eu estava hoje de manhã. Nós costumamos nos encontrar no armário dele e vamos juntos para a aula de música.

Pego minha mochila e coloco a mão na maçaneta da porta.

— Espere — diz Josh, girando uma das rodas do skate. — Esse tal de Facebook dizia se eu era casado ou não?

Pego as chaves para poder abrir o porta-malas.

— Dizia. Você é casado.

— O que diz sobre... ela? — pergunta Josh, com o rosto pálido. — Minha... sabe como é... *esposa*?

— Achei que você não acreditasse nisso — respondo.

— Mesmo assim, quero saber. É o *meu* futuro, certo?

— O negócio é o seguinte — digo e tomo fôlego. — No futuro, você é casado com Sydney Mills.

Josh fica de boca aberta.

Abro a porta do carro.

— Vamos nos atrasar.

8://Josh

IMAGINO Sydney Mills parada à minha frente. Uma faixa branca segura o cabelo castanho comprido, e os olhos dela têm a cor de caramelo doce. Ela abre os braços e eu a puxo para beijá-la, e os peitos redondos dela se apertam contra o meu peito.

Então abro os olhos, pego meu skate e vou me encontrar com Emma no porta-malas.

— Sydney Mills? — pergunto. — Isso é ridículo!

Emma enfia os tênis prateados de corrida na mochila.

— Mas agora você quer que seja verdade, não é?

— Por que eu ia querer acreditar em uma coisa que é falsa? — digo.

Mesmo assim, fico tentado a fazer Emma nos levar de volta para casa para eu poder ver por conta própria. Mas, se nos atrasarmos para a escola, a secretária vai deixar um recado na secretária eletrônica da minha casa e na da dela.

Sydney Mills está um ano na minha frente. Ela é supergostosa, é uma das melhores atletas da escola e vem de uma família rica. Não faço a menor ideia de por que alguém ia querer colocar nós dois juntos, nem como piada. Estamos juntos na aula de comportamento social, desde janeiro, e nunca trocamos uma única palavra.

— Olhe só para você! — Emma brinca, batendo com o braço dela no meu. — Você está *apaixonado*.

Emma levanta a mão para me descabelar, mas eu me afasto. Jogo a mochila sobre o ombro e começo a caminhar na direção da escola.

— Espere aí, senhor Mills — chama ela.

Paro e me viro para trás.

Emma passa o estojo do saxofone para a outra mão.

— Tudo bem. Eu também sairia andando feito uma louca se descobrisse que Cody e eu estávamos casados, de férias em Waikiki.

Waikiki?

— Eu não estava andando rápido porque estou animado — respondo. — É só que deteste quando você... sabe como é... coloca a mão no meu cabelo e tal.

— Desculpe — diz Emma, e eu sei que ela entendeu.

Ela também não quer estragar a nossa amizade. Foi por isso que permitiu que eu colocasse uma certa distância entre nós, nos últimos seis meses. Emma aponta para um conversível branco com a capota levantada.

— Lá está o carro de Sydney. Talvez você devesse deixar um soneto de amor embaixo do limpador de para-brisa dela. Ou um haicai! Provavelmente, é melhor você não tentar fazer rimas.

No show de talentos do nono ano, fui um desastre com a minha apresentação de rap. Achei que poderia me tornar o primeiro rapper ruivo. Meu apelido ia ser Red-Sauce. Algumas vezes por ano, Emma toca no assunto para me torturar. Mas é melhor do que meu irmão, que menciona o fato quase toda vez que nos falamos.

— Então, Sydney e eu vamos para Waikiki? — pergunto.

Quando passamos pelas portas duplas da escola, Emma chega bem pertinho de mim.

— O seu eu futuro não é tão revelador quanto o meu — diz com o hálito doce de canela. — Você não dá detalhes picantes a respeito de transar com Sydney na praia, então não fique tão animado nem preocupado.

Emma se despede com um aceno e é engolida pela multidão de alunos.

— Você só está com inveja! — digo, mas acho que ela não me ouve.

9://Emma

ESTOU COMPLETAMENTE distraída na aula de música. Depois de perder minha entrada pela quarta vez, o sr. Markowitz aponta a batuta para a seção de metais e diz:

— Que tal todo mundo fazer um intervalo de cinco minutos? Flautas, venham até aqui para conversarmos sobre solos.

Dou uma olhada para o pessoal da percussão, mas Graham ainda não chegou. Às vezes, ele se atrasa por causa de alguma reunião com o técnico de natação, e acho que está ótimo assim. Ainda estou com medo de me encontrar com ele. Ajeito o instrumento no assento e saio na direção do bebedouro. Quando me inclino por cima do arco de água, penso sobre o que aconteceu no meu computador. Tudo parece menos real hoje, principalmente a parte sobre Josh se casar com Sydney Mills. Isso é a mesma coisa que dizer que vou me casar com Leonardo DiCaprio.

— Adivinhe quem é? — Graham cobre meus olhos com uma das mãos e enlaça minha cintura com a outra.

Limpo a boca e então me viro de frente para ele. Assim que faço isso, fico sem fôlego. Ele raspou a cabeça! Todo aquele lindo cabelo loiro se foi, e agora a cabeça dele é áspera e pálida.

— O que você fez? — pergunto.

Ele sorri e passa a mão na cabeça.

— Greg e Matt foram lá em casa depois do jogo de *Ultimate Frisbee*, e nós raspamos a cabeça. Você gostou?

A única coisa que consigo fazer é olhar fixo.

— Reconheça — diz Graham, entrelaçando os dedos nos meus —, você quer passar a mão no meu cabeção macio.

Não estou a fim disso. Quando ele chega bem pertinho de mim, recuo.

— Qual é o problema? — pergunta ele.

— Não sei — respondo.

Nenhum de nós diz qualquer outra coisa. Às vezes parece que, se não estivéssemos ficando, não íamos ter nada em comum.

* * *

— Está na hora de terminar com Graham — falo, olhando para o saco de papel com o meu almoço.

Estamos no refeitório para Kellan poder mandar ver no especial do dia dela: batata frita e Sprite. Kellan é um dedo mais baixa do que eu, com cabelo preto brilhante e pele perfeita. E ela pode comer um monte de batata frita sem engordar nem um quilo.

— Mas você não ia terminar com ele no parque, ontem? — pergunta ela.

Dou um sorriso para algumas meninas que passam por nós.

— Acabei não me encontrando com ele.

— Bom, e por que não faz isso hoje?

Kellan paga e vai para o balcão de condimentos.

— Caso você não tenha notado, *eu* é que não vou impedir.

— Você já viu o cabelo dele?

Kellan balança a cabeça.

— Está raspado — digo. — Ele, Greg e a equipe de natação fizeram isso ontem. Vou dizer uma coisa, meninos em grupo são capazes de fazer as coisas mais idiotas.

— Como a guerra — diz Kellan, enquanto empilha guardanapos e pacotinhos de ketchup na bandeja.

— E pular dos telhados.

— E tacar fogo nos peidos — diz ela.

Dou risada.

— Você conhece alguém que já fez isso?

— Tyson — responde ela. — Do lado da caçamba de lixo que fica atrás da GoodTimez, quando você foi visitar seu pai no inverno passado.

O pai de Tyson é dono da GoodTimez Pizza, um restaurante especializado em festas de aniversário e em pizzas de queijo de massa grossa. Por causa do fliperama e do estacionamento bom para andar de skate, Josh e Tyson passam muitas horas lá.

— Josh estava com ele? — pergunto.

Kellan reflete por um momento.

— Na verdade, ele filmou. Mas não tocou fogo em nada.

— Que bom. Porque eu nunca ia permitir que ele se esquecesse disso.

Quando saímos pelas portas laterais do refeitório, Kellan pergunta:

— Então, como Graham ficou sem suas madeixas loiras?

— Para falar a verdade, o cabelo era a única coisa que fazia com que ele fosse gostoso — respondo. — Agora parece um pirulito de pêssego.

Faz sol do lado de fora, e está ainda mais quente do que ontem. Começamos a atravessar o terreno em direção ao lugar onde sempre almoçamos, e eu me viro para Kellan.

— Posso fazer uma pergunta de física?

O rosto dela se ilumina à menção da matéria. No momento, ela está cursando física na Universidade Estadual Hemlock, nas tardes de terça e quinta. Faz parte do mesmo programa de enriquecimento no qual ela tentou fazer eu me inscrever para nós podermos cursar biologia na faculdade, no próximo semestre.

Passo o saco de papel para a outra mão e pergunto, da maneira mais despreocupada possível:

— O que os cientistas pensam a respeito de viagens no tempo?

Ela ergue a bandeja até o queixo e pega uma batata frita com os dentes.

— Por quê?

— Só estou curiosa — respondo. — Estava passando *De volta para o futuro* ontem à noite na TV a cabo.

Kellan faz uma pausa na frente de um trecho enlameado na grama e dá início a uma explicação sobre dilatação do tempo e relatividade espacial. Tento acompanhar, mas me perco em algum lugar dos buracos negros.

— Nada está provado — conclui Kellan. — Mas nada está descartado também. Na minha opinião, é possível, mas não é algo que eu ia querer fazer.

— Por que não?

Ela dá de ombros.

— O passado já foi. Podemos ler sobre ele nos livros de história. E, se no futuro estivermos em guerra outra vez, ou se ainda não tivermos eleito um presidente que não seja branco ou que não seja homem, ou se os Rolling Stones ainda estiverem arrastando o traseiro cansado no palco? Isso iria me deixar deprimida demais.

— Espero que o futuro seja melhor do que agora — observo, apesar de não ter certeza se vai ser.

— Sabe aquele cara fofo que está na minha aula de física? — pergunta Kellan. — Cruzei com ele no centro ontem. Falando sério, Emma, você tem que fazer biologia comigo lá. Você não vai acreditar nos caras que tem na Hemlock. Eles são *homens*.

— Então, você está dizendo que devo fazer biologia na faculdade por causa dos caras?

Kellan balança a cabeça.

— Você devia fazer biologia na faculdade porque é inteligente e não tem mulheres suficientes trabalhando com ciência. Mas você e eu podemos ajudar a mudar isso. Os caras são a cereja do bolo.

— Talvez — digo, mas estou mais preocupada com o que Kellan disse sobre viagens no tempo. Se fossem totalmente impossíveis, ela iria me dizer. Mas não foi o que ela falou.

— Além de melhorar a proporção entre os gêneros na ciência — continua Kellan —, quero que você se apaixone antes de a gente se formar. Esse é um objetivo pessoal meu.

— Você sabe o que acho do amor — respondo. — Foi inventado para vender bolos de casamento. E férias em Waikiki.

— Meus pais são apaixonados há dezenove anos — diz Kellan. — E olhe só para Tyson e eu. Nós devíamos ser os dois mais...

— Ele partiu seu coração! Como você pode chamar isso de amor se ele deixou você tão magoada?

Kellan coloca mais uma batata frita na boca.

— Foi amor porque valeu a pena.

10://Josh

SOU O PRIMEIRO a chegar ao carvalho, o lugar onde costumamos almoçar na ponta mais distante do terreno da escola. Coloco o saco com o almoço aos meus pés, tiro o moletom por cima da cabeça e enfio na mochila. Então eu a ajeito atrás de mim como se fosse uma almofada e me recosto na árvore.

Meus sanduíches de manteiga de amendoim e geleia estão todos esmagados depois de passar horas enterrados na mochila. Mas não estou sentindo muito o gosto das coisas hoje. Toda aquela conversa de Emma a respeito do site me deixou nervoso com a aula de comportamento social, no último tempo. Vai ser impossível olhar para Sydney Mills sem imaginá-la saindo do mar quente do Havaí com um biquíni minúsculo.

Isso *não* é o tipo de coisa que se usa para sacanear um cara!

Sydney Mills e eu estamos em órbitas completamente diferentes. Ela é Mercúrio, com todo o calor do sol batendo em cima dela. Eu sou Plutão. Claro, meus amigos gostam de mim, mas eu mal me seguro nos confins da galáxia.

— Chegando!

Um sanduíche do Subway dispara pelo ar e cai no chão bem aos meus pés. Todos os dias, Tyson lança o almoço dele como se fosse uma bomba, apesar de eu nunca ter entendido por quê. Kellan diz que é porque o pai dele o criou sem uma mulher por perto para incutir civilidade nele.

— Você é retardado — digo.

— Você viu ela por aí? — Tyson pergunta, rasgando o saco de plástico do sanduíche.

Meu coração dispara. Será que Emma contou a ele sobre Sydney?

— Sei que ela anda falando besteira pelas minhas costas — continua. — Quando está perto de mim, age como se estivesse tudo bem. Mas quando estou ausente...

Ele está falando de Kellan.

— Não, não vi.

Tyson e Kellan são tão opostos que Emma e eu nunca achamos que eles ficariam juntos. Nós quatro sempre andamos grudados, mas, em julho do ano passado, uma paquera intensa surgiu do nada. Eles mantiveram a coisa durante o resto do verão, e, nos primeiros dias de aula, Tyson acabou tudo. Depois eles voltaram, mas Tyson acabou dando o pé na bunda dela mais uma vez. Eles pareciam dois ímãs que não conseguiam decidir se iam se atrair ou se repelir. Depois da última vez que terminaram, Kellan ficou tão arrasada que passou duas semanas sem ir à escola. No entanto, de algum modo muito bizarro, nós todos continuamos amigos.

— Ela nunca disse nada de ruim para mim — respondo, pegando meu segundo sanduíche.

Tyson tira uma fatia de peru do sanduíche e enfia na boca.

— É só porque ela sabe que você ia me contar.

Avisto Emma e Kellan caminhando na nossa direção, a cabeça das duas está bem juntinha.

— Está vendo — diz Tyson. — Estão falando de mim.

As meninas sorriem quando se aproximam e então se sentam.

Kellan coloca ketchup em cima das batatas fritas, enquanto Emma abre um Tupperware.

— *Aloha* — diz Emma, dando um sorriso sacana para mim. Ela espeta uma fatia de pepino com um garfo de plástico. — Já viu você sabe quem por aí?

— Viu quem? — indaga Kellan.

— Parece que Josh está a fim de Sydney Mills — diz Emma.

Por que ela está fazendo isso?

— E quem não está? — diz Tyson com a boca cheia de peru e queijo.

— Eu nunca disse que estava a fim dela — respondo.

Kellan olha com ódio para Tyson.

— *Todo mundo* é a fim dela? É mesmo? Mas que clichê. Sydney Mills é uma vagabunda rica.

— Calma, pessoal — diz Emma. — Não queria começar uma polêmica.

— Eu nem conheço Sidney — observo. — Sei quem é, mas eu não...

Tyson me ignora e olha para Kellan.

— Sim, senhorita-cheia–de-opiniões, com certeza, estou a fim de Sydney Mills. Caso você não tenha notado, ela é gostosa.

— Só se você gostar de vagabunda — diz Kellan. E coloca um canudinho no Sprite, tomando um gole bem comprido.

Emma olha para mim e pede desculpa sem emitir nenhum som.

Dou uma mordida no sanduíche e finjo que não ligo. Afinal de contas, o site é só uma pegadinha.

* * *

Passo pela porta aberta da sala de comportamento social e dou uma olhada ansiosa para dentro. Sydney Mills ainda não chegou.

Vou direto para a minha carteira. Fico batucando com as pontas dos dedos no tampo da mesa, enquanto os alunos vão entrando pela porta. Cada vez que alguém chega, minhas mãos e meu coração batem mais rápido.

Rebecca Alvarez entra e dou um sorriso ligeiro para ela. Ficamos juntos cinco meses no nono ano, e essa foi a relação mais longa da minha vida. A gente ainda se fala na escola de vez em quando, mas nunca nos telefonamos nem nada.

Da carteira dela, do outro lado da sala, Rebecca pergunta sem emitir nenhum som: *Por que você está me encarando?*

Volto a olhar para a porta. E lá está Sydney!

Aperto as bordas da mesa, incapaz de desviar os olhos. O cabelo castanho dela se derrama por cima dos ombros e escorre pelas costas. Um suéter de malha verde se cola a seu peito, com os dois botões de cima abertos. Ela usa um colar de ouro salpicado de diamantes pequenininhos e passa pelo corredor ao meu lado, enfiando o celular em um bolso do jeans apertado. As palmas das minhas mãos suam só de olhar para ela.

Sydney olha para mim e parece que vai dar um sorriso, mas, depois, ergue as sobrancelhas. Meu rosto deve estar com uma expressão bem idiota.

Depois que ela passa, um aroma de coco invade meu nariz e meu coração parece que sai voando.

* * *

Tyson e eu colocamos os skates na fileira mais baixa da arquibancada que dá de frente para a pista de corrida. Tomo uma raspadinha de cereja enquanto Tyson congela o cérebro com uma de groselha azul. A caixa de papelão de pizza aos nossos pés está vazia agora. Como o pai de Tyson é dono da GoodTimez, a gente pega toda pizza que quiser de graça. Em troca, às vezes, eu ajudo nas festas de aniversário, e isso pode significar fazer qualquer coisa, desde cuidar da piscina de bolinhas até colocar fantasia de uma fatia de pizza sorridente e entregar saquinhos de lembranças.

No ano passado, Tyson e eu levamos pizza a todas as corridas na nossa escola. Nós nunca prestamos muita atenção aos eventos, mas significava muito para Emma saber que estávamos lá. Quando teve a primeira corrida neste ano, disse a Tyson que tinha muita lição de casa. Na corrida seguinte, disse que precisava ajudar meu pai a limpar as calhas. No final, Tyson parou de me chamar. Mas hoje preciso ter certeza de que Emma vai me levar para casa depois da corrida para me mostrar o que viu naquele site.

A equipe entra em campo. Tyson e eu berramos:

— Vai, Emma!

Depois que ela acena, pegamos nossos skates e vamos para o estacionamento. Ao lado das barras de prender as bicicletas, há duas vagas com um par de blocos de concreto soltos. Tyson pega uma ponta de um bloco, eu pego a outra.

— Levante! — digo.

Arrastamos os dois blocos, um depois do outro, até o meio de uma vaga, então Tyson pega um pedaço de cera Sex Wax da mochila e joga para mim. Os surfistas usam isso para impedir que os pés escorreguem na prancha, mas os skatistas também adoram usar. Principalmente Tyson, que fica dando risada do nome toda vez que a gente usa. Passo a cera pegajosa por cima dos dois blocos e dou um passo para trás. Tyson cai com o skate de lado e desliza por toda a extensão, então roda até o bloco seguinte e passa por cima com os suportes das rodas.

— Falando de Sex Wax — diz Tyson, dando um sorriso. — Você está mesmo pensando em convidar Sydney Mills para sair?

Caminho com meu skate alguns metros de distância da vaga e o coloco no chão.

— Não sei por que Emma foi falar isso.

Rodo até o primeiro bloco e percorro todo o comprimento só com o suporte de roda traseiro. No bloco seguinte, tento deslizar de frente, mas não consigo manter o equilíbrio.

— Você faz comportamento social com ela, certo? — pergunta Tyson.

— Com Sydney Mills? Por quê?

Tyson empurra o skate alguns metros para a frente, sai correndo atrás dele e então pula em cima.

— Então, quando vocês falam de questões sexuais, provavelmente já escutou quando ela disse "vagina".

Dou risada.

— O que isso tem que ver com qualquer coisa?

Ele vai com o skate até o bloco e para.

— É fofo quando as meninas usam as palavras adequadas assim.

— Desculpe decepcionar — digo, pisando no skate para ele pular para a minha mão —, mas nunca ouvi Sydney dizer "vagina".

Tyson ergue as sobrancelhas de maneira sugestiva.

— Talvez pudesse ouvir, se a convidasse para sair.

Na pista, alguém deve ter cruzado a linha de chegada, porque o pessoal que está na arquibancada aplaude.

11://Emma

CODY BATEU O RECORDE da escola nos cem metros rasos hoje, fazendo com que os Lake Forest Cheetahs vencessem. Mas eu acabei ficando em quarto nos mil e seiscentos e fui a segunda mais lenta no meu revezamento. Em geral, sou a mais forte na equipe, mas estou praticamente sem dormir, e meu cérebro está todo desconjuntado. Antes de ontem à noite, nunca tinha ouvido falar de Jordan Jones Jr., e, de repente, estou casada com ele e infeliz.

Eu me senti melhor ao ver Josh e Tyson na arquibancada, batendo palmas e acenando quando entramos na pista. Sei que, na verdade, eles não ficam para assistir às provas, mas, mesmo assim, fico feliz por eles terem vindo. Devem estar andando de skate naqueles blocos de concreto do estacionamento.

A competição termina e a equipe visitante está indo para os ônibus. Estou sentada na grama, tomando Gatorade e observando Cody conversar com uma garota da outra equipe. Ela é alta e bronzeada, e os dois estão bem pertinho, dando risada e colocando a mão um no braço do outro. Fico imaginando se eles já ficaram, ou se isso vai acontecer em breve. A fofoca na equipe diz que Cody é um galinha.

Eu, por minha vez, nunca transei. Não estou exatamente esperando pelo amor, porque vai saber se isso algum dia vai acontecer, mas sempre pareceu que estaria dando uma parte muito grande de mim para um garoto. Tipo Graham. *Com toda a certeza*, não quero que ele seja o cara com quem vou perder a virgindade. Cody, no entanto, está em uma categoria diferente. Se ele e eu algum dia ficarmos juntos, dá para imaginar que não vou querer parar. Esse cara é lindo, sério.

— A competição acabou? — pergunta Graham, se largando ao meu lado.

Ele está vestindo o short azul de ginástica e a camiseta branca que sempre usa quando vai treinar com peso. E está suado; por isso, sua cabeça recém-raspada está brilhante e molhada.

— Acabou de terminar — respondo. Estico as pernas à minha frente e me inclino até encostar a testa no joelho. — Nós ganhamos.

— Você é muito flexível — diz ele. — Isso pode dar algumas ideias a um cara.

Talvez eu não esteja no clima, mas me sinto ereta e reclamo com ele.

— Por que você *sempre* tem que falar nesse assunto?

— Que assunto?

— Você sabe que assunto.

Graham dá de ombros.

— Ei, meus amigos estão lá no campo de beisebol. Quer ir comigo?

Olho ao redor, em busca de Josh e Tyson, na esperança de que eles me salvem. Josh e eu não fizemos planos específicos, mas achei que íamos nos encontrar aqui, pegar o carro e ir para casa para ver o meu computador.

Olho para Cody mais uma vez. Ele continua com aquela garota, mas agora está anotando algo em um caderno. Arranca uma página e entrega para ela. Ela sorri e dá um abraço nele para se despedir e apoia a mão na base das costas dele. Com toda certeza, eles vão transar.

— Claro — digo a Graham. Pego minha bolsa de ginástica e me levanto. — Vamos.

* * *

Os amigos de Graham não estão mais lá quando chegamos ao campo de beisebol, por isso nós nos acomodamos em um banco de madeira na área dos reservas. Minha cabeça está no colo dele, e ele passa os dedos por baixo da minha camiseta, tentando alcançar o meu sutiã de corrida. Fico afastando a mão dele.

— Estou suada demais — digo.

— Eu não ligo. Você sempre fica gostosa depois das competições.

Empurro a mão dele para longe mais uma vez. Estou vestindo a camiseta cor de laranja de tela com um guepardo na frente e o short preto. Ela está desbotada e enrugada por causa de todas as meninas que participaram da equipe Cheetah antes de mim.

Nesse momento, eu não me sinto nem um pouco sexy. Talvez só esteja cansada por causa de ontem à noite. Ou talvez seja porque não consigo parar de pensar sobre Emma Nelson Jones e sobre se vou me transformar em uma pessoa infeliz que tem um marido que não volta para casa.

Graham passa a mão por baixo da minha camiseta.

— Sua barriga é demais. E seu umbigo é muito sexy.

Talvez nunca fique melhor do que isso.

Desta vez, quando os dedos de Graham encostam no meu sutiã, não afasto a mão dele. Eu me sento ereta e nós começamos a nos beijar. A mão dele escorrega para baixo do meu sutiã e eu me viro para ter certeza de que ninguém está olhando.

É aí que eu reparo em Josh. Ele está em pé, paralisado, na segunda base. Empurro Graham para longe e puxo a camiseta para baixo, mas Josh já saiu correndo.

12://Josh

A CULPA É TODA de Tyson! Ele ficou falando sem parar sobre Sydney Mills, e isso me deu vontade de andar logo e voltar para o computador de Emma. Então, deixei o skate com Tyson e fui procurar Emma. Ela não estava na pista de corrida, mas Ruby Jenkins me disse que a viu indo para os campos de beisebol.

Ruby não disse que Emma estava com *Graham*. Se ela tivesse me dito, jamais teria ido até lá.

Em vez disso, fui como quem não quer nada até os campos de beisebol para procurá-la. E então vi Emma na área dos reservas. Ela estava com a cabeça no colo de Graham. A cabeça dele estava abaixada, como se estivesse conversando com ela, e eu fui tolo o bastante para achar que ela finalmente estava terminando com ele.

Mas então Emma se sentou ereta e começou a beijá-lo, e a mão de Graham disparou para dentro da blusa dela.

Que diabo era aquilo? É assim que ela rejeita um cara? Porque não foi assim que ela me rejeitou.

Antes que eu pudesse me virar, Emma me viu. Por um breve segundo, nós nos encaramos. Não sei o que ela estava pensando, mas eu estava com nojo e repulsa.

Estou correndo de volta pelo campo, com vontade de chutar alguma coisa, de berrar ou de dar a maior surra em Graham.

— Você achou Emma? — pergunta Ruby quando passo pela pista de corrida.

— Ela não está lá! — grito.

Sem fôlego, volto para o estacionamento. Tyson está sentado em um bloco de concreto, admirando o meu desenho mais recente de Marvin, o Marciano, no skate.

— Emma vai nos dar carona para casa? — pergunta.

— Não. Vamos embora — digo.

Tyson estende a mão e eu o ajudo a se levantar.

— Você pode desenhar uma coisa assim no meu skate? — pergunta ele. — Talvez o Eufrazino?

Pego um dos blocos de concreto e começo a arrastar na direção das estacas de metal.

— Você pode me ajudar aqui?

Tyson ergue a outra ponta do bloco. Posicionamos o bloco perto das estacas e largamos no asfalto.

— Tenho uma pergunta para você — diz Tyson. — E, talvez, um dia, você vá poder responder.

— Só me ajude a trazer o outro bloco de volta, certo?

Cada um pega em uma ponta do outro bloco de concreto, e cambaleamos até as estacas de metal; em seguida, nós o baixamos no chão.

— Eu só tenho uma pergunta — diz Tyson, tirando a poeira das mãos —, e quero que você descubra a resposta para mim: os peitos de Sydney são de verdade ou os pais dela compraram? Vou achar bom de qualquer jeito, só quero saber.

Se o bloco já não estivesse no chão, eu iria largar em cima do pé de Tyson.

13://Emma

AO VOLTAR PARA CASA, coloco o álbum novo de Dave Matthews para tocar no máximo. Meu carro não tem CD player, por isso, comprei a fita quando saiu no mês passado. Mas, mesmo com Dave cantando "Crash Into Me", não consegui tirar da cabeça o que tinha acabado de acontecer no campo de beisebol. Josh viu Graham passando a mão no meu peito. E Graham nem entendeu. Ele passou a mão na cabeça raspada e disse:

— Até parece que ele nunca viu duas pessoas se beijando.

Eu o empurrei para longe de mim e corri para o vestiário para pegar a mochila e as minhas roupas e ir para o estacionamento a fim de procurar Josh e Tyson.

Mas eles não estavam mais lá.

Quando entro na garagem da minha casa, dou uma olhada na casa de Josh. Mesmo que ele esteja em casa, não vai ter como eu ir bater à porta dele. Sei que dissemos que íamos olhar o meu computador depois da competição, mas agora ferrou tudo.

Coloco o estojo do saxofone na entrada, no último degrau da escada, e vou para a cozinha para jogar água no rosto. Minha mãe deixou um recado em um Post-it ao lado da pia me dizendo para preaquecer o forno e colocar a fôrma de macarrão com queijo para esquentar. Quando giro o botão do forno, vejo outro Post-it no balcão com a letra da minha mãe. "MrsMartinNichols@aol. com." Acho que é o endereço de e-mail que ela quer. A senha que ela escolheu é "EmmaMarie".

Coloco a fôrma com macarrão no forno e subo a escada. Depois que entro na AOL, adiciono minha mãe como MrsMartinNichols. Depois, vou checar se ela consegue entrar no site do Facebook com a conta dela, mas não há sinal dele na lista dos Favoritos dela.

Aliviada, saio da internet e me jogo na cadeira. O nosso segredo está seguro. Mas continuo sem saber o que é esta coisa, ou como vou descobrir se Josh não vier aqui.

E isso ele nunca vai fazer.

Eu me afundo na poltrona redonda para fazer a lição de casa. Dá para sentir o cheiro da comida assando lá em baixo. Minha mãe e Martin chegam em casa. Alguns minutos depois, ela me chama para descer e jantar.

Sempre achei que macarrão com queijo é a melhor comida do mundo para me sentir bem. Parece que, daqui a quinze anos, isso continua sendo verdade. Mas, hoje, a massa forma um bolo na minha garganta. Não sei se é por ser feita com trigo integral, como mamãe explica a Martin toda orgulhosa. Ou talvez seja porque nada é capaz de me fazer sentir melhor neste momento.

* * *

Quando terminamos de lavar a louça, minha mãe e Martin continuam com a obra no banheiro do andar de baixo. Estão ouvindo Led Zeppelin no máximo e usando martelo e cinzel para tirar os azulejos velhos. Pego um copo de água, vou para o andar de cima e me deito na cama.

Fico mal por Josh ter visto Graham passar a mão nos meus peitos, mas tenho direito de beijar quem eu quiser. E Graham e eu namoramos, então Josh não pode sair por aí me chamando de vagabunda. Mesmo assim, eu me sinto péssima com isso. Principalmente depois do que aconteceu em novembro do ano passado.

Foi na noite de estreia de *Toy Story*. Fomos em grupo assistir ao filme e ocupamos uma fileira inteira. Eu me sentei ao lado de Josh e, nas cenas com os brinquedos assustadores de Sid, escondi o rosto no ombro dele. Sempre adorei o cheiro de Josh. Ele me faz lembrar de fortes nas árvores e do lago. A maior parte das pessoas foi para casa depois do filme, mas Kellan, Tyson, Josh e eu fomos ao cemitério para visitar a mãe de Tyson. Ela morreu quando ele era bebê e, desde que eu o conheço, ele vai lá para colocar flores ou só para dar um oi. Kellan e Tyson foram dar uma caminhada, enquanto Josh e eu fomos procurar Clarence e Millicent. Esses são os nomes que, uma vez, descobrimos em uma lápide que pertencia a um casal. Clarence e Millicent morreram na mesma data, quando os dois estavam na casa dos noventa anos.

Nós adoramos a ideia de que eles nunca precisaram passar um único dia longe um do outro. Foi assim que descobrimos o nome para o casal que comia comida semipronta Hamburger Helper, e foi assim também que eu escolhi minha senha.

Nós estávamos bem ao lado de Clarence e Millicent quando Josh disse:

— Gosto de você, Emma, de verdade.

Eu sorri.

— Eu também gosto de você, de verdade.

— Que bom — disse ele e deu um passo para perto de mim, como se fosse me beijar.

Recuei aos tropeções.

— Não — respondi, balançando a cabeça. — Você é... *Josh*.

Assim que as palavras saíram da minha boca, eu vi como o tinha magoado.

Mas eu falei sério. Durante toda a minha vida, Josh tinha sido a única pessoa com quem sempre pude contar. Se algo acontecesse entre nós e não desse certo, eu sabia que iria perdê-lo. Mas, ao tentar nos proteger, acabei perdendo Josh, de qualquer maneira.

Fecho os olhos e, pela primeira vez no dia todo, deixo que o cansaço tome conta de mim.

Pouco depois, minha mãe me acorda e tenho um sobressalto.

— Emma? — chama ela do andar de baixo. — Está ouvindo?

— Estou — respondo. Eu me sento ereta e esfrego os olhos.

— Josh está aqui. Vou falar para ele subir.

14://Josh

ANTES DE ENTRAR NO QUARTO de Emma, respiro fundo para me acalmar, mas meu punho está fechado. A última vez que vi Emma, tinha um cara passando a mão no peito dela. Embora tivesse chegado a pensar em não vir aqui hoje à noite, preciso ver o que ela leu sobre mim. Quero provar que isso é uma pegadinha, dizer a Emma que esqueça toda essa história e voltar a agir como se não fôssemos vizinhos.

Emma está sentada na beirada da cama, e ainda não tirou o uniforme de corrida preto e laranja. O cabelo dela está amassado e a bochecha marcada, como se ela tivesse acabado de acordar. Dá um meio sorriso, mas está com dificuldade de me olhar nos olhos.

Emma balança a cabeça.

— Sinto muito se...

— Não estou nem aí — interrompo e olho para o computador dela. — Vamos esquecer, mais nada.

— Tenho certeza de que você ficou magoado, por isso, quero que saiba...

— Eu não fiquei magoado — respondo. — Só fiquei surpreso porque achei que você ia terminar com ele.

— Não que isso seja da sua conta — diz Emma —, mas vou terminar com ele logo.

— Ah, sei. Só precisava que ele pegasse nos seus peitos mais uma vez.

Os olhos de Emma faíscam de raiva, e percebo que exagerei.

— Você tem sorte por eu ser legal — diz ela —, porque eu vou fingir que não ouvi o que você disse. Sei por que você falou isso, mas...

— *Por que* eu falei isso? — pergunto. Quero que ela me diga que estou com ciúme de Graham para eu dar risada na cara dela.

— Josh, se você quiser que eu mostre aquele site para você, precisa calar a boca, de verdade.

Ela vai até a escrivaninha, batendo os pés. É gostoso saber que não sou a única pessoa que está p... da vida neste momento.

O protetor de tela de parede de tijolos está ativo. Emma mexe no mouse. Vejo quando ela escreve EmmaNelson4-ever@aol.com e então começa a digitar "M-i-l-l-i-c".

— Fala sério, sua senha é *Millicent*? — pergunto.

Emma ergue os olhos para mim.

— Como foi que você adivinhou?

— Vi as primeiras letras e... quer ouvir uma coisa estranha?

Emma dá de ombros, mas não diz nada.

— Nas contas de e-mail que deram para a gente na escola, escolhi *Clarence* como minha senha.

— Não acredito! — exclama ela. — O nosso casal que come comida semipronta...

— Que anda em um caminhãozinho de sorvete...

— E que está na meia-idade.

— Eles mesmos — digo, e, por um momento muito breve, trocamos um olhar como se fôssemos capazes de nos lembrar de como era ser melhores amigos.

Emma aperta o Enter, e o computador apita e range enquanto liga para a AOL.

— Você viu Sydney hoje? — pergunta ela, virando-se na cadeira.

— Nós temos aula de comportamento social juntos.

Emma sorri.

— Você falou alguma coisa para ela?

— Nem precisei. Minha cara idiota disse tudo.

Emma aponta o dedo para mim, como se estivesse fazendo mira com um revólver.

— Mas você não achava que era de verdade.

— Ainda não acho — respondo. — Apesar do fato de que ser capaz de ver o meu futuro... principalmente *aquele* futuro... seria inacreditavelmente fantástico, isso também é inacreditável.

"*Bem-vindo!*", diz a voz eletrônica.

Emma vira para o computador de novo e continua a digitar.

— É engraçado ouvir você agir como cético. Antes você acreditava no Pé Grande e em discos voadores. E lembra do Chupa-Cabra?

— Eu nunca acreditei no Chupa-Cabra — digo. — Só achava interessante.

Emma dá um clique duplo onde diz "Facebook" e uma caixa branca se abre no meio da tela. Ela digita mais uma vez o endereço de e-mail e a senha, mas, em vez de apertar Enter, olha para mim.

— Sempre achei que viagem no tempo devia ser uma coisa tão grandiosa que mudaria a vida da gente — observa ela. — Como *Uma dobra no tempo* ou *De volta para o futuro*. Mas, aqui, a maior parte das pessoas só se importa com fotos de férias sem graça e com coisas triviais.

Eu quase digo: *Ou com se casar com a gata mais gostosa da escola.*

— Então, por que você acha que as pessoas ficam escrevendo todas essas coisas sobre cupcakes ou sei lá o quê? — pergunto.

— Não é todo mundo — diz Emma. — Eu falo sobre questões reais, mas só porque não tenho medo de reconhecer quando a vida é um saco. — Ela dá uma risada amarga. — E a minha vida é um saco.

No alto da tela, diz: "Emma Nelson Jones." A foto dela é pequena, mas dá para ver que é diferente da que estava ali ontem. Emma clica na foto e ela aumenta. Agora a senhora Jones está na frente de uma parede de reboco branco, com as mãos na cintura. Ela veste um suéter amarelo e um colar de ouro com a letra *E*.

Emma Nelson Jones
A lasanha de ontem à noite esquentou bem, mas o trabalho está me deixando estressada.
Há 2 horas • Curtir • Comentar

— Que estranho — diz Emma. — Ontem dizia que eu tinha comido macarrão com queijo. Por que será que... — Emma se vira para mim com os olhos arregalados. — Aposto que o macarrão com queijo de hoje à noite fez com que eu parasse de gostar tanto disso... até no futuro.

Tento conter um sorriso sarcástico. Ela está levando aquilo longe demais.

Olho de novo para o monitor.

— Se o trabalho está deixando você estressada, isso significa que você tem emprego. Você não estava desempregada ontem? Isso é motivo de comemoração!

— Você está certo. — Emma encosta o dedo na tela e vai descendo a página. — Está *tudo* diferente. Nada disso estava aqui ontem.

— Eu estava brincando — digo. — É uma pegadinha, Emma.

— Não, agora você está errado — retruca ela. — Se fosse pegadinha, nada ia ter mudado de ontem para hoje. Mas tudo o que eu fiz de diferente hoje teve pequenas reverberações de mudança no futuro. Como eu estava de mau humor hoje de manhã por causa *disso,* mudou o modo como agi com as pessoas quando cheguei à escola. E isso, daqui a quinze anos...

Dou uma risada.

— Reverberações de mudança?

— É uma coisa que Kellan me disse.

— Você contou para *Kellan*?

— Claro que não — responde Emma. — Só perguntei a ela a respeito de viagens no tempo, a partir da perspectiva da física.

— Então você fez alguma coisa hoje que a impede de perder o emprego no futuro. Também fez você preparar uma lasanha em vez de macarrão com queijo. Entendi.

— Aponto a mão para a tela. — Então, quem sabe você não esteja mais casada também.

Emma olha para a tela e lê:

Casada com Jordan Jones, Jr.

— Infelizmente — diz ela —, essas reverberações de mudança não se transformaram em um tufão.

— Furacão Emma. Isso faria um belo estrago.

— Sei que você está tentando fingir que não tem diferença entre isso e o Chupa-Cabra — diz Emma. — Mas você não disse que ficou olhando com cara de bobo para Sydney Mills hoje?

— E daí? — pergunto.

Emma ergue uma sobrancelha.

— Você não iria fazer cara nenhuma se eu não tivesse lhe contado sobre o seu futuro. Quero saber quais foram os danos causados pelo furacão Joshua.

Emma aponta a seta para um grupo de fotos chamado "Amigos".

— Agora eu tenho quatrocentos e seis amigos. Legal! Acho que fiz um monte de novos amigos no trabalho.

Eu me agacho ao lado dela.

— Eu estou aí?

Emma dá um sorriso convencido.

— Achei que você não acreditava.

— Só estou me divertindo.

Emma passa a seta por cima de "Amigos (406)" e clica. Uma página nova aparece, com mais fotinhos minúsculas e nomes.

Eu me seguro para não pedir a Emma que ande logo para me achar. Não queria que parecesse que eu acreditava na possibilidade de me casar com Sydney Mills. Porque essa possibilidade não existe.

A lista é organizada em ordem alfabética, a partir do primeiro nome. Quando ela chega ao *J*, desacelera. E lá está.

Josh Templeton

Meu coração bate mais rápido. Não sei o que dizer. Na probabilidade muito remota de isso ser real, não sei o que sentir a respeito do que estou prestes a ver.

Emma passa a seta por cima do meu nome.

— Josh, aqui está você — diz ela, cheia de dramaticidade — quinze anos no futuro.

Uma página nova vai aparecendo devagar. A fotinho tem um monte de balões coloridos. Bem no canto de baixo da foto tem um homem com cabelo avermelhado e óculos. Nem preciso perguntar se aquele sou eu. Além da foto, diz que o aniversário dele é no dia 5 de abril. Ele estudou na Universidade de Washington e trabalha em um lugar chamado Electra Design.

Josh Templeton
A família acaba de voltar de Acapulco. De tirar o fôlego! Coloquei fotos no meu blog.
15 de maio às 16:36 • Curtir • Comentar

— O que é um blog? — pergunto.

— Não faço ideia — responde Emma. — Mas por que será que suas férias mudaram? Tem que ser mais do que a cara que você fez para Sydney. Talvez seja porque você sabia que ia para Waikiki, mas, na verdade, queria mesmo ir para Acapulco, por isso, quando você e Sydney começaram a planejar as férias, você tratou de mudar.

Josh Templeton
Ajudei meu filho a montar um modelo do sistema solar hoje.
8 de maio às 22:26 • Curtir • Comentar

> **Terry Fernandez** Fizemos isso no ano passado. Fiquei com saudade de Plutão. Sempre foi meu planeta preferido.
> 9 de maio às 8:07 • Curtir
>
> **Josh Templeton** Coitado de Plutão! :-(
> 9 de maio às 9:13 • Curtir

Sinto um arrepio.

— Que diabos acontece com Plutão?

Emma dá de ombros.

— Acho que *isso* não foi culpa nossa.

Balanço para trás em cima dos tênis.

— Como você sabe quem é... sabe... a minha mulher?

Emma aponta para o alto da tela.

Casado com Sydney Templeton

— Mas como você sabe que supostamente estão falando de Sydney Mills? — pergunto.

Emma olha bem para mim.

— Você precisa parar de falar coisas como "supostamente". É a maior chatice.

— Certo. Como é que você pode saber que essa pessoa é Sydney Mills?

Emma clica em "Sydney Templeton".

A página da internet é substituída por outra, bem devagar. Dessa vez, a foto é de uma família com três filhos em um gramado. O menino mais velho é ruivo. As meninas parecem ser gêmeas idênticas com o mesmo cabelo da mãe, que é linda de morrer.

Recuo para a poltrona redonda de Emma e me afundo nela.

— Você continua cético? — pergunta Emma.

— Eu só... quero... — Eu quero ser cético. *Preciso* ser cético. Mas essa enxurrada de informações impossíveis é quase demais para mim.

— Jordan Jones Júnior — diz Emma. — Eu o odeio só por causa desse nome idiota. Agora tenho emprego, mas parece que Jordan gasta tudo o que ganho. Veja... aqui escrevi: "Recebi meu salário na quinta e JJJ pegou emprestado cada centavo para comprar um iPad. Ah, os homens e seus brinquedinhos!". Coloquei aspas em "pegou emprestado", então acho que ele não vai devolver o dinheiro.

— O que é um iPad? — pergunto.

— Isso não faz a menor diferença! Seja lá o que for, dei dinheiro suficiente para o meu marido comprar um. — Ela vai clicando pela tela. — Nós moramos na Flórida, mas ele é de Chico, na Califórnia. Onde fica Chico?

— Não faço a menor ideia — respondo. — Como você sabe de onde ele é?

— Cliquei no nome dele. Não tem muita coisa, mas ele parece ser o maior cuzão.

— Você nem conhece o cara e já está chamando de *cuzão*?

— Algumas coisas a gente vê de cara — diz Emma.

Eu me sinto ridículo só de considerar a ideia de que isso pode ser de verdade, mas não tem como aquela foto não ser de Sydney Mills e eu. Eram versões mais velhas de nós, mas a semelhança era surreal.

— Dá uma olhada nisso aqui! — diz Emma.

Levanto da poltrona.

— Essas fotos estavam anexadas ao meu site — observa Emma, apontando para a tela. — Parece que cada uma delas leva a mais fotos, meio como se fossem álbuns.

Fotos do perfil	12 fotos
Meu aniversário de 30 anos	37 fotos
Lembranças da escola	8 fotos

Aponto para a tela.

— "Lembranças da escola." Vamos ver o que você acha tão importante daqui a quinze anos. Aposto que são todas minhas.

Emma dá risada.

— Só porque ainda não tenho nenhuma de Cody.

Ela clica no álbum de fotos, e ficamos olhando fixo para a tela enquanto as fotos vão se materializando.

A primeira é uma de Emma, mostrando a carteira de motorista. Neste momento, a imagem está presa em um dos quadros de cortiça dela. Alguém pode ter roubado por um dia e escaneado no laboratório de tecnologia na escola. A foto seguinte mostra Tyson e eu usando nossos skates como se fossem espadas. Essa está colada no armário da escola dela. Então tem outra com Tyson, Kellan, Emma e eu enterrados até o pescoço na piscina de bolinhas da GoodTimez Pizza. Essa também está no quadro de cortiça dela. Seja lá quem está fazendo essa pegadinha, pode ter pegado as fotos de Emma e devolvido sem que ela percebesse.

Emma coloca o dedo na última foto, uma imagem da bunda dela num biquíni.

— O que é isso?

Ela clica na imagem e uma versão maior começa a aparecer no meio da tela.

— Esse aí é o lago Crown no fundo? — Tento aparentar inocência na voz, mas sei exatamente onde aquela foto foi tirada. Eu a bati há algumas semanas, quando todos fomos até o lago, antes da abertura oficial para a temporada. Achei que ia ser engraçado ela mandar revelar o filme e ficar imaginando quem tirou.

A legenda embaixo da foto diz: "Os bons e velhos tempos."

— Eu comprei esse biquíni há um mês — diz Emma.

— Sabe — gaguejo —, acho que tirei essa foto sem querer. Estava tentando tirar a sua câmera da areia e apertei o botão.

— Josh. — Emma olha bem nos olhos. — Essa coisa de Facebook não é piada. Não tem jeito de alguém estar fazendo uma pegadinha conosco.

— Alguém pode ter roubado as suas fotos. Eu não diria que não tem *jeito*.

Ela enfia a mão na gaveta da escrivaninha e tira de lá uma câmera amarela descartável.

— Eu ainda não revelei as fotos do lago.

15://Emma

ENTÃO, TUDO se resume à câmera amarela descartável que sobrou do casamento da minha mãe. Se as fotos do lago ainda estão lá dentro, sem terem sido reveladas, então Josh vai ter que admitir que essa coisa de Facebook é de verdade.

Ficamos olhando para a imagem da tela, para a bunda com o biquíni que comprei há pouco tempo no shopping center de Lake Forest. E então, no mesmo momento, voltamos nossa atenção para a câmera em cima da minha escrivaninha.

— Você acha que nós devemos...? — começa Josh.

— A que horas a Photomat fecha?

— Às dez — diz Josh. — Fica na praça da SkateRats.

São 20h53. A Photomat garante cópias em uma hora.

— Vamos pegar o seu carro — diz ele.

— É arriscado demais — respondo e faço um gesto para o andar de baixo. Se minha mãe ouvisse a gente saindo, ia dizer que é tarde demais porque amanhã tem aula.

— Patins e skate? — pergunta ele.

Faço que sim com a cabeça e pego meu moletom das Cheetahs nas costas da cadeira. Ainda estou vestindo o uniforme de corrida, porque não tive forças para me trocar.

— Preciso pegar meu skate na garagem — diz Josh.

A tela continua aberta em "Lembranças da escola".

— Será que a gente fecha isso?

— Com certeza — responde ele.

A maneira como fala, com tanta clareza e de um jeito tão direto, me dá arrepios. Josh está começando a acreditar que é de verdade.

* * *

Chegamos à Photomat às nove e dez. O sujeito que está atrás do balcão tem cabelo ralo e olhos cansados. Preencho meu nome e coloco um telefone falso, depois coloco o filme em um envelope.

— Dá para revelar isso aqui antes de fechar? — pergunto, rolando com os patins para a frente e para trás.

O sujeito lança um olhar cansado para mim.

— Vamos ver.

Saio para a calçada.

— Acho que ele não consegue entender como isso é urgente.

— Ele disse que ia tentar — responde Josh.

— Não, ele disse "vamos ver". "Vamos ver" significa que ele vai deixar que o universo resolva essa questão. E isso não depende do universo. Depende *dele*!

Josh dá impulso em cima do skate, e eu vou atrás dele atravessando o estacionamento. Nós nos acomodamos em um pedaço de grama embaixo do relógio giratório que marca a hora e a temperatura. Está escuro aqui, e os vaga-lumes piscam pelo gramado. Tiro os patins, deito na grama e fico olhando para o céu.

— Lembra quando a gente vinha aqui para jogar taco? — pergunta Josh.

Eu me ergo sobre os cotovelos e olho para a extensão do parque Wagner do outro lado da rua, na frente da praça. Teve um ano em que meu pai foi o técnico do nosso time de beisebol infantil. Minha meio-irmã, Rachel, só tem cinco semanas de idade, mas fico imaginando se ele vai treinar o time dela quando ela tiver idade para jogar.

Aponto para uma casa branca toda arrumadinha no meio de uma fileira de casas térreas.

— É ali que Cody mora — digo.

— Eu sei — responde Josh.

— Sabe?

— David andava com o irmão mais velho de Cody. Nós íamos lá para festas na piscina. É estranho, mas o irmão dele não é tão insuportável.

— Cody não é insuportável! — retruco. — É só que você não conhece ele.

— E você conhece?

Resolvo não dizer a Josh que, durante vários meses antes do baile de formatura, alimentei a fantasia de que

Cody iria chegar para mim e me convidar para ir com ele. Ele foi com Meredith Adams, que estava com um vestido prateado minúsculo. Eles chegaram tarde e saíram cedo. Fui com Graham, apesar de já estar bem cheia do nosso relacionamento àquela altura. Ficamos com o grupo de amigos dele, apesar de eu não conhecer a maior parte das pessoas.

Kellan, Tamika, Ruby e algumas outras meninas foram juntas, dividiram uma limusine e ficaram dançando descalças e juntas o tempo todo. Eu me juntei a elas por algumas músicas, até Graham se intrometer e me puxar de lado para dançar uma música lenta. Josh e Tyson nem foram. Eles ficaram na casa do Tyson, babando em cima de vídeos de Tony Hawk a noite toda.

Depois de alguns minutos olhando para os vaga-lumes, Josh coloca uma folha de capim entre os polegares e se inclina para a frente para assobiar.

— Não faça isso! — grito. — Você sabe que odeio isso.

Josh larga o capim e se vira para mim.

— Desculpa por antes — diz ele baixinho. — Aquilo que disse sobre Graham passar as mãos nos seus... você sabe. Fui um grosso.

— Tudo bem — digo e giro uma roda do meu patim.

Volto a me deitar na grama e olho para o céu. Vênus apareceu, e um pedaço da lua também. Enquanto olho para as estrelas, fico pensando em Plutão. Será que foi atingido por um meteoro?

— A gente precisa ir andando — comenta Josh, apontando para o relógio.

— A Photomat fecha daqui a cinco minutos.

* * *

— Nelson? — pergunto e empurro a porta.

O sujeito passa com o polegar os envelopes com *N* e tira o meu. Quando ele nos entrega o pacote, os lóbulos da orelha de Josh ficam cor-de-rosa. Dou uma nota de dez dólares para o sujeito e ele conta o meu troco.

Saímos e passamos pela frente de algumas lojas, até estarmos bem embaixo do poste de luz. Rasgo o pacote para abrir. Com os patins nos pés, fico quase da altura de Josh. Durante um segundo, a perna dele toca na minha, mas ele a afasta bem rápido.

As primeiras fotos são da minha mãe e de mim na cozinha. Josh coloca o dedo na pilha como quem diz: *mais rápido, mais rápido.* Mas agora já não sei se quero saber. Se aquele é mesmo o meu futuro, e eu não sou feliz, talvez seja melhor não saber até chegar lá.

Josh pega as fotos de mim. Ele passa para a foto seguinte, e lá estamos todos nós no lago. Tyson jogando Kellan na água gelada. Um close-up de Josh com os olhos vesgos. Kellan e eu nos abraçando pela cintura. E a metade de baixo do meu biquíni novo com a extensão do lago a distância.

Os bons e velhos tempos.

16://Josh

EU VOU ME CASAR COM SYDNEY MILLS.

Eu vou me *casar* com Sydney Mills.

Sydney Mills vai ser minha mulher.

Fico embaixo do chuveiro quente por dez minutos. Quando fica claro que não vou conseguir entender nada se olhar para o ralo, fecho a água e pego minha toalha verde.

A pia de porcelana é fria contra as palmas das minhas mãos. No espelho embaçado de vapor do banheiro, vejo meu cabelo ruivo todo despenteado, meus braços magros e a toalha enrolada na cintura. De algum modo, daqui a quinze anos, vou me metamorfosear *disso* para o cara que se casa com Sydney Mills.

Dou um passo atrás, flexiono os bíceps e inflo o peito. O reflexo embaçado me ajuda a imaginar que tenho um pouco de músculo. E fica bonito!

Pisco para mim mesmo.

— É isso aí, cara!

Mais algumas flexões de braço e abdominais toda noite e, talvez, eu possa me transformar naquele cara ainda mais rápido. Eu me viro para o lado e mostro o muque para o espelho, mas deste ângulo não dá para negar que continuo sendo um garoto magricela com dois anos de ensino médio pela frente.

Faço a janela do banheiro deslizar para deixar sair um pouco de vapor. Do outro lado do gramado, a luz está apagada no quarto de Emma. Ela deve ter ido cedo para a cama.

* * *

É quase meia-noite. Dou uma olhada no quarto, mas não vejo meu telefone. Desço a escada, acendo a luzinha do corredor e ligo para meu irmão. São três horas a menos em Seattle, então não me preocupo por acordá-lo.

No segundo toque, David atende. No fundo, tem uma plateia de TV dando risada.

— Oi, é Josh — digo. — Está ocupado?

— Estou na faculdade — responde ele. — Estou comendo uma tigela de cereal Lucky Charms e assistindo ao episódio final de *Um maluco no pedaço*. — Garanto que, se David ligar para casa amanhã, vai dizer aos nossos pais que passou a noite toda estudando na biblioteca.

— A mamãe e o papai assistiram hoje à noite — comento. — Você não fica assustado de saber que tem o mesmo senso de humor que eles?

— Um pouco — responde ele. — Mas é Will Smith! Eu já disse para você que, sempre que ele começa a fazer aquele rap da música de abertura, eu me lembro daquela vez que você tentou fazer um rap no nono ano...

— Eu me lembro — digo, interrompendo. — Mas não foi por isso que liguei.

— Claro que não — retruca ele. — Então, o que está rolando, RedSauce?

— Tem uma garota — digo.

Ouço a TV desligar.

— Ela é bonitinha?

— É maravilhosa. Qualquer cara da escola ia se *matar* para sair com ela.

— E ela está interessada em você? — pergunta David. — Foi bem, irmãozinho!

— Não, ela não está interessada... ainda. — Tomo fôlego. — É difícil explicar, mas acho que ela *pode* se interessar por mim... um dia.

— Como vocês se conheceram?

— A gente não se conhece. Não exatamente. Estamos juntos na aula de comportamento social, mas ela está um ano na minha frente.

— Você já conversou com ela alguma vez?

— Não.

— Nunca? — pergunta ele.

— Não.

— Então ela é mais tipo a garota das suas fantasias — diz ele. — Tudo bem. Só precisa quebrar o gelo.

— Essa é a parte em que sou péssimo.

— Faça qualquer coisa — continua David —, menos chegar para ela e convidar para sair. Se vocês ainda não têm nenhum tipo de relacionamento, pode parecer bem esquisito.

— Então, o que eu faço?

— Fique na sua e aja com tranquilidade — diz ele. — Quando o momento certo aparecer, o segredo é não deixar passar.

Esse é sempre o meu problema. Eu deixo o momento passar, e depois fico me castigando para sempre.

Enrolo o fio do telefone no dedo.

— E se parecer que o momento perfeito está rolando, mas estou entendendo as coisas mal?

— Está falando do que aconteceu com Emma? — pergunta David. — Não, com toda a certeza, não permita que isso aconteça de novo.

terça-feira

17://Emma

CHEGO CEDO À ESCOLA e vou para a redação do jornal. Kellan tem que entregar os editoriais dela nas terças e sempre faz mudanças de última hora com Tamika West, que é a redatora-chefe. Quando entro, Kellan e Tamika estão corrigindo papéis espalhados em cima de uma mesa comprida.

— Oi, Emma — cumprimenta Tamika.

Kellan ergue os olhos.

— O que aconteceu com você?

— Como assim? — Hoje de manhã, fiz escova no cabelo e até passei maquiagem, coisa que raramente faço para ir à escola. Mas hoje estava precisando dar uma força para o meu ego.

— Você parece exausta — diz Kellan.

— Estou bem... só um pouco cansada.

— Pode esperar um pouquinho? — pergunta Kellan.

— Estamos quase terminando.

Eu me acomodo em uma poltrona toda manchada no canto da redação. A sala é lotada de coisas, com recortes de jornal, papéis de chiclete e latas de refrigerante amassadas por todos os lados. Nós almoçamos naquela mesa comprida durante várias semanas, depois que Tyson terminou com ela.

Fico escutando, enquanto Kellan e Tamika conversam sobre o editorial de Kellan. Li um dos primeiros esboços dele. Fala sobre a política da escola de proibir as meninas de usarem camiseta que deixa aparecer o umbigo, e se isso desrespeita os direitos estabelecidos pela Primeira Emenda da Constituição dos Estados Unidos. Isso me faz pensar no tesão que Graham demonstrou pelo meu umbigo na área dos reservas ontem. Quando estava vindo para cá, coloquei um bilhete pela entrada de ventilação do armário dele, para dizer que a gente só ia se ver na aula de música. Assim, ele não ia ficar me procurando para a nossa sessão de agarramento, antes da aula. Um dia, nós íamos precisar ter a conversa sobre terminar, mas não ia ser nesta manhã.

Kellan pega a mochila dela.

— Está pronta?

Saímos para o corredor, e as pessoas estão começando a chegar e ir até os armários. Não faço ideia do que vou dizer a Josh se cruzar com ele. Estava escuro quando voltamos para casa da Photomat e nos despedimos. Mas, agora, sob as luzes fluorescentes fortes da escola, minhas emoções estão expostas demais.

— Você soube da fogueira de Rick, na sexta à noite? — pergunta Kellan, enquanto subimos a escada. — Foi Tamika quem me contou. É no fim do dia de matar aula dos alunos do último ano, mas a festa não é só para quem está se formando. Vai ser na praia atrás da casa dele, e todo mundo que quiser ir está convidado.

Rick Rolland é um aluno do último ano que joga futebol americano, dá festas e sempre tem uma namorada linda. Aliás, ele saiu com Sydney Mills no ano passado, mas dizem que ele a chifrou com uma aluna do nono ano.

— Rick mora no lago? — pergunto e penso na casa do futuro de Josh e Sydney.

— Mora. Quer ir?

— Acho que sim — respondo, apesar de ser difícil fazer planos para o fim da semana se eu só consigo pensar no que vai acontecer daqui a quinze anos. Quando percorremos o corredor das línguas estrangeiras, eu me viro para Kellan e pergunto:

— Você acha que é tarde demais para eu me inscrever naquele curso de biologia da faculdade?

Ela bate palmas.

— Você mudou de ideia?

— Acho que sim — respondo.

Hoje de manhã, acordei com pena de mim mesma. Mas dizer às pessoas que estou fazendo uma matéria de faculdade enquanto ainda estou no ensino médio parece uma coisa digna de respeito. Além do mais, gostei de biologia neste ano, principalmente das unidades sobre genética e DNA.

— Vai ser muito mais difícil do que a biologia da escola, mas você vai se dar superbem — diz Kellan. — E já tem as notas necessárias, então vai entrar, com certeza.

— Espero que sim — respondo.

Kellan engancha o braço no meu e solta um gritinho.

— Este é o nosso primeiro passo a caminho da faculdade de medicina!

— Agora a gente vai estudar medicina?

— Nós podemos até morar juntas. E fazer a residência no mesmo hospital!

Quando diz isso, percebo que posso tentar achar Kellan no Facebook. Talvez possa até ver se ela fez *mesmo* medicina. É uma coisa muito forte pensar que o Facebook não se limita a Josh e eu. Talvez eu possa achar *qualquer pessoa* e ver como vai ser o futuro dela.

18://Josh

TYSON E EU TEMOS EDUCAÇÃO física no terceiro tempo. Se estivéssemos em alguma equipe esportiva, não íamos precisar fazer educação física, mas o sacrifício vale a pena. Com o tempo que a gente demora para se trocar e caminhar até as quadras de vôlei, a aula só dura trinta minutos.

Passo a toalha embaixo dos braços e jogo de volta para dentro do armário. Na fileira seguinte, o bipe de alguém toca.

A toalha de Tyson está bem enrolada na cintura dele. Ele enfia a mão por baixo para tirar o short de ginástica.

— Eu tentei fazer o meu pai me dar um bipe de aniversário — diz. — Mas ele acha que só médicos e traficantes de drogas precisam disso.

Cheiro as axilas e enfio a mão no armário para pegar o desodorante.

— Para que você quer um bipe?

— Para as pessoas poderem falar comigo se precisarem — responde ele.

— Tem tanta gente assim atrás de você? — pergunto.

— Sei que você não é traficante de drogas, então é médico em segredo?

Kyle Simpson aparece no canto, pelado como sempre. Ergue o bipe pretinho e aperta um botão para fazer os sete dígitos brilharem.

— Minha namorada está me mandando um recado — informa ele. — Alguém tem uma moeda para o orelhão?

A namorada de Kyle está na faculdade, e todos sabemos o que significa quando ela manda um recado para ele no meio da aula de educação física. Ele vai faltar no quarto tempo e só vai voltar no fim do almoço.

Kyle é um dos ex de Emma. Eles namoraram um tempinho no ano passado, e ela costumava falar sobre como ele era gostoso quando tirava a camisa. Parece que os meninos musculosos adoram fazer isso. Nem precisa dizer que sou o tipo de cara que sempre fica com a camiseta. Só fico feliz por não fazer aula de educação física com Kyle quando eles estavam juntos. A última coisa de que precisava era ouvi-lo falar de Emma, enquanto desfilava pelado.

Finjo procurar moedas na minha toalha.

— Desculpe, cara.

Tyson tira a calça amassada do armário, enfia a mão no bolso e joga uma moeda para ele. Kyle dá um tapa nas costas dele e, então, se afasta pelo corredor. Depois que vai embora, Tyson e eu nos olhamos e fingimos um calafrio.

— Por que ele faz isso? — cochicho. — Ou você se veste ou amarra uma toalha na cintura.

— Exatamente — responde Tyson. — Eu não preciso ver o piu-piu dele cinco vezes por semana.

Coloco a camiseta por cima da cabeça.

— Talvez seja por isso que você e Kellan terminaram. Porque você chama de "piu-piu".

— Se eu tivesse um bipe — observa Tyson —, aposto que ainda estaríamos juntos.

— Se você tivesse um bipe, ela ia ficar ligando para você sem parar. Você ia passar metade da vida correndo até o orelhão mais próximo para ligar para ela.

O sinal toca e termino de amarrar os tênis. Depois, arranco a mochila de dentro do armário e coloco no banco. Do bolso da frente, tiro uma caneta e uma folha de papel, que aliso em cima da coxa. Durante o primeiro tempo, comecei uma lista chamada "Eu queria saber o que acontece com...". Até agora, escrevi o nome de dezoito pessoas que quero procurar no computador de Emma. A lista inclui alguns dos alunos mais inteligentes do meu ano. Quem sabe um deles vai encontrar a cura para a AIDS ou inventar um carro que não precisa de gasolina para andar. Talvez o presidente do clube de teatro consiga chegar à Broadway. E a minha primeira namorada, Rebecca Alvarez. O que será que ela vai estar fazendo daqui a quinze anos?

Também tem gente bizarra demais para ignorar, como Kyle Simpson. Futuro stripper masculino.

19://Emma

KELAN E EU PASSAMOS a hora de estudo na biblioteca. Kellan, que só vai tirar nota máxima nas provas finais, está fazendo um teste da revista *YM* chamado "Que tipo de namorada você é?". Estou tentando me lembrar dos acontecimentos principais da guerra hispano-americana para a prova final de história, mas, na verdade, estou é pensando no meu futuro.

Fecho os olhos e massageio a testa. É difícil saber muita coisa quando o futuro se revela para a gente em algumas poucas frases aleatórias por vez. Além do mais, minha vida mudou cada vez que a gente olhou, então não dá nem para prever o que meu futuro eu triste vai fazer hoje.

— Você planejou passar a noite com as amigas — lê Kellan —, quando seu namorado liga e convida você para ir ao cinema. Você: (*A*) diz que não pode, mas que vai estar livre amanhã; (*B*) convida o namorado para vir à sua casa e se divertir com as meninas; ou (*C*)...".

— Nenhuma das anteriores — interrompo. — Digo para ele que essa história de ver filme é papo-furado. Ele só quer agarrar você.

— Você está certa — diz Kellan, balançando a cabeça. — Os meninos são os maiores tarados.

Examino as unhas dos meus dedos.

— Você pensa sobre a pessoa com quem vai se casar um dia?

— Engraçado você perguntar. — Kellan sorri e dobra a ponta da página da revista. — Hoje de manhã, estava conversando com Tamika sobre uma Teoria do Marido que inventei.

— Você tem uma Teoria do Marido?

— Pensei nela quando estava parada em um sinal vermelho ontem — diz ela. — Certo, imagine que você está prestes a morrer em uma batida de frente. Lá está você, dirigindo pela rua, quando um Ford Bronco vem com tudo para cima de você. Você sabe que já era, que é o fim. Então, você olha para o banco do passageiro e... Quem está lá?

— Que coisa horrível, Kel!

— Rápido, quem está lá? É seu futuro marido.

Tiro um pouco de esmalte cor de coral do polegar.

— Eu é que estou dirigindo?

— É, e vocês dois vão morrer. Quem é?

— Não sei — respondo. — Você, talvez.

— Impossível — diz ela. — Acabamos de aprender em sociologia que casamentos entre pessoas do mesmo sexo não são permitidos em *nenhum* lugar do mundo. Esse é o tema do meu próximo editorial. Mas, vamos lá! Quem está no seu banco do passageiro?

— Ninguém — respondo, balançando a cabeça. — Vejo um gatinho malhado. Ou, quem sabe, uma daquelas cacatuas, igual à que aquela mulher do centro carrega no ombro.

Kellan faz beicinho com o lábio inferior.

— Você nem quer entrar na minha brincadeira.

— Desculpe. Certo, verei Cody. E você? Quem você vê?

— Tyson — responde ela e volta a abrir a revista.

— *Tyson*? — Olho por cima do ombro, para ter certeza de que a bibliotecária não reparou que estamos conversando. Ela está sentada no balcão da entrada, lendo o *Boletim das Bibliotecas Escolares*. — Ele partiu seu coração. Duas vezes! Por que você sempre se esquece disso?

— É ele que eu vejo — retruca Kellan. — Não posso fazer nada a respeito. Mas quer saber uma coisa fofa? Tyson vai ajudar alguns skatistas do último ano a colher lenha para a fogueira de sexta à noite. É tão prestativo da parte dele, não é mesmo?

Quando Kellan volta para o teste da revista, penso sobre o meu futuro marido *real*, Jordan Jones Jr. Não tinha muita coisa na página dele, apesar de obviamente gostar de pescar. Mas não sei o suficiente sobre ele para vê-lo no banco do passageiro.

Então, é isso. Levanto de um pulo da cadeira e atravesso a biblioteca correndo. É *ele* que faz o meu futuro ser uma porcaria. Se conseguir me livrar dele, talvez tenha uma chance de ser feliz.

— Senhorita Nesbit? — chamo. A bibliotecária tem uma mecha cor-de-rosa no cabelo e duas argolas de prata no alto de uma orelha. — Tem lista telefônica aqui na biblioteca?

Ela larga a revista, que está aberta em um artigo sobre censura a livros. Com toda a certeza, ela é uma das professoras mais legais da Lake Forest High School.

— É alguma emergência? — pergunta ela, enquanto levanta com dificuldade a lista de telefones residenciais locais. — Posso deixar você usar o telefone dos fundos, se precisar fazer uma ligação.

— Na verdade, estou interessada em listas telefônicas de outros estados.

A senhorita Nesbit mexe em um dos brincos.

— Algum estado específico?

Meu coração bate mais rápido.

— Da Califórnia?

— Você tem que tentar na biblioteca pública — diz ela. — Lá tem listas telefônicas do país todo. Tenho certeza de que vai ter alguma da Califórnia.

20://Josh

DEPOIS DE FAZER A CHAMADA, a professora Tuttle conduz a classe pelo corredor, na direção do auditório, onde vamos participar de mais uma aula de comportamento social com outra classe no palco. Seja lá o que nós vamos fazer, na sala de aula não tem espaço suficiente para todo mundo.

No final do corredor ficam as portas duplas que levam ao teatro. A classe do professor Fritz já está entrando. Eu me lembro do conselho de David para não deixar os momentos certos passarem, então me apresso para alcançar Sydney Mills. Quando chego perto, o cheiro de coco dela me envolve e eu me lembro de cremes de bronzear e de biquínis. E de Waikiki! Quero dizer, Acapulco.

Não quero forçar um momento entre nós, mas preciso falar com ela pelo menos uma vez para resolver essa história. Se não, vou ficar agonizando sem que ela nem perceba que eu existo. Ontem mesmo, nunca teria me ocorrido nós dois nos apaixonarmos. Mas, depois de ver aquela foto de Emma no lago, e a de Sydney e eu com nossos filhos, não tem como ser uma pegadinha.

Eu me coloco do lado de Sydney e vou caminhando junto com ela pelo corredor. Preciso dizer algo inteligente. Algo do qual ela sempre vai se lembrar como as primeiras palavras que eu disse a ela. Vamos escrever essas palavras em cartões do Dia dos Namorados e contar a história para os nossos netos algum dia.

Sydney olha para mim e sorri. É o meu momento!

— Eu... eu gosto desse auditório para onde nós estamos indo.

Sério? *Esse* é o quebra-gelo que sela o nosso destino?

— Que bom — responde ela, com o sorriso já sumindo. — Porque é para lá que nós vamos.

Para passar pelas portas, a classe se aperta em uma massa compacta de corpos. Deixo Sydney ir na frente, enquanto o meu rosto arde de vergonha. "Eu gosto desse auditório para onde nós estamos indo" não vai figurar em nenhum cartão de Dia dos Namorados.

A outra classe está parada à beira do palco, com o professor deles. O professor Fritz é gordo, mas sempre usa camisas de poliéster agarradinhas. Parece que sempre que fala de sexo fica com marcas de suor em forma de meia-lua embaixo dos peitos.

— Vamos nos reunir — diz a professora Tuttle. Ela caminha para perto do professor Fritz, e nós formamos um semicírculo ao redor deles.

Sydney fica em uma ponta do semicírculo, e eu fico perto do meio.

— Estamos aqui para fazer um exercício em grupo — explica o professor Fritz. — Esperamos conseguir fazer com que vocês olhem para além de sua própria vida.

A meu lado, um garoto da outra sala cochicha:

— Aposto um dólar que Fritz e Tuttle mandam ver na sala dos professores.

A professora Tuttle dá um passo à frente.

— Achamos que seria esclarecedor ver quantas perspectivas diferentes podem existir sobre relacionamentos apenas entre nossas duas classes. — E coloca a mão no ombro do professor Fritz.

— O que foi que eu disse? — diz o sujeito, sorrindo para mim.

— Uma das coisas que temos tentado transmitir durante todo o semestre — continua o professor Fritz — é que o bem-estar de cada um é afetado pelas relações que se tem.

Dou uma olhada em Sydney. Ela está prestando muita atenção e joga o cabelo para trás. Eu absorvo o cabelo comprido e a pele macia dela. Tudo nela é lindo demais.

O professor Fritz aponta para os quatro cantos do palco.

— Cada canto vai representar uma filosofia de relacionamento diferente. Nós vamos lhes apresentar uma situação e dar quatro opções, e daí vocês vão para o canto com que mais concordam. — Ele entrega a prancheta para a professora Tuttle.

— Vamos começar com uma fácil — diz ela. — Imagine que você quer sair com alguém da nossa escola. Você: convida a pessoa para sair... espera o máximo possível para *a pessoa* convidar você... pede para um amigo descobrir o que a pessoa pensa de você... ou simplesmente está ocupado demais para sair com alguém?

— Ninguém mais fala *sair* — diz Abby Law.

Algumas pessoas dão risadinhas, e a senhorita Tuttle diz:

— Bom, seja lá que nome tenha.

O sujeito do meu lado berra:

— Ficar! — E agora a classe inteira dá risada.

O professor Fritz aponta para a frente do palco.

— Quem convida a pessoa para sair venha para a parte de baixo do palco. Mas se prefere...

Abby Law interrompe mais uma vez.

— Na verdade, o senhor está apontando para a parte superior direita do palco.

Depois que as quatro opções são definidas, vou até o canto de quem pede ajuda a um amigo. No segundo semestre do ano passado, eu devia ter pedido a Tyson para descobrir o que Emma pensava do nosso relacionamento. Teria me poupado muita humilhação.

— Ninguém está ocupado demais para sair? — pergunta a professora Tuttle e aponta para o canto vazio.

Shana Roy levanta a mão. Qualquer cara nesta sala daria a mão esquerda para ser convidado por ela para um encontro.

— Eu quase fui para lá — responde ela. — Mas se a pessoa certa convidasse, tenho certeza de que eu ia encontrar tempo.

— A pergunta não era essa — diz outra menina. — O que iria fazer se *você* quisesse sair com alguém?

— Você tem razão — diz Shana. — Eu ia convidar.

Ela atravessa o palco e fico hipnotizado pela faixa de pele bronzeada nua que se agita acima do jeans dela.

No almoço, Kellan falou a respeito da nova regra de não deixar a barriga aparecer, e agora ela acha que isso desrespeita os direitos dos alunos. Tyson e eu demos risada, e ele disse a ela que todos os homens são absolutamente contra essa regra, mas não por causa de algum tipo de direito. É por causa da visão! Kellan ficou louca da vida e jogou um monte de batata frita em cima dele.

— Esta aqui pode ser mais difícil — diz a professora Tuttle. Ela olha para a prancheta e lê: — Se as coisas estão indo rápido demais do ponto de vista sexual, e a menina fica visivelmente incomodada, será que o menino deve parar, mesmo que ela não tenha dito a palavra *não*?

Os quatro cantos representam "sim", "não", "o menino deve perguntar se está tudo bem" e "não tenho informações suficientes". As pessoas começam a se movimentar até estarmos quase igualmente divididos em "sim" e "perguntar se está tudo bem". Surpreendentemente, três meninas acham que tudo bem continuar.

Ruby Jenkins defende seu ponto de vista.

— Conheço meninas que estiveram nessa situação. E, sinto muito, mas você precisa falar alguma coisa.

— Entendi — diz a senhorita Tuttle. — Mas, Ruby, e se um menino, pelo menos, tivesse ficado no seu canto?

Ruby dá um sorriso sarcástico.

— Eu daria um chute naquilo.

As outras meninas do canto dela dão risada e se cumprimentam com um "toca aqui".

— Isso é uma idiotice — diz um menino. É o mesmo que acha que Fritz e Tuttle estão mandando ver. — Isso é sexismo feminino. A menina precisa falar o que pensa.

O senhor Manda Ver é um aluno do último ano que joga futebol americano. Sempre que passo por ele no corredor, fico com vontade de me jogar no chão e fazer cinquenta flexões de braço.

— A pergunta não era essa, Rick — diz Sydney. — Se um cara força demais uma menina e ela fica *visivelmente incomodada*, então ele precisa parar.

Duas meninas atrás de mim dão risada e uma cochicha:

— Eu não sabia que Sydney Mills tinha um "longe demais".

Fico de olho em Sydney. Não acho que ela pudesse ter escutado o comentário da ponta oposta do palco, mas, por um breve instante, vejo que ela morde o lábio.

— Só estou falando — diz ela, com a voz mais baixa. — A menina não tem que soletrar tudo para ele.

— Então, ele precisa ser um leitor de mentes? — pergunta Rick.

— Eu só... — Sydney para no meio da frase e balança a cabeça.

O professor Fritz abre a boca, mas, antes que eu me dê conta, solto:

— Ela está certa. É só decência humana.

Eu disse mesmo isso? É verdade, mas por que disse em voz alta? E "decência humana"? Eu podia ter me saído com algo melhor do que *isso*!

— Muito bem colocado — diz o professor Fritz, batendo o lápis na prancheta. — Certo, a próxima pergunta é sobre sexo antes do casamento, e tenho certeza de que vai haver muitas opiniões ferrenhas aqui também.

— Decência humana? — cochicha Abby Law para mim. — Parece algo que meu *pai* iria dizer.

Fico olhando fixo para a frente, fingindo que não escutei. Mas então, do outro lado do palco, reparo em algo fora do comum.

Sydney Mills está olhando bem para mim.

21://Emma

DEPOIS QUE O ÚLTIMO SINAL toca, guardo o saxofone no armário da sala de música e corro para o estacionamento dos alunos. Apesar de uma visita à biblioteca pública parecer algo bem inocente, sei que não devia fazer o que estou prestes a fazer. E como também vou faltar ao treino de corrida, é melhor sair do terreno da escola bem rápido.

— Emma! Espere!

Josh vem correndo pelo estacionamento, acenando para que eu pare. Eu não o vejo desde a hora do almoço, quando deixei que guardasse o skate no banco de trás do carro.

— Preciso pegar o skate — diz ele. — Tyson e eu vamos ao half-pipe de Chris McKellar.

— Parece algo bom para se fazer — respondo, tentando acalmar os nervos.

— Está tudo bem com você? — pergunta ele.

— Está. — Abro a porta do motorista e entro, evitando olhar nos olhos dele. Detesto não ser sincera com Josh, mas não posso dizer a ele o que vou fazer agora. Faz três noites que meu futuro marido não volta para casa. *Três noites!* E agora está usando o meu dinheiro para comprar um aparelho eletrônico qualquer. E, enquanto isso, eu nem tenho dinheiro para fazer terapia, coisa que é bem provável eu precise no futuro, para falar *dele!*

Preciso me livrar desse fulano.

— Para onde você está indo? — pergunta Josh. Ele inclina o banco do passageiro para a frente e enfia o corpo no banco de trás.

— Para lugar nenhum — respondo. Depois, como a frase pareceu cheia de culpa, completo: — Só vou à biblioteca pública fazer uma pesquisa.

Josh olha ao redor de maneira furtiva e, então, sussurra:

— Depois do jantar, nós precisamos entrar naquele site de novo.

— Tudo bem — respondo.

— Eu estava pensando que a gente devia usar uma palavra-código para ele, para as pessoas não saberem do que a gente está falando.

— Que tal "Facebook"? — respondo, olhando para o motor. — Ninguém nunca ouviu falar disso.

* * *

Quando me dirijo para a entrada da biblioteca, cruzo com Dylan Portman. Nós saímos no começo do primeiro ano. Tínhamos sido conselheiros em treinamento no curso diurno de verão da ACM naquele ano. Quando as aulas começaram, já estávamos juntos. Mas não tínhamos muita coisa em comum fora do curso, então, quando ele terminou comigo, não foi tão difícil assim. Por isso, nunca é estranho quando a gente se encontra.

— Como estão as coisas? — pergunta Dylan. Ele carrega uma pilha enorme de livros de capa dura, e eu abro a porta e seguro para ele entrar. Ele sorri, mostrando a covinha sexy da bochecha esquerda. Dylan sabe que é gostoso, e sabe usar essa característica.

— A aula termina e você vem direto para a biblioteca? — pergunta ele, enquanto caminha ao meu lado.

— Bom, olhe só para você com essa pilha enorme de livros.

— Estou devolvendo para a minha irmã menor. — Dylan sorri e completa: — Sou desses.

De modo geral, não iria me incomodar de flertar um pouco com ele, mas tenho uma missão a cumprir e não posso permitir que ninguém fique no meu caminho, nem mesmo se esse alguém tiver covinha e cabelo castanho desgrenhado.

— Tenho muita pesquisa a fazer — comento. Então, para ter certeza de que Dylan não me acompanhe quando eu for procurar as listas telefônicas, completo: — Acho que vou me encontrar com Graham mais tarde.

— Graham Wilde? Adorei que ele raspou a cabeça. — Dylan aponta com o queixo na direção do balcão de devoluções e, então, diz: — Não estude demais.

O ar-condicionado está a toda na biblioteca, fazendo com que eu fique tremendo de frio. Ou talvez o tremor venha do fato de eu saber que estou prestes a achar o telefone do meu futuro marido. Vou direto para o balcão de referência. O sujeito que trabalha lá está mordendo um lápis e olhando para a tela do computador.

— Com licença? — pergunto. — A bibliotecária da minha escola disse que vocês talvez tivessem listas telefônicas de outros estados.

Ele digita algo no teclado, levanta da cadeira e coloca o lápis atrás da orelha. Eu o sigo, dobrando em um corredor e, depois, descendo uma escada, até finalmente chegar a uma estante comprida, lotada de listas telefônicas.

O bibliotecário cruza os braços.

— Tem algum estado em que você esteja interessada?

— Califórnia — respondo. — Chico, Califórnia.

— Isso fica no condado de Butte, acho. — Ele tira o lápis de trás da orelha, analisa as marcas de mordida e, em seguida, pega uma lista telefônica de tamanho médio. — Fale comigo se precisar de mais alguma coisa.

Quando desaparece mais uma vez na escada, eu me sento de pernas cruzadas no chão e me apresso em folhear a letra *J*. Há centenas de pessoas com o sobrenome Jones em Chico, Califórnia. Concentro o olhar nas letrinhas miúdas. Jones, Adam. Jones, Anthony. Jones, Anthony C. Jones, Arthur. Não termina nunca! Mas se o nome do meu marido é Jordan Jones *Júnior*, então o pai dele tem que se chamar Jordan também. Viro a página e, com uma pontada de decepção, vejo que não tem ninguém chamado Jordan Jones.

Se não tem nenhum Jordan, talvez o pai dele esteja listado pela primeira inicial. Dou uma olhada no início dos Jones, onde estão listadas só as letras, mas tem uma tonelada de *J*s ali. Aperto a lista contra o peito e corro para o andar de cima para procurar uma máquina de fotocópia.

Dou um dólar para o bibliotecário e ele me entrega dez moedas de dez centavos. Coloco a lista telefônica aberta em cima do vidro liso da máquina de fotocópia, fecho a tampa e coloco uma moeda na abertura. Ela cai com um *plink* baixinho, e eu aperto o botão verde de iniciar.

22://Josh

ESTOU SENTADO no alto do half-pipe no quintal de Chris McKellar. Minhas pernas estão penduradas na borda, enquanto Tyson sobe de um lado e desce do outro. Chris se formou no ano passado, mas os pais dele ainda deixam a gente usar a rampa. Como sempre, quase todas as outras pessoas que estão no half-pipe são do último ano. Mas, para eles, tudo bem a gente estar aqui, porque sempre trazemos pizza.

Sentado do meu lado, um garoto que não anda de skate está fazendo um monte de perguntas.

— Por que isso se chama half-pipe? Não tem nada que ver com "meio cano".

Ele está aqui com a namorada, que acabou de entrar na pista do outro lado.

— Está falando sério? Você não sabe? — pergunto.

— Para mim, parece uma rampa em forma de U, e não a metade de um cano — diz ele.

As pálpebras dele estão semicerradas e ele balança a cabeça lentamente para si mesmo. Fico me perguntando quanto ele fumou hoje. Por alguma razão, eu me sinto na obrigação de responder a ele.

— Se você pegar outro half-pipe, virar de cabeça para baixo e colocar em cima deste, ficaria um círculo fechado, igual a um cano — digo. — Na verdade, acho que ficaria mais para oval.

— Sabe como devia se chamar, então? — O rosto dele fica completamente sério. — Half-oval.

Fico com vontade de escorregar pela rampa, pegar minha mochila e adicionar esse cara à minha lista de "Eu queria saber o que acontece com...", que agora já tem trinta nomes. Começa com Tyson, depois vem meu irmão, meus pais, e vai indo até um garoto do meu ano, Frank Wheeler, que, uma vez, nos disse que, se não for milionário quando chegar aos trinta anos, vai se jogar na frente de um ônibus.

Tyson sobe, girando as rodas com força, e passa ao meu lado, depois equilibra o meio do skate na borda e desce mais uma vez. Do outro lado da rampa, a namorada do cara chapado ajusta o capacete. Quando ela apareceu pela primeira vez, no mês passado, ninguém queria dar uma chance a ela. Mas, no primeiro drop, ela fez a maior parte de nós passar vergonha.

— Você devia pedir para a sua namorada ensinar você a andar de skate — digo.

— De jeito nenhum — responde ele. — Precisa de muito equilíbrio.

Tyson passa bem perto e prende o suporte da roda na beirada. Ele estende o braço e eu o puxo para a plataforma.

— Está pronto? — pergunta ele. — Preciso começar a trabalhar e me preparar para uma festa.

Daqui a quinze anos no futuro, imagino que Tyson vai estar cuidando da GoodTimez Pizza. Não seria um trabalho ruim. Pizza de graça para a vida toda parece uma coisa bem boa para mim. Aliás, Sydney e eu provavelmente levamos nossos filhos lá no aniversário deles.

Desço a rampa, dou meio giro e termino com um deslizamento de joelho.

— Que horas é a festa de aniversário? — pergunto, quando Tyson e eu saímos pelo portão lateral.

— Às cinco e meia — responde ele. — Mas eu disse a Kellan que ia me encontrar com ela alguns minutos antes de começar. Ela tem um intervalo na aula da faculdade e quer conversar.

Piso em cima do skate e faço a ponta encostar na calçada.

— Sobre o quê?

— Vai saber — responde ele. — Ela deve estar puta da vida comigo por causa de alguma coisa. Eu nunca acerto com aquela mulher.

— Você não precisa se encontrar com ela — digo. — Não, se for só para ela ficar reclamando de você.

Fazemos uma pausa no cruzamento e Tyson se vira para mim com um sorriso.

— Mas ela fica tão gostosa quando está brava...

Atravessamos a rua e Tyson faz um gesto com a cabeça na direção do cemitério.

— Está a fim de fazer um desvio rápido?

Apoiamos os skates no portão do cemitério e caminhamos pela trilha de cascalho cheia de curvas. É estranho pensar que, a apenas algumas fileiras de distância, perto do local do descanso final de Clarence e Millicent, Emma e eu começamos a nos afastar. Estava frio naquela noite, por isso ela se aninhou em mim. Não que ela nunca tivesse feito isso, mas, naquela vez, pareceu diferente. Ela perguntou sobre o baile formal de inverno que estava por vir e se eu estava pensando em ir. Eu não estava, mas disse que, se ninguém a convidasse, talvez devêssemos ir juntos. Disse isso com um meio sorriso para que ela pudesse tomar como piada, se quisesse. Ela ficou quieta, enquanto caminhávamos pela sombra das lápides, e então, finalmente, respondeu:

— Talvez.

Gostei de "talvez". Imaginei-a usando o vestido azul cintilante que ela mostrou para mim, depois de uma viagem até Pittsburgh com a mãe dela. Fiquei me imaginando dançando uma música lenta com ela. Com esse pensamento em mente, finalmente disse que gostava dela. Meu coração batia forte e fiz o que queria fazer havia muito tempo. Eu me inclinei para dar um beijo nela.

Mas Emma recuou.

— O que você está fazendo?

— Achei que, talvez...

Ela balançou a cabeça.

— Ai, não.

— Achei que nós...

— Não estávamos — respondeu ela. — Eu não posso. Você é... *Josh*.

E foi aí que tudo mudou.

Faz seis meses desde aquela noite, e as coisas, com toda a certeza, estão mudando mais uma vez. Aliás, estão mudando de uma maneira que eu jamais...

Ai, não.

Depois da escola, quando peguei meu skate do carro de Emma, alguma coisa estava rolando. Talvez fosse a maneira como ela evitou me olhar nos olhos. Ou o jeito como disse que ia até a biblioteca procurar uma coisa. Emma sempre é mais específica do que isso. E se ela está escondendo algo, só que pode ser uma coisa. Está relacionado ao futuro dela.

Mas se Emma está agindo toda sorrateira para mudar o futuro *dela*, pode sem querer bagunçar o *meu*. E eu adoro o meu futuro! Uma pequena onda criada hoje pode causar um tufão daqui a quinze anos.

Olho para Tyson. Os olhos dele estão na lápide:

LINDA ELIZABETH OVERMYER
Esposa querida de William
Mãe querida de Tyson James
25 de novembro de 1955 — 15 de agosto de 1982

— Preciso ir andando — digo a ele. — Esqueci, mas preciso conferir uma coisa. Posso tentar dar uma passada na GoodTimez mais tarde.

— Tudo bem — diz Tyson, assentindo com a cabeça para mim. — Vou ficar aqui mais alguns minutos.

Corro de volta pelo caminho de cascalho. Quando chego no estacionamento, jogo meu skate no chão e pulo em cima. Na calçada, abaixo bem para fazer uma curva fechada e então dou bastante impulso para descer a rua, mapeando na cabeça o caminho mais rápido até a biblioteca.

23://Emma

ENFIO AS PÁGINAS de fotocópia na mochila e me apresso para o carro. Agora que tenho uma lista de números de telefone para testar, preciso comprar um cartão telefônico e voltar para casa o mais rápido possível.

Dylan me alcança no estacionamento.

— Você deve estar muito perdida em pensamentos — diz ele. — Fiquei chamando o seu nome desde que você passou pela porta.

Coloco o cabelo atrás da orelha. Apesar de eu ter feito uma escova hoje de manhã, o clima quente está fazendo com que ele volte a ficar crespo.

Normalmente, não ia me importar de passar alguns minutos com Dylan, mas estou com pressa. Sei que a coisa que estou prestes a fazer é errada. As consequências em toda a minha vida vão ser enormes. Por isso, preciso encontrar Jordan Jones Jr. antes que minha consciência tome conta de mim ou antes que cruze com Josh e ele tente me impedir.

— Para onde você está indo? — pergunta Dylan, quando nos aproximamos do meu carro.

— Preciso comprar uma coisa na 7-Eleven.

— Será que você pode me dar uma carona?

— Tudo bem — respondo. — Mas estou com pressa.

— Eu posso descer na 7-Eleven e ir andando de lá.

Abro o carro e nós dois entramos. Quando Dylan prende o cinto de segurança, reparo que ele tem três livros no colo. *Weetzie Bat* e mais dois da série Dangerous Angels.

— Agora você gosta de ler Francesca Lia Block? — pergunto. — Porque eu tenho bastante certeza de que estes livros não são para a sua irmã menor.

— São para Callie. Ela é obcecada por essa autora. Você já leu?

Percorro o estacionamento.

— Quem é Callie?

— Minha namorada. Ela mora em Pittsburgh, mas foi ao baile de formatura comigo.

— Ah — digo.

— Estamos juntos desde o Natal. Você tinha que ver o snowboard dela. Foi assim que a gente se conheceu.

Do jeito que ele fala dessa menina, parece sério. Mas não posso evitar de ficar um pouco incomodada. No verão em que Dylan e eu fomos conselheiros nas férias, eu ficava lendo todos os livros de Francesca Lia Block sempre que a gente tinha um tempinho. O fato de ele parecer não se lembrar disso me dói, por algum motivo.

* * *

Dylan segura a porta da 7-Eleven para eu entrar. Quando nos despedimos, confiro o estacionamento duas vezes para ter certeza de que Josh não é um dos skatistas que estão por lá.

No balcão, fico indecisa entre um cartão de telefone de cinco dólares ou de dez dólares. Escolho o mais barato, pago o sujeito e então volto para o carro.

Vou para casa devagar, observo um pai na entrada de casa, levantando o filho pequeno para que ele possa marcar uma cesta. Irrigadores automáticos de jardim fazem arcos silenciosos nos gramados da frente. Essas vizinhanças parecem tão serenas, quase paralisadas no tempo.

Enquanto isso, Josh e eu avançamos no nosso futuro. Ligo o rádio e aumento o volume. Está tocando "Wonderwall", do Oasis. Essa é a nova música preferida de Kellan. Ela a estava cantarolando quando saímos da sala de estudo mais cedo.

And all the roads we have to walk are winding
And all the lights that lead us there are blinding

Desligo o rádio. Não preciso me sentir mais culpada por ir para casa, trancar a porta do quarto e bloquear para sempre uma dessas ruas cheias de curvas.

24://Josh

ESTOU TODO SUADO quando chego à biblioteca, e o ar frio é um choque. Não sei o que tem aqui para interessar a Emma, então não faço a menor ideia de onde posso encontrá-la. Disparo pelo piso acarpetado e vou examinando os corredores de ficção. Nada de Emma. Ela não está na parte de revistas nem na sala infantil. Finalmente, vou até o balcão de referência. O homem que trabalha lá está olhando fixo para uma tela de computador.

— Com licença? — interrompo. — Passou por aqui uma menina, provavelmente há pouco tempo? Ela devia estar interessada em... alguma coisa.

— Você vai ter que ser mais específico. — O homem tira um lápis de trás da orelha. — Como ela é?

— Ela é mais baixa do que eu — respondo. — Ela é bonitinha. O cabelo dela é cacheado e bate por aqui. — Coloco a mão atrás do ombro.

O homem escreve algo em um bloco de anotações amarelo e então faz que sim com a cabeça.

— Eu ia perguntar a ela se vai fazer faculdade em Chico, porque tem um...

Merda!

— Por que você queria falar com ela sobre Chico? — pergunto.

Os olhos dele reparam em algo atrás de mim, então ele joga as mãos para cima, exasperado.

— Eu já disse para os estagiários não deixarem carrinhos vazios perto das máquinas de fotocópia. As pessoas largam os livros neles e não guardam de volta nas prateleiras.

— Por que Chico? — pergunto de novo.

O homem sai de trás do balcão, e eu o sigo até a copiadora.

— A última vez que eu a vi — diz ele, ao mesmo tempo que tira uma lista telefônica do carrinho —, a sua amiga estava aqui tirando cópias.

Ele tem nas mãos uma lista telefônica da Califórnia. *Emma, o que você está aprontando?*

Dou uma olhada no cesto azul de reciclagem próximo à copiadora e reparo em uma única folha de papel dentro dele. Pego a folha. A cópia está escura, mas dá para distinguir o bastante. Alguém copiou uma página dupla de números de telefones de pessoas com o sobrenome Jones.

— Sua amiga está pensando em ir para a Califórnia para fazer faculdade? — o homem pergunta. — Porque minha filha...

— Duvido muito — respondo, dobro o papel e enfio no bolso de trás. — Mas obrigado.

Eu me apresso até a porta de saída da biblioteca. Quando estou do lado de fora, subo no skate e volto para casa o mais rápido possível.

25://Emma

NÃO TEM NINGUÉM EM CASA. Mesmo assim, tranco a porta do quarto antes de tirar as duas folhas de papel da mochila. Eu as abro em cima da mesa e passo o dedo pelas dobras.

Depois de digitar o número de ativação na parte de trás do cartão de telefone, começo ligando para J.B. Jones. Uma secretária eletrônica atende e diz que é a casa de Janice e Bobby. Desligo rápido e risco Jones, J.B. com um lápis.

O número seguinte é de uma senhora que fica convencida de que sou a neta dela. Demora cinco minutos até ela me deixar desligar. Eu devia ter comprado o cartão de dez dólares.

Em seguida vem Jones, J.D. Sigo os passos do cartão e disco o número.

Uma mulher com a voz cantarolada atende.

— Alô?

— Oi — digo. — Posso falar com Jordan?

— Júnior ou Sênior? — pergunta ela.

Aperto o fone contra o ombro, enxugo as mãos suadas no short e limpo a garganta.

— Júnior, por favor.

— Meu sobrinho está morando com a mãe agora.

Pense rápido, Emma.

— É, eu sei — respondo. — Não consegui encontrar o telefone dele, e achei que podia ser este.

Silêncio na outra ponta da linha.

— Como é mesmo o seu nome? — pergunta a mulher.

Penso na possibilidade de inventar um nome, mas já estou nervosa demais na situação atual.

— Meu nome é Emma. Somos amigos da escola.

— Jordan realmente tem muitas amigas. Você pode anotar?

Ela dita o número, e vou anotando na margem da cópia da lista. Nós nos despedimos, eu desligo e fico olhando para o telefone do meu futuro marido.

Algumas pessoas esperariam. Josh, por exemplo, iria avaliar a situação com muito cuidado. Pesaria todas as opções e então ligaria para David, para pedir a opinião do irmão. Eu, por outro lado, só viro o cartão telefônico e começo a discar.

— Alô? — É uma voz de homem.

— Jordan?

— Não, é Mike. Espere um pouquinho.

O fone é largado. Tem uma televisão ligada no fundo e também alguma outra coisa que pode ser um liquidificador. Mike que, acredito, deve ser meu futuro cunhado, grita para chamar Jordan e depois diz:

— Como é que eu ia saber?

O liquidificador para de funcionar. Passos se aproximam do telefone, e então uma voz de homem diz:

— E aí?

— É Jordan quem está falando? — pergunto.

— Quem é?

— É Emma — digo, abrindo um sorriso enorme. — Nós nos conhecemos em uma festa... há pouco tempo.

Seguro a respiração e torço para que Jordan tenha ido a uma festa em algum momento dos últimos trinta dias.

— Na festa de Jenny Fulton? — pergunta ele.

Solto a respiração.

— É. Na casa de Jenny.

Não havia muita informação para me ajudar na página do Facebook de Jordan. Tinha o nome, a foto e a cidade onde ele foi criado. Mesmo assim, minha intenção é mantê-lo ao telefone tempo suficiente para entender como, em algum momento do futuro, a nossa vida vai se cruzar.

— Então, o que está rolando? — pergunta ele.

— Não muita coisa — respondo. — O que você tem feito?

— Nada.

Silêncio.

— Você esteve... pescando ultimamente? — pergunto.

— Hum, não — responde ele. — Nunca pesquei na vida.

Silêncio mortal.

— Então, o que você tem feito? — pergunto.

— Quase nada, além de procurar um trabalho para o verão.

— Legal — digo.

O liquidificador começa a funcionar mais uma vez.

— Olhe, tinha alguma coisa que você queria comigo? — pergunta ele. — Porque acho que preciso voltar...

— Ah, certo — digo e acelero o ritmo. — Bom, eu estava pensando sobre a nossa conversa na festa.

— Tem certeza de que você não está falando de Jordan Nicholson? — pergunta ele. — Acho que ele também estava lá. As pessoas sempre nos confundem.

É estranho, mas Jordan não parece ser um cuzão. Ele quase parece legal. Então, como é possível ele se transformar, um dia, no tipo de pessoa que acaba ficando fora de casa por três noites, muito provavelmente me traindo? Será que ele acreditaria que isso era possível, se eu dissesse a ele neste momento?

— Era você, com toda a certeza — digo. — Nós estávamos conversando sobre as faculdades em que vamos nos inscrever e você...

— Espere — Jordan diz.

Ouço uma porta de tela bater e uma voz de menina pergunta:

— Está pronto?

Jordan diz a ela para esperar um segundo.

— Desculpe — diz ele para mim. — Não, acho mesmo que você está falando de Nicholson, porque eu já estou na faculdade. Acabo de chegar aqui para passar as férias de verão.

— É mesmo? — Minha voz fica embargada. — Onde você estuda?

Fecho os olhos bem apertados. Talvez seja lá que Jordan e eu nos conhecemos. Tenho uma lista inicial das faculdades em que quero me inscrever no ano que vem, todas em outros estados, e todas perto do mar.

— Na Universidade Estadual de Tampa — responde ele. — Acabei de terminar o primeiro ano.

Abro os olhos e forço uma risada.

— Você está certo. Era *mesmo* Jordan Nicholson. Desculpa.

— Quer o telefone dele? — pergunta ele. — Acho que Mike tem.

— Não, tudo bem. Eu tenho.

— Certo, bom... — Alguém desliga a TV e dá para ouvir a risada da menina no fundo.

Com o telefone contra a orelha, eu me sinto triste, de verdade. No futuro, Jordan e eu deveríamos nos conhecer na faculdade e nos casar. Agora, nós provavelmente nem vamos nos conhecer.

Nós nos despedimos. Quando a linha fica muda, continuo escutando o silêncio no fone. Depois de um tempo, uma voz automatizada entra na linha para informar que tenho noventa e três centavos restantes no meu cartão. Desligo e vou até minha cômoda.

Na gaveta de cima, embaixo das meias e das calcinhas, eu guardo meu diário. Não escrevo muito nele, talvez só algumas vezes por ano. Folheio até uma anotação que fiz em março. É uma lista que fiz depois que um conselheiro de faculdade conversou com a gente sobre o processo de inscrição.

As principais opções de faculdade de Emma
1: Universidade Estadual de Tampa
2: Universidade da Carolina do Norte, em Wilmington
3: Universidade da Califórnia, em San Diego

Pego uma canetinha preta na escrivaninha e risco "Universidade Estadual de Tampa". Se eu não fizer faculdade lá, não vou conhecer Jordan...

Alguém bate na minha porta. Enterro o diário de volta na gaveta.

— Quem é?

A maçaneta gira, mas a porta está trancada.

— Emma — diz Josh. — Preciso falar com você.

Quando abro a porta, o cabelo de Josh está suado, com várias mechas coladas na testa. Ele segura o chaveiro de Scooby-Doo em uma mão e uma folha de papel dobrada na outra.

— Está tudo bem? — pergunto.

Ele enxuga a testa.

— Eu vim de skate da biblioteca pública até aqui.

Olho nervosa para o papel na mão dele.

— Acho que não nos cruzamos por pouco.

Josh faz uma careta quando desdobra o papel. É a primeira fotocópia que tirei da lista telefônica. Saiu escura demais e joguei na lixeira.

— Eu sei o que você vai fazer — diz Josh. — Mas você e seu futuro marido não podem se descasar.

A maneira como ele diz "você e seu futuro marido não podem se descasar" faz meu estômago revirar.

142

— Você não pode sair por aí mudando o que tem que acontecer — diz ele. — Sei que você está chateada por estar casada com esse canalha, mas, de acordo com o Facebook, *nós* ainda somos amigos. Prometo que vou dar apoio a você. Se você acabar se divorciando, talvez eu possa emprestar dinheiro para o advogado, ou posso deixar você morar no meu quarto de hóspedes um tempo.

Emprestar dinheiro? A raiva cresce dentro de mim. *Claro, porque ele e Sydney são tão ricos!*

Josh repara no cartão de telefone em cima da escrivaninha, com a parte prateada na parte de trás raspada para revelar o código de ativação.

A voz dele fica bem baixa.

— Você já ligou?

Faço que sim com a cabeça devagar.

— Você falou com Jordan?

— Acabou — digo. — Nós nunca vamos nos conhecer.

A cor desaparece do rosto de Josh.

26://Josh

ASSIM, SEM MAIS NEM MENOS, o futuro é transformado para sempre.

Quinze anos de história... de história *futura*... são transformados porque Emma não gostou do cara com quem se casou. Mas ela só tinha algumas frases daqui a quinze anos em que se basear. Isso nem de longe é informação suficiente para tomar uma decisão tão drástica a respeito da vida dela. E da vida *dele*! Pensando bem, qualquer pessoa que tenha sido afetada pelo relacionamento deles, mesmo que de um jeito bem leve, vai tomar novas e incontáveis direções.

Minha vontade é dar berros e risadas histéricas *ao mesmo tempo*. Em vez disso, amasso a fotocópia que seguro e jogo do outro lado do quarto. O papel mal faz barulho quando bate na parede.

— Você não pode fazer isso! — grito.

— Na verdade — diz Emma, cruzando os braços —, até que foi bem fácil. Ele estuda na Universidade Estadual de Tampa, então não vou me inscrever lá. Agora minha primeira opção é a Carolina do Norte.

Desabo na cama dela e aperto os olhos com as mãos. Ela não entende! Ela sabe que até a menor da mudanças no nosso presente vai reverberar no futuro. Naquele primeiro dia, Emma estava desempregada. No dia seguinte, ela tinha emprego, mas nós não fazíamos a menor ideia do que ela tinha mudado para que isso acontecesse. Uma vez, olhamos e Jordan tinha ido pescar. Mas, depois, misteriosamente, ele não tinha voltado para casa durante três dias. Depois, macarrão com queijo virou lasanha. Talvez Emma não ache importante o fato de que o jantar dela ficou diferente, mas, e se na próxima vez que cozinhar, alguma coisa faça com que prepare bolo de carne e ela acabe pegando a doença da vaca louca e morrendo porque uma pequena reverberação fez com que mudasse os planos para o jantar daqui a quinze anos?

Mas mudar o futuro marido dela? De *propósito*? Não dá para avaliar essas consequências!

— Confesse — observa Emma. — Você faria a mesma coisa se sua vida parecesse tão ruim quanto a minha.

— Não. — Eu me sento ereto. — Não faria. Você não faz ideia do que mais mudou. Isso é perigoso, Emma.

— Olha quem fala — diz ela. — Ontem você ficou olhando feito bobo para Sydney. Você teria feito isso se não soubesse que ia se casar com ela?

— Estou falando de mudar o *futuro* — respondo.

Emma dá uma risada.

— Bom, o que você acha que acontece quando você faz uma coisa diferente no presente? Muda o futuro! Você fez a mesma coisa que eu.

— Não é a mesma coisa, e você sabe muito bem disso — insisto. — No meu caso, foi uma reação, mas você provocou uma mudança gigantesca intencionalmente. Você queria muito estudar na Universidade Estadual de Tampa. Eu vi você e Kellan pesquisando naquele guia de avaliação de faculdades, e você ficou falando sobre como era perto de onde seu pai mora. Mas agora você não vai estudar lá? Nós precisamos fazer as coisas exatamente como faríamos antes do Facebook.

— Por quê? — pergunta Emma, e dá para ver que ela está prestes a chorar. — Para eu ficar desempregada aos trinta e um anos, como na primeira vez que a gente olhou? Ou para ficar irritada porque meu marido gasta todo o meu dinheiro, quando tenho emprego?

— É mais complicado do que isso — digo. — E se, quando você estava desempregada, estivesse a apenas um dia de encontrar o emprego perfeito? Ou, talvez, e se quando o seu marido percebeu que você ficou irritada por ele ter comprado aquele iPad, ele tenha ido lá e devolvido no dia seguinte? Emma, você só viu pedacinhos *minúsculos* do futuro.

— Não me importo — retruca ela. — Sei que não estava feliz, e isso precisava mudar.

Isso aqui está me deixando nervoso. O futuro parece tão frágil. Por exemplo, eu já vi que ia estudar na Universidade de Washington, igual a meu irmão. E, com toda certeza, quero que isso aconteça, mas, e se saber disso fizer com que eu seja desleixado na inscrição e então eu seja rejeitado?

— Você está fazendo aquela cara — diz Emma, enquanto digita o endereço de e-mail.

— Que cara?

— Como se estivesse me julgando.

Emma digita a senha dela para entrar no Facebook e, então, se vira para mim com lentidão deliberada.

— Vou falar com a maior calma possível — comenta ela. — A maneira como você me julga significa que você nem está tentando entender como aquilo fez com que eu me sentisse.

— Não é que eu não esteja tentando. Eu só...

— Você está sendo extremamente egoísta e cruel.

— Como é que eu estou sendo cruel?

— Sabe por que você não se importa? — Emma está ficando mais irritada a cada segundo que passa. — Porque você tem a esposa perfeita. Você tem filhos lindos. E tem *eu* morando no seu quarto de visita! Será que tem uma janela lá para mim?

Quando ela diz isso, eu me forço para manter o rosto sério.

— Entendo — digo.

— Você *não* entende! Você está agindo com superioridade, mas, e se os papéis estivessem invertidos? — Emma ergue uma sobrancelha. — É isso mesmo. E se eu estivesse casada com Cody e tivesse tudo o que eu quero, e *você* não ficasse com merda nenhuma? Não! E se você *só* ficasse com a merda? Porque foi isso que sobrou para mim com Júnior!

— Entendo — respondo, desta vez, em tom mais baixo. — De verdade.

— Que bom. — Emma se vira para o computador e clica na fotinho do canto.

— Espere! — Salto da cama e viro Emma de frente para mim. — Antes de você olhar, precisamos estabelecer algumas regras básicas. Isto aqui está ficando complicado demais para irmos decidindo à medida que as coisas acontecem.

Por cima do ombro dela, a página de Emma carregou quase toda. A foto do canto é diferente da de ontem.

Os olhos da Emma adulta estão fechados. O rosto dela está pertinho do de um bebê com um gorrinho rosa felpudo.

— Que tipo de regras? — pergunta ela.

— Não podemos ser seletivos demais — respondo. O bebê tem uma bolhinha entre os lábios. — Se a sua vida nova parecer relativamente feliz, deixamos em paz.

Emma vira a cabeça um pouco.

— Você está vendo alguma coisa na tela, dá para perceber.

— Antes de você olhar — digo, segurando a cadeira dela bem firme —, precisa me prometer que não vai mexer no futuro, a não ser que seja absolutamente horrível. E, mesmo assim, vamos ter que conversar sobre o assunto primeiro.

— Tudo bem. Agora, será que você pode me deixar ver se eu me livrei dele? É a única coisa que me importa.

Viro a cadeira dela de frente para o computador.

Emma solta um gritinho.

— Um bebê! Eu tenho um bebê! — Ela coloca o dedo no rosto da menininha e, depois, o passa pela tela.

Casada com Kevin Storm

Emma baixa a mão para o colo bem devagar.

— Você conseguiu — digo. — Jogou Júnior para escanteio. — Olho mais uma vez para o nome do marido novo dela. Parece o codinome de um super-herói.

— Eu só queria ser feliz — murmura ela. — Mas também quero que Jordan Jones seja feliz. Será que isso é estranho?

— Pense da seguinte maneira — continuo —: agora que você saiu de cena, vai permitir que ele encontre a pessoa com quem deve ficar.

— Tipo aquela vaca com quem ele estava indo para a cama nas últimas três noites? — Emma chega mais perto do monitor e, então, bate na tela com o dedo. — Olhe! Agora eu sou bióloga marinha!

Empregador Laboratório de Biologia Marinha

— Nada a ver — comento.

— Claro que tem a ver — diz ela. — Eu adoro o mar. Lembra quando visitei meu pai na Flórida, no Natal? Nós fizemos uma aula de mergulho com tubo de oxigênio juntos.

— É necessário mais do que adorar o mar para se tornar bióloga marinha — respondo. Além disso, eu não quero acabar com a animação dela, mas aposto que tem muita gente trabalhando nesse laboratório que não é biólogo.

Emma olha para mim como se estivesse dizendo algo sem importância.

— Pois saiba que vou fazer uma aula de biologia avançada na faculdade com Kellan, no ano que vem.

— Desde quando?

Emma caminha até a poltrona redonda e dobra as pernas na frente dela.

— Ah, sinto muito. Não sabia que precisava contar tudo para você.

Tomo o lugar de Emma no computador.

— Bom, agora que você está feliz, quero ter certeza de que não ferrou tudo com Sydney.

Estou prestes a olhar a lista de amigos de Emma para encontrar a mim mesmo quando reparo no meu nome e em uma coisa que escrevi bem ali na página de Emma.

— Ouça isto — digo, e então leio em voz alta.

Emma Nelson Storm
Aqui tem uma feira com toneladas de comida. Acabei de comprar uma torta de pêssego orgânico. O maridão vai entrar em êxtase!
Há 2 horas • Curtir • Comentar

> **Josh Templeton** Você está me deixando com fome.
> Há 51 minutos • Curtir

— Está vendo? — diz Emma. — Eu deixo meu novo marido em êxtase!

A foto de ontem me mostrava com um monte de bexigas. Agora, é só um close de um olho. Clico no olho e, enquanto minha página vai carregando devagar, fico batucando com os dedos no tampo da mesa.

Casado com Sydney Templeton

— Isso! — Eu me levanto de um pulo e, na minha animação, bato a cabeça em uma das lanternas de papel dela.

— Cuidado aí com a decoração — diz Emma, mas ela está sorrindo.

E devia mesmo! Nosso futuro parece fantástico. Mesmo depois que Emma mudou de marido, Sydney não conseguiu ficar longe de mim. Essa relação está destinada a acontecer e *nada* será capaz de detê-la.

Volto a me acomodar na cadeira e leio as minhas mensagens em voz alta. A primeira é uma chatice.

Josh Templeton
Coisas boas acontecem com quem espera.
Há 16 horas • Curtir • Comentar

> **Dennis Holloway** Agora você virou biscoitinho da sorte?
> Há 14 horas • Curtir

A seguinte não é muito melhor.

Josh Templeton
Começou a contagem regressiva.
Ontem às 23:01 • Curtir • Comentar

Giro a cadeira para ficar de frente para Emma.

— Não faço a menor ideia do que estou falando.

Emma dá de ombros e rói a unha do dedo mindinho.

Viro de frente para o computador mais uma vez e desço na página, para examinar mais mensagens.

— Prometa que, se eu ficar chato assim, você...

Então, fico paralisado.

Emma dispara da poltrona.

— O que foi?

Nós dois ficamos olhando fixo para uma foto perto da parte de baixo da página.

É uma foto de Sydney em pé, de lado. Ela segura a barriga, que está enorme!

Josh Templeton

Meu bebê vai ter meu primeiro bebê a qualquer momento.

16 de maio às 9:17 • Curtir • Comentar

— Que cafona — diz Emma, mas então ela entende. — Espera aí, seu *primeiro* bebê?

Eu me levanto com tanta rapidez que quase desmaio. Eu disse para ela. *Eu disse para ela!* Essa coisa de futuro é perigosa. A gente não pode ficar mexendo com as coisas, tirando os detalhes de que não gostamos. Eu me sento na beirada da cama de Emma e fico olhando para o nada no espelho pendurado na porta dela. Se mudar o marido dela também muda os meus filhos, o futuro é ainda mais frágil do que eu pensava. As repercussões são impossíveis de prever.

— Se o que eu fiz foi a causa disso, sinto muito — diz Emma.

Três dos meus futuros filhos foram apagados da existência antes mesmo de terem uma chance de realmente existir. Eu nunca vou fazer um modelo do sistema solar com aquele menino, nem levar as gêmeas a uma festa de aniversário na GoodTimez.

Emma se senta atrás de mim, na cama. Ela esfrega as mãos para esquentar. Minha mente diz para eu me afastar, mas não consigo.

— Não entendo — lamento.

Ela pressiona os dedos na minha nuca.

— Acho que precisamos nos dar conta de que não tem como controlar esse tipo específico de mudança.

— Como assim, "esse tipo específico"?

— Os seus filhos. Os meus filhos — diz ela. — Você fez aula de saúde no semestre passado, o que se lembra a respeito de esperma?

Eu me viro e fico olhando fixo para Emma.

— O que isso tem a ver com qualquer coisa?

Emma aperta meus ombros.

— Por menor que seja a reverberação, a parte mais vulnerável do futuro vai ser os filhos que nós vamos ter. Se ficarmos olhando o Facebook, não devemos nos apegar muito a...

— Alterou o meu *esperma*? — digo. — Do que você está falando?

Emma faz massagem movimentando os polegares em pequenos círculos nas laterais da minha espinha.

— Todas essas coisas acontecem daqui a anos. Pense em quantos bilhões de detalhes minúsculos precisam se combinar daqui até lá para fazer com que tudo seja exatamente igual. É impossível. Até esta massagem, que não teria acontecido ontem, faz com que o que vai acontecer depois seja um pouco diferente.

— O que isso tem que ver com meu esperma?

Emma faz os dedos escorregarem atrás das minhas orelhas.

— Você se lembra de quando o professor falou sobre a quantidade de esperma que vocês, garotos, soltam cada vez que...

— Pensando melhor, que tal se a gente não falar disso? — digo, revirando os olhos ao sentir o toque dela.

Ela esfrega as pontas dos dedos pelos meus braços. *Cara, como eu adoro isso.*

— Cada vez que você ejacula — prossegue ela — você solta mais ou menos quatrocentos milhões de espermatozoides. Cada um deles é totalmente único.

— É sério, não quero falar sobre isso.

Com os dedos dela percorrendo minhas costas e esse papo todo de esperma, as coisas estão ficando meio malucas lá embaixo. Eu me inclino um pouco para a frente e coloco os antebraços de maneira bem conveniente no colo.

— Será que dá para ficar só nos ombros? — pergunto.

Quando Emma retorna as mãos para meus ombros, o computador faz um barulho, como se fosse pó de pirlim-pimpim digital.

— Uma mensagem instantânea! — Emma desce da cama apressada. — É a primeira vez que recebo uma dessas.

Cruzo as pernas e me viro para o computador.

— O nome de tela diz que é de DontCallMeCindy — diz Emma. — Não faço a menor ideia de quem seja, mas ela está perguntando se eu sou a Emma Nelson que estuda em Lake Forest. — Enquanto vai digitando as teclas, Emma me diz o que está escrevendo. — "Diga, primeiro, quem você é."

Quero olhar a tela por conta própria, mas não posso ficar em pé agora.

Outra mensagem instantânea aparece. Emma a lê para si mesma e então aperta os olhos para mim.

— Você está totalmente ferrado.

— O quê? Por quê?

Ela digita mais algumas palavras e, então, aperta o Enter.

— Há cinco minutos — diz ela —, você estava me passando um sermão a respeito de mudar o futuro. Mas parece que você próprio também anda mexendo com ele.

Dou uma risada.

— Do que você está falando?

— Você é tão hipócrita! Por que outro motivo Sydney Mills iria querer o seu telefone?

27://Emma

JOSH SE INCLINA para a frente na minha cama, com uma perna cruzada por cima da outra.

— Você deu para ela, certo?

Dou um sorriso sacana e coloco o dedo no queixo.

— Bom, tive que pensar se ia dar ou não...

— Emma! Você deu meu telefone para Sydney Mills?

— Claro que dei.

— O que ela disse?

Dou uma olhada na tela. Fechei a caixa de mensagem instantânea assim que Sydney ficou offline. Só sobrou a página do Facebook de Josh com a barriga enorme dela.

Josh Templeton

Meu bebê vai ter meu primeiro bebê a qualquer momento.

16 de maio às 9:17 • Curtir • Comentar

Esse comentário me incomoda. É mais cafona do que qualquer coisa que Josh diria agora. Acho que esse é o tipo de cara em que ele se transforma, todo meloso e enrolado em Sydney, como se não tivesse vida própria.

Josh olha para mim com um tipo de esperança magoada.

— Preciso saber *exatamente* o que ela disse.

— O que você quer que ela diga? Que vem aqui com o carro conversível para levá-lo na direção do pôr do sol? — Isso não foi justo. Não sei por que estou sendo tão sacana.

— Ela disse que pegou meu nome de usuário com Graham. Então dei seu telefone e ela agradeceu.

Josh fica olhando fixo para mim.

— Achei que você estava feliz agora que está casada com Kevin Storm.

— Não mude de assunto — digo. — Você ficou tão bravo comigo por eu ter ligado para Jordan, mas daí Sydney Mills aparece e pede seu telefone. Você tem que ter feito mais do que só olhar com cara de bobo para ela ontem.

Josh dá de ombros.

— Não foi minha intenção.

— Mas você *fez*?

— Nós estávamos em comportamento social hoje, falando sobre relacionamentos, e um cara do último ano ficou implicando com ela. Então, eu a defendi. O que devia fazer?

— Você defendeu Sydney em uma questão sobre *relacionamentos*? Quem estava implicando com ela?

— Um Rick qualquer coisa. Ele está na sala do professor Fritz.

— Ele joga futebol?

— Você o conhece?

Não posso deixar de dar risada.

— Você defendeu Sydney contra *Rick Rolland*?

Josh não dá a mínima para quem é popular na escola nem para quem tem uma história junto, e isso é ótimo. Mas Rick Rolland é quem vai fazer aquela fogueira com a qual Kellan estava tão animada. Ele e Sydney já namoraram, e Josh não devia se meter nisso.

— Ele foi o maior grosso — diz Josh. — E, além do mais, o que eu disse não foi nada demais.

Mas nós dois sabemos que foi. Essa reverberação vai afetar o futuro de Josh de um jeito bem marcante.

Josh respira fundo.

— Então, eu estava pensando sobre o Facebook hoje. Você se lembra do verão passado, no lago, quando Frank Wheeler disse que ia ser milionário, e todo mundo deu risada?

Não sei bem aonde Josh quer chegar com isso, mas fico aliviada de parar de falar de Sydney e dos meus maridos.

— Ele disse que ia pular na frente de um ônibus, se não tiver ganhado um milhão quando chegar aos trinta anos.

— Exatamente. — Josh enfia a mão na mochila e tira de lá um pedaço dobrado de papel. — Fiz uma lista de pessoas que nós deveríamos procurar no Facebook. Tipo minha mãe e meu pai, David, Tyson...

— E Kellan! — completo. — Eu estava pensando a mesma coisa hoje. Quero ver se ela consegue entrar na faculdade de medicina.

Giro a cadeira na direção do computador e mexo no mouse. A parede de tijolos some e tenho mais uma oportunidade de ver a barriga de grávida de Sydney.

— Primeiro, devemos recarregar a sua página — digo. — Como você foi o super-herói de Sydney hoje, e agora ela vai ligar para você, aposto que tudo está diferente. Vocês provavelmente só iriam ficar juntos bem mais tarde, e...

— Espere. — Josh se levanta.

A seta paira por cima do botão de recarregar, mas o tom dele é tão sério que não clico.

Josh enfia os pés nos tênis e, depois, pega o skate e a mochila.

— Vou tentar voltar mais tarde. Não olhe ninguém se eu não estiver aqui, certo?

Enquanto ele desce a escada correndo, eu grito:

— Eu sei aonde você está indo! Você não acha que ficar de plantão do lado do telefone é meio...?

Antes que eu possa terminar, a tranca da porta da frente da minha casa se fecha com um clique.

28://Josh

SYDNEY MILLS PEDIU meu telefone!

Disparo para dentro da minha casa e, depois, pela escada, até o quarto.

Sydney Mills pediu meu telefone!

Continua sem fazer o menor sentido, mas preciso aceitar essa realidade. Tudo vai começar com um telefonema, que vai levar ao casamento e a uma casa no lago Crown. Vou ter um emprego bacana de designer gráfico e provavelmente também vou ter um carro legal. Uma BMW, ou, como vamos morar no interior, um Chevy Tahoe. Ou os dois! Daqui a quinze anos, talvez eu tenha um carro tão louco que nem dá para imaginar agora.

A cama está por fazer e há camisetas espalhadas por todo o chão. Este não parece o quarto de uma pessoa para quem Sydney Mills iria ligar. Mas é! E ela pode ligar a qualquer segundo.

Onde está o telefone?

Dou uma volta lenta no meu quarto. Se o telefone tocar, posso ir chutando as coisas até encontrar, mas, e se quando atender, já for tarde demais? E se ela não conseguir falar comigo e bater um papo com algum outro cara e eles começarem a namorar? Talvez terminem se casando, e *ele* vai tirar *minhas* férias tropicais.

Ergo o fio cinza do telefone com o indicador e o acompanho pelo comprimento do colchão, recolhendo meias e camisetas largadas pelo caminho. Finalmente, jogo de lado uma edição da revista *Thrasher* e revelo o glorioso telefone.

Agora, toca, porcaria!

Balanço os braços para dissipar a tensão. Hoje à noite, antes de ir para a cama, vou adicionar mais dez flexões de braço às vinte que estou acostumado a fazer. Quero me parecer com o tipo de cara para quem Sydney está acostumada a ligar.

Sento-me na beirada do colchão e fico olhando fixo para o telefone. Se meus pais chegarem em casa cedo, não quero que eles fiquem ouvindo a ligação. Já estou nervoso demais do jeito que as coisas estão. Então, corro até o quarto deles, pego o telefone sem fio da mesinha de cabeceira e desço a escada.

Atravesso o gramado na direção da rua. Toda vez que Sydney entra em comportamento social, ela desliga o telefone e coloca no bolso. Sempre parece um gesto tão despreocupado e bacana. Tento guardar o telefone sem fio no meu bolso, mas é volumoso demais para caber.

Quando chego à calçada, um caminhão da FedEx passa a toda pela rua. Olho com cuidado para os dois lados antes de atravessar.

Hoje definitivamente não é o dia de ser atropelado por um caminhão. Hoje é um dia para aproveitar o fato de estar vivo! O parque Wagner é cheio de bordos com folhas bem verdes, arbustos de lilases e gritos de crianças brincando.

Sei exatamente até onde eu posso ir antes de o telefone perder o contato com a base no quarto dos meus pais. Nas férias de primavera, enquanto estava visitando o meu irmão, conheci uma menina em um festival de música em Seattle. Nós mantivemos contato durante algumas semanas, mas nunca falei dela para os meus pais. Sempre que falava com ela no telefone, ligava do parque. Desde que eu não passasse dos balanços, tudo estaria bem.

Estava querendo fazer outra visita a ela no verão. David até se ofereceu para ajudar a pagar meu voo. Acho que ele ficou feliz de me ouvir falar de alguém que não era Emma. Mas a menina de Seattle não queria um relacionamento a distância. Depois de deixar um recado que ela não retornou, ela me mandou uma carta dizendo que tinha sido divertido no show, mas de que adiantava, se não ia durar?

Ouço uma porta se fechar e me viro para ver Emma agachada à porta da casa dela, amarrando os cadarços dos tênis prateados de corrida. Quando ela ajusta o Discman no braço, vou para trás de uma árvore. Se Emma passar por aqui e Sydney ligar, ela ou vai ficar revirando os olhos para tudo o que eu disser ou vai ficar querendo me dar orientações no fundo.

Emma atravessa a rua e vai correndo para a pista, até desaparecer de vista. Continuo andando até a barreira de cimento que bate pelo joelho ao redor dos balanços e coloco o telefone em cima do murinho.

Mesmo que eu tente fazer tudo certo, o efeito de reverberação é inevitável. Tudo mudou no momento em que Emma descobriu o Facebook. Se eu não soubesse que Sydney e eu um dia iríamos nos casar, talvez eu não a tivesse defendido em comportamento social. E ela não teria pedido o meu telefone.

No murinho a meu lado, o telefone permanece em silêncio.

29://Emma

MINHA MÃE E MARTIN estão no escritório assistindo à TV, então passo pelo quarto deles para tomar um banho. O banheiro do andar de baixo costuma ser meu, mas até a reforma terminar vou ter que usar o deles.

Uma vez, meu pai me perguntou o que eu achava de Martin. Nós estávamos caminhando pela praia nas férias de Natal, alguns meses depois de ele se mudar para a Flórida. Ele estava juntando conchas em uma bolsa de tela, e eu estava molhando os pés nas ondas. Eu não queria reclamar de Martin para meu pai porque isso ia ser ruim para minha mãe, principalmente porque ele e Cynthia estão casados e felizes desde que eu tenho onze anos. Mas eu também não ia ficar elogiando Martin.

— Ele até que não é mau — respondi. — Eles não brigam como a mamãe brigava com Erik.

Os dois costumavam ter discussões aos berros, com portas batendo, que terminavam com um dos dois dormindo no sofá. Pensando bem, minha mãe e meu pai também brigavam desse jeito. Mas, até agora, minha mãe e Martin mal discutiram.

— Que bom — disse meu pai. — Parece que ela está feliz.

Senti um nó na garganta.

— Será que podemos não falar sobre isso? — pedi, lançando um olhar para a baía.

Tomo um banho demorado, raspo as pernas e, então, amarro o roupão na cintura. Quando estou voltando pelo meio do quarto deles, faço uma pausa na frente da fotografia de bebê enquadrada que a minha mãe tem na mesinha de cabeceira. Foi tirada em uma piscina infantil quando eu tinha um ano. Estou usando um chapeuzinho bordado e tenho bochechas rechonchudas, olhos redondos e uma boquinha em forma de coração.

Igual ao meu bebezinho no Facebook.

Quando volto para o quarto, eu me aninho bem embaixo das cobertas e penso em Kevin Storm. O nome dele é perfeito. Fico imaginando se o nome da nossa filha é Olivia. Sempre adorei este nome, e Olivia Storm parece o nome de quem vai se tornar uma mulher cheia de confiança. Sei que disse a Josh que não podemos nos apegar aos nossos filhos futuros porque não tem como cada detalhe se alinhar para que o mesmo espermatozoide fertilize aquele mesmo óvulo no mesmo dia. Mas não consigo evitar.

Rolo para o lado.

Amanhã, vou terminar com Graham. Desta vez, de verdade. Foi divertido enquanto durou, mas não posso me imaginar permitindo que ele me beije mais uma vez. Não depois de Josh nos ter visto juntos. Não, se Kevin Storm está à minha espera no futuro.

Eu sempre disse que não acredito em amor de verdade, mas que deixaria a porta aberta para Cody Grainger um dia me mostrar que estou errada. Como não vou me casar com Cody, talvez deva abrir a porta um pouco mais para que Kevin Storm também possa ter uma chance.

quarta-feira

30://Emma

MARTIN PÕE UMA TIGELA de cereais e uvas-passas no balcão da cozinha.

— Isso é muesli — comenta, estendendo o braço para pegar o leite de soja dele. — Os suíços comem no café da manhã, e, com toda certeza, sua mãe e eu estamos começando a gostar.

— Bom saber — respondo.

Coloco um waffle Eggo congelado na torradeira e olho pela janela, para a entrada da casa de Josh. O carro dos pais dele ainda está lá. Queria que eles saíssem logo para eu arrastá-lo para cá e a gente poder conferir o Facebook.

Martin chega mais perto de mim.

— Você já viu as estatísticas da expectativa de vida na Suíça?

Fico praticamente em cima da torradeira, torcendo para que meu waffle fique pronto logo, torcendo para Martin calar a boca e torcendo para os pais de Josh saírem logo.

Minha mãe chega.

— Está pronto para sair? Achei que podíamos passar na loja de tinta no caminho do trabalho.

— Só preciso terminar meu muesli — diz Martin.

Mamãe coloca a xícara de café dela na pia.

— Emma, você já ligou para o seu pai para agradecer pelo computador?

Detesto o jeito como ela fala dele, "o seu pai". Até o ano passado, ele era "o papai".

— Ainda não — respondo e coloco um monte de calda em cima do waffle. — Comecei a escrever um e-mail para ele, mas ainda não mandei.

— Ele deixou um recado na segunda-feira para saber se tinha chegado — diz minha mãe. — Quando você ligar, pergunte também como vai o bebê. Rachel já deve estar com cinco semanas.

Não estou a fim de ligar para o meu pai para falar sobre o computador. Essa questão toda neste momento está muito bizarra. Fico agradecida por ouvir a porta da casa de Josh se fechar. Corro para a janela e observo os pais dele darem a ré com o carro para sair da garagem. Então, pego o prato e o garfo e saio porta afora.

* * *

Toco a campainha de Josh pela terceira vez e espio pela janela. A mochila dele está na mesinha lateral, e isso significa que ele ainda não saiu para a escola. Olho atrás de um vaso de planta e fico aliviada de ver que não mudaram a chave de emergência de lugar. Equilibro o prato com o waffle em uma mão e entro.

Ouço música alta saindo do quarto de Josh.

— Josh? — chamo, do pé da escada.

Nada de resposta.

Eu não entro na casa dele desde dezembro. A última vez foi algumas semanas depois de ele tentar me beijar, e nós mal estávamos nos falando. Quando minha mãe disse que ela e Martin iriam ao vizinho para jantar e assistir à televisão, eu me convidei para ir junto, na esperança de ter alguns minutos para conversar com Josh. Mas ele engoliu a comida e logo desapareceu para dentro do quarto dele.

A parede toda ao lado da escada é coberta de fotos de Josh e David em todas as fases de desenvolvimento: todas as fotos de turma da escola, todos os cortes de cabelo horrorosos. Há até marcas das mãos deles em argila, ao lado de cachos emoldurados de quando eram bebês.

Dou uma mordida no meu waffle e, então, bato na porta de Josh. Lá dentro, está tocando bem alto a música "Walking on Sunshine".

Através da porta, ouço Josh cantar:

— *And don't it feel GOOD!*

Giro a maçaneta, abro a porta e...

Ele está fazendo abdominal com cueca branca justinha! O peito dele parece musculoso, mas... *cueca branca justinha*?

— Emma!

Dou risada quando Josh arranca o lençol da cama e enrola na cintura.

O rosto dele fica vermelho no mesmo instante.

— Você nunca ouviu falar em bater na porta antes de entrar?

— Eu bati — respondo, enquanto balanço a cabeça no ritmo da música. — Mas a grande questão é: você nunca ouviu falar de cueca boxer?

Josh estende o braço para pegar uma calça e veste por baixo do lençol.

Dou mais uma mordida no waffle e lanço um olhar pelo quarto dele. Parece a mesma coisa de antes, com roupas espalhadas pelo chão, um pôster de Tony Hawk acima da cômoda e outro de Cindy Crawford acima da cama. Tem uma lata de pincéis atômicos para os desenhos dele e algumas rodas velhas de skate no chão. A única coisa diferente são os pesos de Josh. Eram do irmão dele, mas, desde que David foi para a faculdade, ficaram guardados no armário de Josh. Agora, estão no meio do quarto.

— O que você está fazendo aqui? — pergunta ele, ao mesmo tempo que enfia os braços em uma camiseta.

— Preciso que você venha à minha casa para nós entrarmos no Facebook — respondo. — Não consigo parar de pensar em Kevin Storm. E vi uma foto de bebê minha ontem que é tão parecida com...

— Claro — responde Josh. — Pode entrar.

— Sem você? Não está preocupado que eu vá estragar o seu futuro?

— Só não ligue para Jordan Jones outra vez, e não tente achar o telefone de Kevin Storm. Eu vou para lá quando terminar aqui.

Reparo no telefone no chão, rodeado pelo único pedaço de carpete que não está coberto nem por roupas nem por revistas. Fico imaginando se Sydney já ligou.

Casada com Kevin Storm

Quando clico no nome dele, nada acontece. Tento mais uma vez. *Nada!* O nome de Kevin não está marcado em azul, então acho que ele não deve ter uma página no Facebook.

Olho o resto da página para ver o que escrevi neste futuro.

Emma Nelson Storm
Eu não me canso de Glee.
Há 9 horas • Curtir • Comentar

> **Kathleen Podell** Só no Netflix, beibe.
> Há 9 horas • Curtir

> **Emma Nelson Storm** Netflix+Glee = minha vida
> Há 8 horas • Curtir

Não faço a menor ideia do que estou falando, mas se Netflix mais Glee é igual à minha vida, espero que sejam coisas boas. Continuo descendo na página.

Emma Nelson Storm
Preparando o almoço dos meninos. Eles estão se adaptando devagar à escola nova, mas continuo me sentindo culpada por ter trocado no meio do ano.
Ontem às 7:01 • Curtir • Comentar

Meninos? Eu disse a Josh que nós não devíamos nos apegar demais aos nossos filhos futuros, mas é difícil acreditar que nunca mais vou ver as bochechas rechonchudas de Olivia.

Emma Nelson Storm
Luke acabou de perder o primeiro dente! Quanto a Fada do Dente está pagando hoje em dia?
20 de maio às 16:25 • Curtir • Comentar

Seis pessoas comentaram; tem de tudo, desde "Parabéns, Luke!" até "Sei lá... quem sabe um dólar?". Mas é o último comentário que se destaca.

Kellan Steiner Lindsay está com catorze anos agora, então estou por fora da Fada do Dente. Desculpe!
20 de maio às 19:12 • Curtir

Fico com vontade de clicar no nome de Kellan, mas prometi a Josh que só ia olhar Kevin Storm, por isso eu me forço a permanecer na minha própria página. Quase só falo dos meninos e de Netflix, que parece ser um jeito novo de assistir a filmes.

Emma Nelson Storm
Kevin salvou uma vida hoje. Nunca mais vou navegar on-line enquanto estiver dirigindo. Não se preocupem... estou escrevendo isso em um sinal vermelho.
17 de maio às 19:18 • Curtir • Comentar

Eu tenho um computador no *carro*? Josh vai ter um ataque quando souber disso. E, se Kevin salvou uma vida, talvez seja médico. Ou paramédico. Ou bombeiro! Isso seria legal, porque os bombeiros têm o maior corpão.

Leio os comentários de várias pessoas que dão parabéns para Kevin. O homem da oitava foto tem cabelo grisalho e... *é o meu pai!*

> **Dale Nelson** Guarde o telefone na bolsa, querida! Muitos beijos para a família toda.
> 17 de maio às 20:03 • Curtir

Meus olhos se enchem de lágrimas. Ver o nome do meu pai faz com que eu sinta muito mais saudade dele neste exato momento.

> **Josh Templeton** Obrigado pela mensagem de texto de ontem, Em. ESPERO que você não tenha escrito enquanto estava dirigindo. Mandou bem, sr. Nelson!
> 17 de maio às 20:18 • Curtir

> **Dale Nelson** Bom ver você por aqui, sr. Templeton! Emma me disse que você e sua família estão bem.
> 17 de maio às 20:31 • Curtir

> **Emma Nelson Storm** O que é isso, um reencontro? Josh, diga para Sydney e para os gêmeos que mandei um oi.
> 17 de maio às 20:52 • Curtir

Não faço ideia do que seja uma *mensagem de texto*, mas não posso deixar de sorrir. Das outras vezes que olhamos o Facebook, o nome de Josh estava sempre na minha categoria de Amigos, mas nunca tínhamos um diálogo assim.

Então minha mente se dá conta de mais uma coisa que deixei passar antes. Subo até o comentário que Kellan deixou sobre a Fada do Dente e me inclino para olhar a foto com mais atenção. Ela tem o mesmo cabelo preto comprido e o mesmo sorriso diabólico. Está vestida com uma camisa preta e brincos prateados compridos. Josh não está aqui, mas isto é importante demais para ignorar. Preciso olhar a página de Kellan.

Clico na foto dela.

A coisa mais recente que ela escreveu foi em fevereiro.

Kellan Steiner
Lindsay vai viajar para visitar o pai neste fim de semana. É a primeira vez que vai viajar de avião sozinha!
23 de fevereiro às 14:09 • Curtir • Comentar

Catrina McBride Eu sei que você vai ficar com saudade dela, mas aproveite a folga. Mães solteiras precisam disso!
23 de fevereiro às 18:53 • Curtir

Daqui a quinze anos, Kellan é mãe solteira de uma *menina de catorze anos*. Isso significa...

Ouço uma batida forte na minha porta. Vou dando cliques para voltar, até retornar à minha página.

Josh abre um sorriso sacana ao entrar.

— Isso se chama *bater na porta*. E não que seja da sua conta, mas você vai ficar feliz de saber que estou usando cuecas boxer agora.

Dou um meio sorriso. A única coisa em que consigo pensar é se devo ou não contar a Josh sobre Kellan. Eu devia, mas não quero criar mais nenhuma reverberação que possa estragar o futuro de um de nós dois.

Josh se inclina por cima do meu ombro e olha para a tela.

— Como estão as coisas nesta manhã?

— Agora ou daqui a quinze anos?

— Daqui a quinze anos — responde. — Como vai a família Storm?

— Estamos bem — digo.

Josh aponta para a tela.

— Olha! Estou conversando com o seu pai! E agora tenho gêmeos de novo?

Saio da cadeira.

— Você pode ver sua página se quiser. Preciso terminar de me arrumar para a escola.

Josh se senta na frente do computador e vou até o quarto da minha mãe. Fecho a porta e me afundo ao pé da cama dela. Se Lindsay tem catorze anos, e se o Facebook é daqui a quinze anos, então Kellan tem que ficar grávida nos próximos meses.

A não ser que já esteja.

31://Josh

LEVANTO DE UM SALTO da cadeira de Emma e abro a janela. Um furgão sobe a rua, e o som agudo de seu motor vai ficando mais alto até finalmente mudar a marcha. No parque Wagner, alguém joga uma garrafa de vidro em uma lixeira. Ela tilinta, mas não quebra.

Perfeito! Se o telefone da minha casa tocar, não devo ter problemas para escutar.

Retorno ao computador de Emma e olho mais uma vez para a informação mais importante.

Casado com Sydney Templeton

Clico onde diz Fotos. Emma e eu temos que ir para a escola daqui a pouco, então, em vez de ficar lendo dúzias de frases curtas que não fazem muito sentido, quero ver as *imagens* do meu futuro.

O primeiro quadrado tem o seguinte nome:

Nossa Casa Nova

12 fotos

Quando abro o álbum, doze quadrados novos carregam devagar. O primeiro só está preenchido até a metade, mas já estou adorando o que mostra. A casa fica literalmente na margem do lago Crown. De acordo com meus pais, é a área mais cara da cidade. O resto da foto aparece e revela uma varanda que dá a volta na casa toda e conduz até um deque de madeira comprido. Ou Sydney herdou uma fortuna ou minha empresa de design gráfico está bombando!

Na segunda foto, estou deitado em uma rede com meninos idênticos de cabelo ruivo. Não acho que haja nenhum par de gêmeos na minha família, mas o fato de Sydney e eu termos gêmeos em dois dos meus futuros é uma coincidência bizarra.

Na foto seguinte, estou em pé na frente da casa, acenando para a câmera. Meu outro braço está ao redor de... será que é David? Clico para aumentar a foto.

David está em pé abraçando a mim e a um sujeito de cabelo castanho curto e óculos de sol. Todos nós estamos sorrindo. Embaixo da foto, diz:

Nesta foto: Josh Templeton, Dave Templeton, Phillip Connor

Então, no futuro, as pessoas o chamam de Dave. Desculpa aí, irmão, mas vou continuar chamando você de David. Quando coloco a seta em cima do nome dele, ela se transforma em uma mãozinha. Dou uma olhada na direção da porta. Emma ainda não voltou. Mas, bom, ela não iria se importar se eu desse uma olhada em David. Ele é da família.

A página de David diz que ele agora mora em Bellingham, estado de Washington, e que trabalha como engenheiro de computação.

Então, reparo em mais uma coisa.

Em um relacionamento sério com Phillip Connor

Certo, isso é... hum... eu não...

Emma entra no quarto e se larga em cima da cama.

— Alguma coisa interessante?

— Não!

Clico no X vermelho do canto. O Facebook desaparece, e a AOL diz: "*Até logo!*"

— Desculpe. — Eu me apresso em dizer. Estou um pouco abalado com o que acabo de ver. — Quer que volte a entrar?

Emma deixa a cabeça cair para o lado e dá um sorriso sacana para mim.

— Diga a verdade, você trocou de cueca porque tirei sarro de você?

— Não — digo.

Mas a resposta é sim. Emma ter entrado no meu quarto de surpresa já foi a maior vergonha. Mas vai saber o que pode acontecer quando uma garota com quem eu possa ter uma chance vir a minha cueca. Não quero que a primeira coisa que ela pense seja *Você nunca ouviu falar de cueca boxer?*

Depois que Emma saiu da minha casa, tomei um banho e peguei algumas cuecas boxer da gaveta do meu pai. Estavam em um pacote fechado, e estão um pouco largas, mas servem. Minha ideia é comprar mais algumas depois da escola.

— Lembre-se de que sei quando você está mentindo — diz Emma. — E, se você fez isso por causa de Sydney, é meio triste. Porque, se pensar bem sobre o assunto, você nem a conhece.

— Eu *ainda* não a conheço — digo. — Mas nós vamos nos conhecer.

— Ah, é mesmo? Por acaso ela ligou para você ontem à noite?

Essa era a pergunta que eu estava querendo evitar.

— Porque, se ela não ligou — continua Emma —, talvez esteja pensando melhor sobre a questão.

Não digo nada. E se Emma estiver certa? Sydney e eu, na verdade, *não* nos conhecemos. Talvez ela tenha reparado em mim na aula de comportamento social antes do que estava previsto, e agora tudo está repercutindo de maneiras que vão nos separar.

Emma se debruça sobre o meu ombro e entra de novo na AOL.

— Não faz mal — digo. — Não fiquei achando que ela fosse me ligar logo de cara.

Antes de vir para cá, levei meu telefone para o banheiro e pluguei na tomada ao lado do armarinho da pia. Abri a janela e coloquei o aparelho em cima do peitoril. Se tocar, vou conseguir escutar do quarto de Emma. Depois, peguei o telefone sem fio do quarto dos meus pais e coloquei perto da porta de entrada. Assim, vou poder sair correndo da casa de Emma, atravessar o jardim e atender o telefone sem fio antes de Sydney desligar.

— Você tem razão — observa Emma. — Ela não iria ligar logo de cara. Vai querer dar uma de difícil.

— Você acha? — pergunto.

— Essas são as regras — responde ela.

Emma e Kellan passam horas conversando sobre relacionamentos e fazendo testes de revistas. Sempre que dou a menor contribuição, elas só dão risadas e me chamam de sem noção.

Emma vai passando pelos comentários na página do Facebook dela e lê cada um com cuidado.

— É difícil saber — diz ela —, mas acho que Kevin Storm pode ser bombeiro. Ou médico.

Mesmo que Sydney se faça de difícil, ela vai me ligar algum dia. Se não, por que iria pedir meu telefone? Detesto o fato de Emma estar tentando colocar dúvidas na minha mente.

— Que bom para você — digo. — Então, ele é melhor do que Jordan Jones. Você achou mais alguma coisa aí?

Emma fica olhando fixo para a tela. Eu não devia ter feito essa pergunta, já que eu mesmo não iria respondê-la com sinceridade. Disse a ela que não achei nada de interessante, mas o meu irmão acaba tendo um relacionamento sério com uma pessoa chamada Phillip!

— Nada de novo — diz Emma. — Mas andei pensando sobre a sua lista, aquela com as pessoas que você quer olhar. Não tenho certeza se...

Tiro da minha mochila a folha de papel dobrada.

Emma pega e vira, e começa a ler os nomes. Minha vontade é dizer que devíamos amassar a lista e não olhar ninguém, no fim das contas. Se o que vi sobre David é verdade, então o que mais podemos descobrir que as pessoas talvez não queiram que nós saibamos?

— *Eca!* — Emma joga o papel de volta para mim. — Por que você colocou Kyle Simpson aí?

Dou risada.

— Do que você está falando? *Você* namorou esse cara.

— Praticamente, não! E não tenho a menor vontade de descobrir o que vai acontecer no futuro dele.

— Deve ser dançarino do Clube das Mulheres — observo. — Ou vai ter uma colônia de nudismo, ou...

— Pare com isso! — Emma joga uma caneta em cima de mim e diz: — Se você quer mesmo olhar outras pessoas, risque o nome dele.

Risco o nome dele, e sei que, na verdade, nós devíamos riscar o nome de todo mundo. Mas, se eu disser isso a Emma, ela vai saber que estou escondendo algo dela.

— Nunca entendi como alguém passa de namorável para *eca* — digo. — Espero que ninguém com quem eu fique pense isso de mim.

— Tenho certeza que não — responde ela. — Mas nunca *gostei* realmente de Kyle, antes de ele me chamar para sair. Ele só estava disponível. Tipo aquela menina de Seattle com você.

Depois que voltei das férias de primavera, eu falava muito sobre a menina de Seattle na hora do almoço. Mostrei uma foto de escola que ela me deu, em que anotou o telefone na parte de trás com caneta roxa. Mostrei a foto para todo mundo porque ela era bonitinha, mas também queria deixar Emma com ciúme.

— Aquilo foi diferente — digo. — Um relacionamento de longa distância é uma coisa. Mas ficar todo dia com alguém de quem você não gosta deve ser bem difícil. Eu preferia já gostar de alguém desde o início e depois me apaixonar perdidamente por ela com o tempo.

— Então, você gosta de Sydney? — pergunta Emma.

Olho na direção da minha casa. O telefone está em silêncio no peitoril da janela do banheiro. Minha vontade é responder, *Sim, claro que gosto de Sydney*. Ela é linda, e sempre que a vejo conversando com outras pessoas, parece ser simpática. Mas será que me vejo perdidamente apaixonado por ela? Isso deve acontecer, certo?

— Você e eu somos diferentes, nesse sentido — diz Emma. — Você sempre está interessado em algo de longo prazo, e vai ficar com a pessoa até ter certeza de que não é isso. É por isso que sei que você não foi sincero quando disse que *você* terminou com a menina de Seattle. Você só falava coisas boas dela, então nunca teria terminado com ela.

Emma olha para mim com um sorriso gentil, sem julgamento.

— Não é nisso que você está interessada? — pergunto.

— É por isso que você dá um ótimo namorado, mas também significa que você vai ficar de coração partido muitas vezes. — Emma faz um sinal com a cabeça para a lista na minha mão. — Acho que não devemos olhar nenhuma dessas pessoas.

Faço um traço que cruza a folha toda.

— Estava pensando a mesma coisa.

— Ótimo — diz Emma. — Não vamos olhar Kellan nem... nem Tyson... nem ninguém.

— Nem meu irmão, nem meus pais, ninguém — completo. — Afinal, e se alguma coisa ruim acontecer de agora até o futuro? Se não conseguirmos descobrir exatamente o que acontece, vamos ficar malucos tentando entender.

— E algumas pessoas parecem não ter página — observa Emma. — Como Kevin Storm. Então, podemos tentar olhar alguém e ficar achando que a pessoa morreu, se não conseguirmos encontrar.

— Nova regra — digo. — Se alguém aparecer na nossa página, tudo bem. Mas nada de ficar fuçando.

Emma sorri.

— Nada de ficar fuçando.

Nesse momento, escuto um som fraco entrando pela janela. Será que...?

O meu telefone está tocando!

Emma aponta para a porta.

— Ande logo, Romeu. Mas nós precisamos sair em breve, ou vamos nos atrasar para a escola.

Saio em disparada.

32://Emma

A CAMINHO DA ESCOLA, Josh e eu mal conversamos. Ele olha pela janela e balança o joelho para cima e para baixo. Aposto que está pensando em Sydney. Não disse nada, mas imagino que quem ligou foi ela.

— Temos tempo de passar no Sunshine Donuts? — pergunta ele.

Dou uma olhada no relógio do painel.

— Acho que não. Já estamos atrasados.

Josh encosta a cabeça na janela e fecha os olhos. Talvez não tenha sido Sydney que ligou, no fim das contas. Ou talvez Josh não tenha chegado a tempo de atender o telefone. De todo modo, ele está bem nervoso.

Existem tantas coisas que nós dois não temos como saber. Quero descobrir qual é o trabalho de Kevin Storm. Salvar uma vida pode significar tantas coisas diferentes. Espero que isso signifique que ele tem personalidade do tipo que dá conta das coisas, porque isso é algo que sempre me atraiu em Cody. Quando Ruby torceu o tornozelo na competição do mês passado, Cody veio correndo com gelo. Brinquei com Ruby que aquilo me deu vontade de me machucar na corrida também.

Mas, então, penso em Kellan, e quem fica nervosa sou *eu*. Kellan, que comprou minha primeira caixa de OB porque eu não conseguia parar de dar risada no corredor da farmácia, pode estar grávida *neste momento*. Ela nem me contou que estava transando, e isso me deixa louca da vida. Nós contamos tudo uma para a outra.

Ou talvez Kellan ainda *não* tenha transado. Se esse for o caso, vai acontecer logo. Mas como é que posso simplesmente ficar sem fazer nada, só olhando enquanto Kellan se torna uma mãe adolescente? Ela quer estudar na Penn State e sonha em se tornar médica ou cientista. Será que vai conseguir fazer tudo isso com um bebê berrando atrás dela? Talvez ela nem consiga terminar a escola.

O estacionamento da escola está lotado, e as únicas vagas que sobraram são bem longe, perto do ginásio. Estaciono e dou uma olhada em Josh. Ele não proferiu nenhuma palavra desde que perguntou sobre as rosquinhas.

* * *

Quando entro de fininho na aula de música, o sr. Markowitz não percebe que estou atrasada. Ele está ocupado com a escalação para o desfile deste fim de semana para o Memorial Day com as meninas da ala das bandeiras.

Tenho a sensação de que Josh não vai ter tanta sorte com a professora da sala de estudo dele, e isso me dá uma leve satisfação. A maneira como saiu correndo para atender o telefone hoje de manhã foi irritante. E não entendo por que ele simplesmente não me disse se Sydney tinha ligado ou não. Quando liguei para o meu primeiro marido, pelo menos, tive coragem de dizer a Josh o que tinha feito.

Tanto faz. Josh pode falar com quem ele quiser. Eu tenho Kevin Storm à minha espera. Mas o problema é que isso só acontece daqui a quinze anos. Hoje, enquanto Josh está quase namorando Sydney Mills, eu ainda tenho que encarar...

— Emma.

Graham.

Ele bate com as baquetas na minha coxa.

— Como estão as coisas? — pergunta, escorregando para a cadeira ao meu lado.

— Eu achei que você ia se interessar em saber que meus pais vão viajar neste fim de semana. Isso significa que vou ficar com a casa vazia.

— Achei que era isso que você queria dizer.

— Então, você pode ir lá em casa e ninguém vai nos interromper.

Olho para a minha partitura. Ontem à noite, quando estava pensando na vida com Kevin Storm, prometi a mim mesma que ia terminar com Graham.

— Você quer ir à fogueira na sexta à noite? — pergunta ele. — Podemos ir para a minha casa depois.

Penso no que Josh disse hoje de manhã. *Ficar todo dia com alguém de quem você não gosta deve ser bem difícil.*

— Não posso fazer isso — respondo.

Graham gira uma baqueta entre os dedos.

— Não pode fazer o quê?

— Você e eu. Não dá mais.

— É porque Josh viu a gente junto outro dia? Se você quiser, posso falar com ele.

— Não. — Respiro fundo. — Não tem nada a ver com Josh. Eu só preciso passar um tempo sozinha. Não é nada que você tenha feito, mas eu...

— Certo. — Graham passa a mão na cabeça áspera. — Não vou tentar fazer você mudar de ideia. Nós sempre dissemos que íamos manter as coisas discretas.

Graham dá um sorriso triste e, então, abre os braços, como se estivesse esperando um abraço. Quando me inclino na direção dele, percebo como isso se parece com a vez em que terminei com Dylan, e até com Kyle. Diferentemente do rompimento de outras pessoas, os meus nunca são muito dramáticos. Quando Josh e Rebecca Alvarez terminaram, ele ficou trancado no quarto, todo tristonho, durante semanas. Quando minha mãe e Erik se divorciaram, ela deve ter passado um mês chorando. E quando Tyson deu o pé na bunda de Kellan...

Kellan!

Preciso contar a Josh sobre a gravidez dela o mais rápido possível. Eu devia ter contado para ele hoje de manhã. Isso não é algo com que eu queira lidar sozinha.

* * *

Eu avisto Josh em um corredor cheio de gente entre o terceiro e o quarto tempo. Chamo o nome dele, mas ele não responde. Está com uma menina do segundo ano, e os dois estão dando risada. Eles se viram e começam a caminhar pelo corredor.

— Josh? — grito de novo, mas ele continua sem responder. Ou talvez esteja me ignorando? Um telefonema de Sydney e é isso que acontece!

Fico na ponta dos pés e observo os dois se afastarem. Alguns passos depois, ele estende a mão e toca nas costas dela. Isso é *tão* diferente do que Josh costuma fazer...

— Emma? — diz uma voz.

Conheço essa voz.

Devagar, eu me viro. Cody Grainger está andando na minha direção.

33://Josh

ÀS VEZES, OUÇO uma música no rádio que lança meu humor para uma órbita mais elevada. Apesar de que eu ficaria feliz de apagar o momento em que Emma entrou de supetão e me pegou de cueca, "Walking on Sunshine" ficou tocando na minha cabeça a manhã toda. Toca enquanto caminho pelos corredores, enquanto estou sentado na classe e quando digo oi para as pessoas na frente dos armários.

Quando atendi o telefone sem fio hoje de manhã, ninguém falou nada. Mas, então, ouvi a voz distante de Sydney dizer:

— Ele deve estar vindo para cá — antes de desligar.

Ela me ligou do celular! Eu ainda não a vi, mas aquele telefonema iluminou meu caminho com a luz do sol por toda a manhã. Eu a absorvo pelas solas dos pés e ela faz minhas pernas formigarem, espalha-se pelo meu peito, atinge até as pontas dos meus dedos... *and don't it feel GOOD!*

A luz do sol também é magnética. Durante toda a manhã, gente que nunca me disse mais do que um *E aí?* parou para conversar comigo. E as meninas! Entre as minhas aulas da manhã, três meninas caminharam ao meu lado, acompanhando o meu ritmo... e eu tenho pernas compridas.

Como Anna Bloom neste momento. Depois de história, ela me alcançou, logo que saí pela porta. Acabei indo com ela para a aula que ela tinha no terceiro tempo, apesar de eu ter ginástica do lado oposto da escola.

— Se você algum dia quiser estudar história juntos — diz ela —, pode me ligar. — E escreve o número dela no canto da minha pasta.

Anna sorri para mim e, em seguida, entra na sala. Tento não ser óbvio, mas não dá para não conferir o material quando ela se afasta. Ela é fofa! Então eu me viro e olho para a outra ponta do corredor. Juro que tinha alguém chamando o meu nome enquanto eu estava conversando com Anna. Foi de longe, mas, talvez, fosse Emma.

E lá está ela, na outra extremidade do corredor, conversando com...

Cody Grainger?

Que bom para ela, acho. Cody é um idiota arrogante, mas se ela fica feliz com isso...

34://Emma

CODY SORRI PARA MIM.

Ele está usando uma camiseta azul-escura com DUKE escrito no peito. Todo mundo da equipe de corrida sabe que ele foi aceito por essa universidade com bolsa plena de atletismo. Como sempre, ele parece relaxado com o cabelo loiro espetado, os olhos azul-claros e uma leve barba por fazer ao longo do maxilar.

— Como estão as coisas? — pergunta ele.

Minhas mãos começam a tremer. Kellan acha que coloco Cody em um pedestal, mas ele faz por merecer.

— Ótimas. — Passo os livros de um lado do quadril para o outro. — Então... qual é sua próxima aula?

— Fotografia — responde ele.

— Parece divertido. — Brinco com o *E* do meu colar. — Eu tenho história mundial.

Um breve silêncio se instala. Eu lembro a mim mesma que, um dia, vou ter uma carreira de respeito e um marido que salva vidas. Apesar de a presença de Cody transformar meu cérebro em purê, tento canalizar a autoconfiança que vou ter no futuro.

— Você vai ao treino de corrida mais tarde? — pergunto. — Não pude ir ontem.

Ele assente.

— Então foi por isso que vi você correndo no parque.

— Você me viu?

Saí para correr assim que Josh foi embora. Não consegui ficar lá no meu quarto com o computador bem na minha frente sem poder olhar o Facebook porque prometi a Josh que não faria isso. E foi uma volta de arrasar. Fiz o meu melhor tempo da história e até dei um tiro de oitocentos metros.

— Você parecia ótima — responde Cody, e passa a mão pelo cabelo espetado. — Eu estava fazendo exercício de mergulho, e você passou correndo bem do meu lado. Chamei o seu nome, mas acho que você não ouviu.

— Eu estava escutando meu Discman — respondo, incapaz de controlar um sorriso. *Cody* disse que eu estava ótima!

— O que você estava escutando? — pergunta ele.

— Ontem? Na maior parte, Dave Matthews. Hootie and the Blowfish. Um pouco de Green Day.

— Green Day? — Ele balança a cabeça em sinal de aprovação. — "Basket Case" foi a primeira música que aprendi no violão.

— Você toca violão?

Cody me conta como aprendeu a tocar sozinho e balanço a cabeça nos momentos adequados. Estou muito feliz por ter terminado tudo com Graham hoje.

— A gente devia ir correr juntos um dia desses — diz ele. — Você mora perto do parque?

Por acaso, sei que Cody mora do lado leste do parque, a uns dez minutos da minha casa. Para ser mais precisa, ele mora em uma casa térrea com arbustos de lilases roxos e caixa de correspondência listrada.

— Moro perto do playground — digo.

— Maravilha! Minha casa fica perto do campo de beisebol — fala.

— Eu jogava lá no time infantil.

— Eu também — diz Cody. — Ei, se você gosta de Dave Matthews, precisa ir lá em casa uma hora dessas. Tenho uma fita pirata de um show em Vermont.

— Legal — respondo. — Vou gostar de ouvir.

Cody coloca a mão no meu ombro e sorri.

— Bom, então a gente se fala.

Quando o vejo caminhando pelo corredor, percebo que esta é mais uma reverberação causada pelo Facebook. Se Josh não tivesse me largado ontem para dar plantão no telefone, eu não teria saído para correr e Cody nunca teria me visto, e não teria vindo falar comigo hoje. E não foi só falar comigo... *ele me convidou para ir à casa dele!* Será que esta reverberação vai afetar o meu futuro com Kevin, um homem que ainda nem conheço?

Acho que não vou me importar se isso acontecer por causa do Cody.

35://Josh

TYSON E KELLAN já estão na árvore do almoço. Tento não tirar nenhuma conclusão disso, mas é raro chegarem antes de mim. Faz ainda mais tempo que eles não chegam aqui primeiro e *juntos*.

— Oi, pessoal — cumprimento.

Kellan coloca uma batata frita cheia de ketchup na boca.

— Como estão as coisas? — pergunto, enquanto tiro o primeiro sanduíche de manteiga de amendoim e geleia da mochila.

Tyson sorri para mim.

— Beleza.

Tyson só diz "beleza" quando está se sentindo feliz fora do comum, como, por exemplo, quando consegue dar um giro completo com o skate. Mas eu me recuso a tirar qualquer conclusão disso. Se Tyson e Kellan vão voltar, vão me dizer quando quiserem que eu saiba. Mas, quando Emma chegar, é melhor eles serem mais sutis, ou ela vai ter um ataque.

— Bom, que beleza — digo e dou risada enquanto começo a comer meu sanduíche.

De acordo com Emma, Kellan se apaixonou demais por Tyson, e foi por isso que, quando eles terminaram, ela ficou tão arrasada. Eu acho que a personalidade de Kellan é assim, mais nada, mas Emma avisou a ela para tomar mais cuidado com o amor a partir de então.

Kellan passa mais uma batata frita pelo ketchup.

— Quem quer ouvir uma fofoca?

— Eu quero — responde Tyson. — Mas você precisa comer mais do que só batata frita. — Ele tira o pedaço de pão de cima do sanduíche dele, escolhe uma fatia de presunto e oferece para Kellan. — Tome, coma um pouco da minha carne.

Continuo sem tirar nenhuma conclusão disso.

— Ainda não falei com Emma para confirmar — diz Kellan, dobrando o presunto no meio e enfiando na boca —, mas parece que ela deu o pé na bunda de Graham na aula de música, hoje de manhã.

O quê? Por que eu não estou sabendo disso?

Tyson dá uma mordida enorme no sanduíche.

— Que bom para ela — diz ele, enquanto mastiga. — Aquele cara é o maior seboso. Vocês viram como ele raspou a cabeça?

— "Seboso"? — Kellan dá um tapa no braço dele. — De onde você tira essas palavras?

Hoje de manhã, quando Emma e eu estávamos conversando sobre relacionamentos, ela não falou nada sobre dar o pé na bunda de Graham hoje. Se ela fez isso por causa de alguma coisa que viu no Facebook, não dá para saber que tipo de reverberações acabou de causar. O combinado era que a gente ia conversar sobre esse tipo de coisa!

— Não sei se é verdade — diz Tyson —, mas algumas pessoas acham que o fato de Graham e aqueles outros caras terem raspado a cabeça juntos foi um tipo de pacto gay. Você ouviu falar disso, Josh?

Um pedaço de pão fica preso na minha garganta. Por que ele acha que *eu* ia saber sobre um pacto gay? Meus olhos começam a se encher de lágrimas, e Kellan estende o Sprite dela para mim. Será que as pessoas sabem que meu irmão é gay, mas nunca me disseram nada? Enquanto começo a tossir e ter ânsia de vômito, Tyson dá tanta risada que precisa apoiar a mão no chão para se equilibrar.

— Está tudo bem com você? — pergunta Kellan e se inclina para perto de mim. — Balance a cabeça, se você acha que preciso fazer a manobra de Heimlich em você.

Enxugo as lágrimas dos olhos.

— Está tudo bem.

Kellan olha com ódio para Tyson.

— Esta é a coisa mais idiota que você disse hoje. Que diabos raspar a cabeça tem a ver com ser gay? Por acaso *você* é gay porque tentou tocar fogo nos seus peidos com Greg?

— Você se lembra disso? — Tyson dá uma gargalhada. — Caramba! Você ainda tem aquela fita, Josh?

— Não sei. Deve estar em algum lugar. — É difícil acreditar que David possa ser gay. Quero dizer, ele tem que ser gay, porque não conheço nenhum homem heterossexual que tenha um relacionamento sério com algum fulano chamado Phillip. Mas agora preciso repensar muitas coisas que achava que sabia sobre o meu irmão. Nós nunca conhecemos aquela garota com quem ele passava tanto tempo depois da aula. Será que Jessica na verdade era um cara? Ele deixou nossos pais tão preocupados com o tempo que passavam juntos. Até disseram a ele que ainda não estavam prontos para se tornarem avós.

— Graham não é gay — digo. Ainda é difícil falar o nome dele sem ver a mão dele deslizando por baixo da camiseta de Emma.

Kellan joga uma batata frita no rosto de Tyson. É surpreendente a maneira como ele a pega com a boca.

— Mas, bom — diz ela —, não sei por que faz diferença para você quem é ou não é gay.

— Não faz diferença — diz Tyson, dando mais uma mordida no sanduíche. — O meu pai acha que Ellen DeGeneres é gay, e nós adoramos *Ellen*!

— Está de brincadeira? Ela não é gay — diz Kellan.

— Quem não é gay? — pergunta Emma ao se aproximar do nosso grupo.

Kellan junta as mãos e sorri para Emma.

— Então, é verdade? Você não está mais com aquele lá?

Emma olha bem para mim.

— Você...?

— Eu o quê? — pergunto. Então dou risada. Ela acha que contei para eles sobre o fato de ela ter se livrado de Jordan Jones Jr. — Ela está falando de Graham. Ouvimos dizer que você terminou com ele.

Emma pega o almoço dela, um Tupperware transparente com brócolis cozidos no vapor, cenouras e cubos de queijo cor de laranja.

— Estava na hora — diz ela.

Kellan oferece uma batata frita a Emma.

— Se você quiser conselhos sobre como encontrar um novo romance — diz ela —, deve pedir ao senhor Templeton aqui.

Emma e eu nos entreolhamos, confusos.

— Não se finja de inocente — diz Kellan. — Vi você passando uma conversa nas meninas pela escola toda hoje.

Tyson faz um "toca aqui" comigo.

— Meu garoto!

Emma abre um saquinho de pretzels e dá risada.

— Ah, não tenho certeza se Josh entende tanto assim de romance.

— O que você quer dizer com isso? — pergunto. Será que está falando de Sydney e do fato de eu não saber o que devo fazer? É melhor não estar falando da questão de ela própria ter me rejeitado.

— Você sabe o que quero dizer — responde Emma.

— Vocês estão sempre tirando sarro de mim, dizendo que não sei nada de coisas românticas — digo a Emma e Kellan —, mas, talvez, eu saiba mais do que vocês pensam.

— Bem que você queria que fosse assim — diz Emma.

— Mas acho que você não tem a menor ideia do que está fazendo.

— É mesmo? — pergunto. — Bom, se algum dia você precisar de conselhos a respeito de como fazer uma relação de verdade funcionar, estou logo ali do seu lado.

Tyson e Kellan se entreolham, mas não dizem nada.

* * *

A aula de comportamento social está quase no fim e ainda não falei nada para Sydney. Batuco com a caneta no tampo da escrivaninha e olho por cima do ombro como quem não quer nada. Ela sorri quando me vê, e retribuo o sorriso.

— Josh Templeton?

Eu me viro e a professora Tuttle está olhando para mim. Em pé ao lado dela está Thomas Wu, um aluno assistente da secretaria. A professora Tuttle aponta para mim e, então, Thomas caminha na minha direção.

Ele coloca um pedaço de papel azul na minha mesa.

— Você precisa passar na secretaria logo depois da aula.

Olho para o relógio em cima do quadro-negro. Faltam três minutos para a aula terminar. Três minutos para a minha primeira oportunidade de falar com Sydney hoje. E agora vou ter que deixar passar!

Enfio a pasta na mochila e fecho o zíper. Quando o sinal toca, coloco a mochila no ombro. Atrás de mim, ouço uma folha de papel ser rasgada. Olho para Sydney e a minha vontade é dizer, sem emitir som: *Ligue de novo para mim*, mas não dá para fazer isso sem parecer ridículo.

Mas, então, Sydney estende o braço e me entrega um pedaço de papel dobrado. As pontas dos nossos dedos se tocam e sinto um choque de energia percorrer todo o meu corpo. Ela sorri e passa despreocupada por mim; só fico lá olhando para o papel na minha mão, de queixo caído.

No meu caminho pelo corredor, avisto Thomas Wu no armário dele.

— Você sabe por que fui chamado até a secretaria? — pergunto a ele.

— Seus pais querem que você vá até o trabalho deles depois da escola — diz e gira a fechadura do armário. — Mas eu não devia escutar os telefonemas, então não lhe disse nada.

Isso tem que estar relacionado ao fato de eu ter me atrasado para a escola. Bom, na verdade, não me importo. Porque eu tenho nas mãos um bilhete, escrito especificamente para mim, de Sydney Mills.

Na secretaria, aviso que cheguei e me sento em uma cadeira de plástico cor de laranja. Abro o bilhete de Sydney e vejo as seguintes palavras "o meu celular" e então uma linha de números lindos rabiscados na dobra.

— Você é Josh, certo? — pergunta uma menina, ao mesmo tempo que se senta na cadeira ao lado da minha. Ela é aluna de intercâmbio do Brasil. É bonitinha, com cabelo preto comprido e sardinhas no nariz.

— Sou, sim — respondo.

— Vi alguns dos seus desenhos nas pastas dos meus amigos — diz. — Você tem muito talento.

Sorrio para ela.

— Um dia, vou ser designer gráfico.

— Você vai ser muito bom nisso — responde ela.

Talvez ser chamado à secretaria não tenha sido a pior coisa do mundo.

36://Emma

DEPOIS QUE O ÚLTIMO sinal toca, estou descendo a escada para ir até meu armário quando Kellan passa correndo por mim. Ela para no patamar abaixo, balança os quadris e canta bem alto:

— *Cel-e-brate good times, COME ON!*

— O que você está comemorando? — pergunto.

Kellan continua cantando, agitando o cabelo em cima dos ombros.

— *We're gonna celebrate and have a good time!*

Sou amiga de Kellan há tempo suficiente para saber que vou ter que ficar aqui parada até ela acabar a música inteira.

Enquanto dá piruetas e canta, aproveito para ver se detecto alguma barriguinha. Ela está usando uma saia preta de algodão e uma camiseta branca, e a barriga dela parece tão lisa como sempre. Mas, bom, mesmo que ela já esteja grávida, não iria aparecer, por enquanto.

Quando finalmente termina de cantar, pergunto de novo:

— O que você está comemorando?

— Você! — Ela me segue escada abaixo. — Por ter terminado com Graham. Eu não tive oportunidade de aplaudir de maneira adequada no almoço. Então, está pronta para comemorar e se divertir?

Eu gostaria de poder exibir o mesmo nível de entusiasmo dela. Sim, estou aliviada por ter terminado com Graham. E estou animada com Cody. Mas a atitude de Josh no almoço me deixou incomodada. Parece que a descoberta sobre o futuro está fazendo com que ele fique diferente *agora*.

— Você pode faltar no treino de corrida hoje? — pergunta Kellan.

— Acho que não devo — respondo. — Eu faltei ontem, então...

Kellan bate com o quadril em mim.

— Você só quer ver o corpo lindo de Cody fazendo abdominal, suando e...

Tapo a boca dela com a mão. Então chego bem pertinho e digo:

— Cody falou comigo no corredor. *Ele* é que veio falar *comigo*.

Kellan tira a minha mão de cima da sua boca. Apesar de ela achar que ele é todo cheio de si, entende por que sou a fim dele. Quem não entenderia? Ele é lindo!

— O que ele disse? — sussurra ela. — O que você respondeu?

Lá estou eu, pronta para entregar cada detalhe, mas Kellan não fez a mesma coisa comigo. Ou ela está transando ou está prestes a transar ou possivelmente já está *grávida* e não soltou nenhuma palavra sobre nada.

— Ele só deu um oi.

Kellan dá um sorriso sacana.

— Você experimentou a minha Teoria do Marido de novo ou ainda tem gatos no banco do passageiro?

— Está falando da teoria de que um carro vem na nossa direção?

— Batida de frente.

Parece errado experimentar a teoria de Kellan sabendo que devo me casar com Kevin Storm. Não consegui encontrar nenhuma foto dele no Facebook, então me parece injusto imaginar alguma outra pessoa no carro só porque não tenho uma imagem mental de Kevin.

— Tyson ainda está no seu banco do passageiro? — pergunto.

Kellan morde o lábio por um momento e, então, diz:

— Tem certeza de que você não pode ir ao lago hoje?

Ela está evitando a minha pergunta. Será que ela e Tyson vão voltar a ficar juntos? Achei que estava captando sinais na hora do almoço, mas não pude ter certeza. Se eles vão voltar a ficar juntos, *ele* pode ser o pai de Lindsay!

— Você pode, por favor, ir ao lago? — pede Kellan. Ela toca no meu cotovelo. — Nós mal passamos tempo juntas nesta semana.

— Que tal amanhã?

— Não posso — diz. — Tenho minha aula na faculdade.

O cara fofo da faculdade! É por isso que ela nunca quer perder uma aula. Será que *ele* é o pai do bebê? Será que ela vai para o alojamento com ele depois da aula?

— Certo — digo. — Vou com você ao lago.

Kellan bate palmas.

— Mas temos que ir com seu carro. Eu tive que ir ao médico antes da aula, por isso minha mãe me deixou aqui.

O quê?

— Por que você foi ao médico? — Isso tem que estar relacionado com a gravidez.

Kellan olha para mim e, então, começa a dar risada.

— Você ficou completamente pálida! Eu não estou morrendo, Em.

Preciso de uma resposta.

— Diga por que você foi ao médico.

— Foi só uma consulta de rotina. — Ela abana a mão em um gesto de desprezo.

— Podemos passar na sua casa para colocar um maiô?

Quando passamos pela secretaria, Kellan bate em mim com o quadril de novo, e, dessa vez, eu retribuo. Mas, então, dou uma olhada pelo vidro da secretaria e fico paralisada. Josh está sentado em uma cadeira, de costas para nós. Tem uma menina bem pertinho do ombro dele, observando enquanto ele desenha alguma coisa no caderno dela.

— Ele está desenhando Pepe Le Gambá — sussurra Kellan. — Acho que o nosso pequeno Josh, finalmente, está aprendendo a dar em cima das meninas.

Pego o braço de Kellan e a puxo para longe.

— Se aquela menina quer um gambá viciado em sexo e machista na pasta dela, o problema é dela.

* * *

Subimos a escada até meu quarto e Kellan pergunta se pode pegar meu maiô vermelho emprestado.

— Você tem que usar o biquíni, com certeza — diz ela. — Os meninos adoram.

— Como é que você sabe?

Kellan abre a porta do meu quarto.

— Não que o que Josh pense faça diferença, mas quando você o usou no lago, ele ficou conferindo.

Minha mente vai para aquela foto do Facebook. *Os bons e velhos tempos.* Josh disse que tirou aquela foto sem querer. Bom, se ele *estava* conferindo, com toda a certeza já não está mais a fim de mim. Agora que ele pode escolher a menina que quiser na escola, é só uma questão de tempo até ficar com Sydney Mills de maneira permanente.

Encontro o CD *Dookie* do Green Day na minha pilha, coloco no som e vou avançando as faixas até chegar a "When I Come Around". Sempre gostei dessa música, e Cody fez com que ficasse a fim de escutá-la.

— Esse é o seu computador novo? — pergunta Kellan, soltando o sutiã por baixo da camiseta. — Olhe só para este monitor!

Fico imaginando o que aconteceria se eu mostrasse o Facebook para ela. Ela disse que não ia querer viajar no tempo, mas o que iria achar de *ler* sobre o futuro... de ler sobre *Lindsay*? Será que o futuro eu dela quer que ela saiba? E o que o *meu* futuro *eu* ia querer saber? E o de Josh?

Será que eles se lembram de que, nesta semana de maio, nós descobrimos um jeito de olhar o Facebook? Talvez, quando eles estão escrevendo essas coisas, estejam incluindo mensagens sutis no que dizem, fazendo com que nós tomemos decisões diferentes? Talvez o eu futuro de Kellan saiba que ela vai estar no meu quarto hoje, chegando pertinho do meu computador. Se isso for verdade, então a Kellan adulta vai poder mudar o que diz para refletir se vai querer ou não que a Kellan de dezessete anos saiba sobre o bebê.

— Posso olhar meu e-mail? — pergunta Kellan e aponta o botão de ligar do monitor.

Ou, talvez, Josh e eu sejamos os únicos que devemos saber sobre isso.

Ou, talvez, o tempo não permita que *nós* nos lembremos, porque faria com que um buraco enorme se abrisse no universo.

— Não! — afasto a mão de Kellan do computador.

Ela dá um passo para trás, sem entender nada.

— Eu não vou quebrar. Lembre-se de que fui eu quem mostrou para você como usar a internet.

— É só que Martin vai chegar aqui logo — respondo. — Ele e a minha mãe andam chatos com todo o tempo que eu tenho passado on-line.

Não vai ter como envolver Kellan nisso também. Jogo as roupas de banho e os chinelos em uma bolsa de praia e faço com que ela saia do quarto para pegar toalhas.

37://Josh

MEU PAI PEGA O TELEFONE do escritório e disca o ramal da minha mãe. Ela está apenas a duas salas de distância, por isso eu ouço quando toca.

— Ele chegou — diz ao telefone.

O escritório do meu pai está igual à última vez que estive aqui. Uma chatice de matar. Alguns dos melhores amigos deles dão aula de história, e a sala tem pôsteres fortes com frases legais como: "Quem não se lembra do passado está condenado a repeti-lo" e "A história é escrita pelos vitoriosos". O único pôster na parede do meu pai é uma foto em preto e branco de um sociólogo careca examinando os óculos.

Minha mãe fecha a porta e então se senta na cadeira ao meu lado.

— Por que você se atrasou para a escola hoje de manhã? — pergunta meu pai.

Eu sabia que isso iria acontecer. Quando Emma e eu finalmente chegamos à escola, já estávamos dez minutos atrasados. Eu tinha esperança de que, se a escola tivesse deixado um recado na nossa secretária eletrônica, eu poderia apagá-la antes de os meus pais chegarem em casa. Mas parece que o telefone do trabalho deles está no topo da lista de contatos.

— Papai e eu damos muita liberdade a você — diz minha mãe. — Nós não obrigamos você a pegar o ônibus, mas esperamos que chegue à escola na hora.

— Sabemos que você não acordou atrasado — diz meu pai. — Você estava ouvindo música quando saímos para trabalhar.

— Peguei carona com Emma — digo. — Perdemos a noção do tempo. Não vai acontecer de novo.

Meu pai batuca com os dedos no tampo da mesa.

— Você se esqueceu de olhar o relógio?

— Por que vocês perderam a noção do tempo? — pergunta minha mãe. — Emma esteve no seu quarto?

Era disso que David estava falando. Antes de sair para a faculdade, ele me avisou que nossos pais ficam superprotetores demais em relação ao sexo oposto. Mas parece que, no caso dele, não era com o sexo oposto que tinham que se preocupar.

— Ela não esteve no meu quarto — respondo, e não é uma mentira completa. Acho que Emma nem atravessou a porta, depois que começou a rir da minha cueca branca justinha.

— Você esteve no quarto *dela*? — pergunta minha mãe.

Eu não devia ter que responder a essa pergunta. Eu nunca dei a eles qualquer razão para não confiar em mim, mas estão agindo como se eu precisasse dar um relatório de tudo o que eu faço.

— Caso vocês não tenham reparado, não sou mais criancinha. Consigo até atravessar a rua sozinho.

— Tem razão — diz meu pai. — E quando você era pequeno, nós deixávamos você e Emma dormirem um na casa do outro. A diferença é que nós *sabemos* que você não é mais criança.

— Você é um adolescente — diz minha mãe.

— É mesmo? — pergunto. — Uau.

Meu pai se inclina para a frente.

— Por que vocês dois se atrasaram para a escola?

Eu me recosto na cadeira e dou risada.

— Vocês querem saber se nós estávamos transando, certo?

A voz do meu pai é contida.

— Não foi isso que eu disse.

Minha mãe leva a mão ao peito.

— Vocês estavam?

Eu me levanto e coloco a mochila no ombro.

— Não, nós não estávamos transando. E só estou contando isto para vocês não terem um ataque cardíaco. Mas estão tirando conclusões demais só porque eu me atrasei alguns minutos para a escola.

— David nunca se atrasou para a escola — diz meu pai.

— E, no entanto — digo, erguendo a voz —, ele escolheu uma faculdade que fica a mais de três mil quilômetros de Lake Forest!

Minha mãe e meu pai se viram um para o outro. Não há mais nada a ser dito, por isso pego o meu skate e vou embora.

* * *

O homem com um chapeuzinho branco de papel me entrega uma casquinha com duas bolas de sorvete crocante. Seguro o sorvete com uma mão, coloco uma moeda de vinte e cinco centavos no pote de gorjeta e guardo o resto do troco no bolso. Levo meu skate para fora e me sento em um banco de madeira para tomar o sorvete, começando pelas beiradas.

Estou nervoso, pensando em quando vou ver os meus pais mais tarde. Apesar de eles terem metido o nome de David na conversa, eu não precisava ter dado a entender que ele se mudou para Seattle para ficar longe deles. Eu nem sei se isso é verdade.

Do outro lado da rua de quatro faixas, tem um shopping center pequeno com uma loja de gibi, um salão de cabeleireiro e uma loja de disco. Observo quando um conversível branco entra no estacionamento.

É o carro de Sydney! Ela se olha no espelho retrovisor e prende o cabelo em um rabo de cavalo, enquanto a capota vai fechando eletronicamente ao redor dela.

O telefone de Sydney está em um dos meus bolsos, anotado em um pedaço de papel rasgado. O celular dela deve estar no carro neste momento. No outro bolso, tenho moedas suficientes para fazer uma ligação. E, do lado deste banco, tem um telefone público.

Não, isso é ridículo.

Limpo os lábios com as costas da mão. Se eu ligar para Sydney e disser a ela que a estou vendo, ela vai achar que estou andando atrás dela. Além do mais, se Emma tiver razão e Sydney estiver dando uma de difícil, então ela não vai atender o telefone. Vai esperar para ouvir o recado que eu vou deixar, mas não faço a menor ideia do que dizer.

Eu a observo passar pelo salão de cabeleireiro e abrir a porta da loja de gibi. Ela gosta de gibi? Legal!

Ela me deu o número do celular dela porque quer que eu ligue, mas, e se for cedo demais? Ligar para ela neste momento pode estragar tudo. Se é para ficarmos juntos, precisa acontecer de um jeito natural. Subo no skate e vou me afastando, lambendo o sorvete para me distrair.

Ou, talvez, eu seja apenas covarde.

Na primeira esquina, dobro os joelhos e vou para a direita.

Se quisesse ir para casa, continuaria seguindo em frente.

38://Emma

— NÃO ENTENDO por que você quer me forçar a tomar sorvete — diz Kellan e fica olhando para o cardápio em cima da barraquinha no lago. — Estou a fim de uma raspadinha.

— Porque quem tem dinheiro sou eu. — Ergo os óculos de sol para poder ler os sabores. — Além disso, sorvete é mais saudável.

— Mais saudável *como*?

— Tem alto teor de cálcio — respondo. Quando minha madrasta estava grávida, ela falava que precisava de muito cálcio.

— O que vão querer, garotas? — pergunta a mulher atrás do balcão.

— Quero de morango — digo, pegando um monte de guardanapos — com granulado colorido.

Kellan se vira para mim.

— Por favorzinho, raspadinha?

Balanço a cabeça.

— Tudo bem — diz ela. — Então, o de biscoito.

Enquanto a mulher se inclina por cima dos tubos de sorvete, Kellan diz:

— Não entendo por que todo mundo se preocupa tanto com meus hábitos alimentares. Primeiro, Tyson; agora, você.

Ergo uma sobrancelha.

— Desde quando você e Tyson estão se dando tão bem a ponto de ficarem conversando sobre o que você come?

Kellan age como se minha pergunta não tivesse importância.

— Nós sempre nos demos bem.

— Preciso lembrar a você o quanto ele a irrita? Ou sobre aquelas duas semanas que você faltou na escola?

Kellan estende o braço para pegar a casquinha de sorvete dela.

— Você sabia que o amor e o ódio compartilham os mesmos circuitos nervosos no cérebro?

— Então agora você *ama* Tyson de novo?

— Eu não disse isso. Só estava estabelecendo um fato.

Nós caminhamos pela areia, lambendo os sorvetes.

— Parece que você está escondendo coisas de mim — digo.

— Como o quê? — Kellan pergunta.

Dou a volta em alguns garotinhos que estão fazendo um castelo de areia. Observo enquanto enchem o fosso com um baldinho de água do lago e fico imaginando se Kevin Storm e eu ainda vamos ter dois filhos hoje à noite.

— Você não quis me contar por que foi ao médico hoje.

— Eu sei — diz Kellan. — É só que me sinto estranha falando sobre isso.

— A única razão por que eu pergunto é que eu me preocupo com você.

Kellan lambe o sorvete que escorre pela casquinha.

— Certo, voltei à terapeuta com quem me consultei depois que Tyson e eu terminamos. Fazia alguns meses que não ia lá, então foi só uma consulta de rotina.

— Bom, fico muito feliz por você ter ido lá — digo. — Obrigada por me contar isso.

Nós nos sentamos em cima da toalha e terminamos de tomar o sorvete. Com o mistério sobre o médico dela resolvido, tem mais uma coisa sobre a qual precisamos conversar. Minha mente funciona a toda para criar uma história plausível.

— Estive na enfermaria da escola hoje — digo —, e você não vai acreditar no que vi.

— Por que você foi à enfermaria? — pergunta Kellan.

— Eu me cortei em um suporte de partitura na aula de música. Está tudo bem. Bom, uma menina entrou para pedir uma camisinha. Você sabia que a enfermaria da escola distribui camisinhas grátis?

— Você e eu fizemos aula de saúde juntas — responde Kellan. — Eu estava presente quando falaram de camisinha.

— Ah, é mesmo.

— Então, quem era? — pergunta ela.

— Quem era o quê?

— A menina pedindo camisinha.

— Uma aluna do último ano. Não sei o nome dela.

— Não que eu precise de uma camisinha — diz Kellan —, mas, com toda certeza, eu não ia pegar na escola. Quem vai querer que o pessoal da enfermaria saiba o que você faz?

Vejo a minha chance e ajo com rapidez.

— Como você ia arrumar uma camisinha se precisasse?

Ela reflete sobre a minha pergunta, mas não responde. Dá para ver, pelo jeito como ela está se agitando em cima da toalha, que estou prestes a perder a oportunidade.

— Quer ouvir um segredo? — pergunto. — Mas não pode contar para ninguém.

Kellan faz um X em cima do coração.

— No verão passado, quando o irmão de Josh veio fazer uma visita à família, Josh me contou que roubou uma camisinha das coisas de David. Ele guardou na carteira, para o caso de precisar.

Kellan dá uma gargalhada.

— Por que os meninos carregam camisinhas velhas na carteira? Quando finalmente vão ter uma chance de usar, ou já estão vencidas ou gastas.

No mesmo instante, eu me sinto culpada por ter entregado Josh, apesar de ele ter me deixado furiosa hoje. Foi por uma boa causa, para colocar na cabeça de Kellan a ideia de sempre levar uma camisinha, mas não é o tipo de coisa que Josh gostaria que todo mundo soubesse.

* * *

Kellan está na água, e eu estou sentada na minha toalha, com os olhos sob os óculos escuros. A um quilômetro de distância, do outro lado do lago Crown, tem uma casa enorme com um terraço que dá a volta, um lindo gramado todo bem cuidado e um cais com dois caiaques.

Reconheço a casa da noite em que vi a página do Facebook de Josh. Um dia, ele vai morar lá com Sydney. Eles vão sair para andar de barco e fazer churrascos. Os filhos dele vão crescer ricos e privilegiados, e Josh, no fim, também vai ser sugado para dentro desse mundo.

— Voltei — diz Kellan. Ela sacode a areia da toalha e a enrola na cintura.

Puxo as pernas para perto do peito e aponto para o outro lado do lago.

— Você sabe quem é que mora naquela casa?

— Aquela que tem uma varanda grande? — pergunta ela, protegendo os olhos com a mão. — Acho que não é ninguém da escola.

— Você acha que a família de Sydney teria dinheiro para comprar uma casa assim?

— Sydney Mills? — Kellan se senta a meu lado e abre a tampa de uma garrafa de Sprite. — Por que todo mundo anda falando tanto dela ultimamente?

Balanço a cabeça.

— Acho que Josh pode estar interessado nela.

— Achei que você estava brincando com isso no outro dia — diz Kellan. — Não quero ofender Josh, mas ela é um pouco de areia demais para o caminhãozinho dele. Por acaso, ele já falou com ela?

— Para falar a verdade, a primeira mensagem instantânea que recebi foi de Sydney — respondo e apoio o queixo nos joelhos. — Ela pediu o telefone dele.

Kellan cospe todo o Sprite que tem na boca em cima das pernas.

— Ela já ligou para ele?

— Sei que fui eu quem toquei nesse assunto, mas você se importa se não falarmos sobre isso?

— Certo — responde Kellan. — Mas preciso falar com *você* sobre uma coisa.

Meu coração dispara. Será que ela finalmente vai confessar que está transando? Se fizer isso, vai me forçar a tomar uma decisão muito importante. Ou eu conto a Kellan o que vi no Facebook, ou a sacudo pelos ombros e digo que é melhor ela estar usando proteção.

— Andei pensando muito sobre você e Josh — diz ela.

Enterro os pés na areia. Não é essa conversa que achei que iríamos ter.

— Eu sei que as coisas entre vocês ficaram esquisitas no ano passado — diz ela. — Mas, nesta semana, as coisas pareceram... diferentes.

— De que jeito?

— Parece que vocês dois finalmente começaram a se aproximar de novo. Mas então, hoje, na hora do almoço, os dois colocaram as garras de fora.

Mexo os dedos dos pés e eles despontam na areia.

— Deixe-me colocar da seguinte forma — diz Kellan. — Agora que Graham já era... sabe como é...?

— *O quê?*

— Estou falando sério.

— Não! — solto um grito estridente. — Josh é... *Josh.*

— Porque as outras meninas estão começando a reparar que ele é um cara legal de verdade. Tem a menina que vimos na secretaria. E agora você está me dizendo que Sydney Mills pediu o telefone dele. — Kellan tira a tampa do Sprite de novo. — Se existe uma pequena parte de você, por menor que seja, que já imaginou como Josh seria se fosse mais do que um amigo, talvez devesse pensar em fazer algo antes que seja tarde demais.

Enquanto Kellan toma um gole, fico olhando para a futura casa de Josh, do outro lado do lago.

Depois de um minuto, eu me forço a desviar os olhos.

39://Josh

PASSO COM MEU SKATE por uma casa amarela com um balanço de pneu na frente. Um chihuahua vem correndo pelo pátio e começa a dar latidos agudos para mim. Se eu diminuir a velocidade para fazer a próxima curva, ele vai me pegar. Apesar de não ter medo de ele dar uma mordidinha no meu tornozelo, a cabeça ossuda dele é do tamanho de uma das minhas rodas, e não preciso desse tipo de culpa.

A essa altura, meu sorvete já acabou. Jogo o resto da casquinha na direção do cachorro e ela se despedaça na calçada. Quando ele para e come um pedaço, dobro a esquina e me dirijo para o cruzamento. Do outro lado da rua, o conversível de Sydney continua estacionado, vazio.

Rodo até um poste de luz e coloco o braço ao redor dele para parar. O sinal abre e eu poderia atravessar para o outro lado. Eu poderia estar à espera de Sydney no carro dela quando ela saísse da loja de gibi.

Em vez disso, vou com meu skate até uma máquina de refrigerante e compro uma latinha.

* * *

Quando tomo a segunda latinha, já dei a volta quatro vezes no quarteirão e estou agitado por causa de tanto açúcar. Viro a última esquina de novo e decido dar um olá, se Sydney estiver andando na direção do carro dela. Se já tiver ido embora, então vou sair correndo para o banheiro mais próximo.

Quando o estacionamento entra no meu campo de visão, vejo o conversível dela saindo para a rua.

Hora de tomar uma decisão!

Dou um impulso bem forte com o skate na direção do telefone público e, então, piso na parte de trás da tábua para parar. Pego o fone e, com dedos trêmulos, disco o número do celular de Sydney.

Está tocando!

O carro dela está parado em um sinal vermelho. Dá para ver quando ela pega a mochila e coloca no colo.

Atenda!

Ela leva o celular ao ouvido.

— Alô?

O sinal fica verde e o carro dela começa a entrar no cruzamento.

— Sydney! — Consumi açúcar demais. — Aqui é Josh. Acho que eu... será que você...?

— Josh *Templeton*? — pergunta ela.

— Você está no seu carro? — pergunto. — Porque eu estava aqui tomando um sorvete e acho que vi você passando.

Observo quando ela olha na direção da calçada.

— Onde você está? Eu não sabia que você tinha celular.

— Encoste — digo. — Chego aí bem rapidinho.

— Certo — responde ela, ligando o pisca-alerta.

Desligo o telefone, pulo em cima do skate e dou impulso na direção do carro dela.

A janela do lado do passageiro está abaixada, e apoio os cotovelos na porta. Ela sorri para mim, solta o rabo de cavalo e o cabelo cai como fitas por cima da blusa azul sedosa.

— Você mora aqui perto? — pergunta ela.

Aponto com a cabeça na direção da sorveteria.

— Não, mas estava com desejo de tomar sorvete crocante.

— Eu *adoro* sorvete — diz ela. — Então, para onde você está indo? Posso dar uma carona?

— Só estou indo para casa — respondo. — Moro perto do playground do parque Wagner.

Sydney dá uma olhada no relógio.

— Preciso voltar para este lado da cidade em vinte minutos, mas acho que dá tempo.

Eu nunca tinha entrado no conversível de uma menina linda antes. Por um momento, penso em pular por cima da porta, mas então tenho um arroubo de sanidade mental. Ajeito o skate no pequeno banco de trás, enquanto Sydney liga o pisca-alerta e vai mudando de faixa devagar.

— Pode jogar a mochila no banco de trás — diz ela e ajusta o espelho retrovisor. — Sei que não tem muito espaço aqui na frente.

Antes de ir até o escritório do meu pai, comprei um pacote com três cuecas boxer para mim. Não é que Sydney vá abrir minha mochila para ver as cuecas, mas só percebi que estava agarrado à mochila quando ela mencionou o fato.

— Onde você tem que estar daqui a vinte minutos? — pergunto, com a esperança de que ela não responda citando o nome de algum cara.

— Na minha casa — diz ela.

Isso!

— Uma mulher vai lá para fazer uma apresentação de slides para minha família; quer convencer a gente a comprar um pacote de *time-share* — explica. — Os meus pais não estão muito interessados, mas minhas irmãs e eu ficamos implorando para eles darem uma olhada. Além do mais, se você assistir à apresentação toda, ganha um vale-presente do restaurante Olive Garden.

— Eu *adoro* o pãozinho deles — digo.

Sydney olha para mim e sorri.

— Eu também!

Ela é linda. Quero dizer, *linda*. Do rosto perfeito à pele macia e bronzeada, passando pelo cabelo brilhante. Ela está usando uma saia que mostra as pernas fantásticas e macias. Como é que posso estar dentro deste carro?

Aos meus pés, há uma sacola de plástico vermelho da loja de gibi Comix Relief. Ajeito com a ponta do pé para não pisar em cima dela.

— Comprei para o meu pai — diz ela. — É aniversário dele neste fim de semana, então vou dar de presente alguns dos gibis preferidos dele, de *Archie*.

— Antes, eu era louco pelo *Archie* — digo.

Ela dá risada.

— É a sua cara.

— Por quê? Por nós dois sermos ruivos?

— Nem pensei nisso — diz ela. — Mas tenho a convicção de que todos os meninos idolatram Archie em segredo. Ele é um garoto normal que tem duas meninas lindas brigando por ele. Não venha me dizer que esta não é a fantasia de todos os meninos.

Uma menina linda já seria suficiente para mim.

— Os noivos das minhas duas irmãs adoram histórias em quadrinhos — prossegue ela. — Às vezes, meu pai vai junto quando eles vão a convenções, mas eles gostam mais de gibis de super-heróis mutantes. Pessoalmente, acho que os bons meninos gostam de *Archie*.

Ela é a maior filhinha de papai. É meio fofo. Imagino se eles ainda irão a convenções de quadrinhos quando eu entrar para a família. Apesar de ser uma cafonice, eu iria junto.

Paramos em um sinal, e Sydney se vira para mim.

— Obrigada pelo que você disse na aula naquele dia, sobre se preocupar com os outros.

— Decência humana — digo com um resmungo.

Ela assente e pisa no acelerador.

— Sei que você só estava falando o que pensa, mas, de certo modo, pareceu que estava me defendendo. Por isso, quero agradecer.

— Sem problema.

Sydney sorri para mim e coloca o cabelo atrás da orelha.

— Mas, bom, estou animada com esses *time-shares*. A gente pode passar algumas semanas por ano nos lugares mais legais do mundo. Você já foi a Acapulco? Nós fomos em fevereiro, é muito lindo.

Acapulco? Esse é um dos lugares para onde Sydney e eu vamos no futuro. Será que a apresentação de slides que ela vai ver daqui a pouco leva a *time-shares* onde vamos passar as férias?

— Você já esteve em Waikiki? — pergunto. — Sempre quis conhecer.

Sydney olha para mim com os olhos arregalados.

— Eles têm *time-shares* em Waikiki! Certo, agora eu realmente quero que meus pais comprem o pacote. Eles têm apartamentos enormes em que dá para fazer uma reunião de família todas as vezes que formos para lá.

Waikiki. Acapulco. Quando li sobre Sydney e as minhas férias, imaginei que teríamos ido para lá sozinhos, que ficamos tomando bebidas com frutas e transando em locais exóticos. Agora parece que nossas viagens incluem uma casa lotada com os familiares dela. Não que eu não fosse querer ir. Desde que possa passar um tempo sozinho com Sydney, estou dentro.

Mais adiante, a rua vai subindo gradualmente até chegar aos trilhos de trem.

— Você sabe o que deve fazer quando passa por cima de trilhos de trem? — pergunta ela.

— Claro que sim — respondo.

Quando o carro sacoleja por cima dos trilhos, nós dois tiramos os pés do chão do carro.

— Pés ao alto! — grito.

Sydney dá risada quando a rua volta a descer.

— Pés o *quê*?

— Pés ao alto — digo, sentindo meu rosto esquentar. — Todo mundo fala isso.

— Acho que não — responde Sydney e sorri. — Todo mundo sabe que você tem que erguer os pés e fazer um desejo.

Fico com vontade de perguntar qual foi o desejo dela, mas talvez eu não queira saber. Ou talvez queira, mas, se ela me contar, não vai se tornar realidade.

40://Emma

DEPOIS DE DEIXAR Kellan na casa dela, vou para minha casa pelo lado leste do parque Wagner.

Se Kellan diz que não vê utilidade em camisinhas, então ela não está nem *pensando* em ir até as últimas consequências por enquanto. Quando chegar em casa, preciso contar tudo para Josh para podermos pensar no que fazer. Só espero que ele tenha superado a inflada no ego que teve hoje.

Depois da placa de pare, viro no quarteirão onde fica minha casa. Um conversível está estacionado na frente da casa de Josh. É o carro de Sydney! E Josh está no banco do passageiro.

Quando passo por eles e entro na garagem da minha casa, quase dá para escutar a voz de Sydney dizendo:

— Aquela é Emma Nelson?

Aposto que Josh não vai dizer para ela que somos amigos desde pequenos. E essa omissão vai ser a primeira pedra do muro que ele vai construir ao redor de sua vida preciosa com Sydney.

Estendo a mão para pegar as toalhas e os maiôs no banco de trás e, ao sair do carro, bato a porta com muito mais força do que era a minha intenção.

* * *

Quando chego ao meu quarto, dou uma olhada pela janela. O conversível de Sydney continua lá. Josh diz algo a ela, e ela dá risada como se fosse a coisa mais engraçada do mundo.

Tiro minhas roupas cheias de areia, jogo no cesto de roupa suja e, então, visto meu roupão. Quando Josh chegar aqui, quero checar o Facebook imediatamente e vir como tudo o que aconteceu hoje afetou o nosso futuro. Aposto que, assim que Sydney for embora, ele vai vir bater à minha porta.

Para me preparar, eu me conecto à AOL. Enquanto o computador apita e estala, retorno à janela.

Sydney se inclina para a frente e dá um beijo na bochecha de Josh; então, ele sai do carro. Quando ela se afasta, Josh se despede com dois dedos esticados. Bom, *isso, sim*, é irritante. Eu me afasto da janela e volto para o computador. Se ele vai avançar com Sydney, então não preciso respeitar a minha parte do pacto.

Digito o meu e-mail e a senha para entrar no Facebook.

Emma Nelson Storm

Aliás, o que mesmo uma bióloga marinha faz em Columbus, Ohio?

Há 4 horas • Curtir • Comentar

Minha vida parece mais ou menos igual a ontem. Sinto a tentação de dar uma olhada em Kellan ou procurar Josh antes de ele chegar aqui, mas vou esperar. É isso que os amigos fazem. Eles mantêm a palavra.

Giro a cadeira. *Cadê ele?*

Finalmente, não consigo mais me segurar. Encontro Kellan na minha coluna de Amigos e clico no nome dela.

Kellan Steiner

Lindsay e eu vamos comer almôndegas suecas na Ikea. Ela aceitou ir ver o show da turnê de 50 anos dos Rolling Stones comigo. Adoro a minha filha!

19 de maio às 15:03 • Curtir • Comentar

Lindsay continua existindo! Certo, agora eu *preciso* falar com Josh.

Dou uma olhada pela janela. Josh está sentado no gramado da casa dele, de frente para o parque. Volto a clicar na página do Facebook, dou um nó no cinto do roupão e desço a escada correndo.

41://Josh

UMA BRISA SOPRA através das árvores do parque, e o ar está ficando mais frio. Ajeito uma folha de capim entre os polegares e assobio. Ficar sentado quieto, assobiando com uma folha de capim, é algo que sempre serviu para me acalmar, mas isso deixa Emma louca. Às vezes, faço só para irritar.

Recentemente, tem sido muito fácil irritar Emma.

Quando ela chegou à casa dela há alguns minutos, ignorou Sydney e eu. Não que achasse que ela fosse vir falar com a gente, mas se, pelo menos, tivesse acenado, ia parecer menos que ela teve a intenção de ser grossa. Para dar a ela o benefício da dúvida, vou partir do princípio de que não quis atrapalhar o tempo que eu tinha para passar com Sydney.

* * *

— Josh!

Emma pisa duro pelo jardim da casa dela com os braços cruzados em cima do peito. Ela parece pê da vida, e isso é meio ridículo, já que está descalça, com um roupão branco felpudo.

— Oi — digo.

— *Oi?* — Emma olha fixo para mim. — Achei que você viria para o meu quarto assim que chegasse em casa. Sabe, tem aquela coisa chamada Face...

— Desculpe — digo. — Não sabia que você estava lá me esperando. — Levo a folha de capim aos lábios e assobio.

— Pare com isso!

Mordo a parte de dentro das bochechas para segurar um sorriso.

— Você viu quem me deu uma carona?

Emma enfia as mãos nos bolsos molengas do roupão.

— Muita coisa aconteceu hoje... para nós dois. Acho que precisamos nos assegurar de que tudo continua bem.

Isso é mesmo verdade. Emma terminou com Graham e depois ficou conversando com Cody no corredor. Anna Bloom anotou o telefone dela na minha pasta. Sydney Mills me deu carona para casa. Apesar de eu estar curioso para descobrir como tudo isso afetou o futuro de Emma, na verdade estou nervoso a respeito do meu.

Pego a mochila e faço o skate pular para a minha mão.

— Nós podemos olhar o *seu* futuro — digo e vou atrás de Emma. — Mas não quero saber do meu.

— Não quer saber do seu? — Emma dá uma olhada em mim. — Você não quer saber o que esse passeiozinho de carro causou no seu futuro?

Os sinos de vento na varanda da casa dela tocam alto.

— Sydney ter me trazido para casa não muda nada — digo e apoio meu skate na cerca.

Emma deixa a cabeça cair para o lado e me olha nos olhos. Sem proferir nem uma palavra, o recado dela é claro: *Isto nós vamos ver.*

* * *

Quando chego ao quarto de Emma, ela pega uma muda de roupas e desaparece corredor afora. Volta um minuto depois, de shortinho branco e camiseta vermelha com gola em V. Cachos soltos caem ao redor do rosto dela e sobre o pescoço, mas seus ombros estão rígidos de tensão.

Coloco minha mochila no chão, ao pé da cama dela.

— Por que você estava de roupão antes? — pergunto.

Emma se senta ao computador, com as costas viradas para mim.

— Eu ia tomar um banho, porque Kellan e eu fomos ao lago. Ela precisava conversar. Então, como boa amiga que eu sou, fui com ela.

Será que ela está insinuando que não sou um bom amigo?

— Desculpe — digo. — Não me lembro de você ter dito que precisava conversar.

— Passei o dia todo tentando falar com você! — diz Emma. — Mas você ou estava paquerando uma menina qualquer ou discutindo comigo no almoço.

A última pessoa que devia estar me passando sermão por causa de paquera é Emma. Mas ela tem razão. Eu nem perguntei se ela estava bem hoje. Nós dois estamos tentando entender tanta coisa, mas eu só estava preocupado com a minha própria vida.

Fico em pé ao lado de Emma e ela clica na palavra "Amigos".

Passa por várias fileiras de fotos e então desacelera quando chega aos nomes com C. Respira fundo quando Cindy Freeburg é seguida por Corbin Holbrook, seja lá quem são essas pessoas. Não é preciso ser nenhum gênio para descobrir quem ela estava esperando encontrar.

Digo a Emma que vou ao banheiro. Tomei *refrigerante demais*, e também não estou disposto a ficar escutando enquanto ela geme a respeito de um futuro com Cody Grainger.

Como o banheiro do andar de baixo está em reforma, percorro o quarto da mãe dela e de Martin. A última vez que eu estive aqui, deve ter sido no jardim de infância. Provavelmente enfiei uma farpa no dedo ou me cortei tentando pular uma cerca de alambrado. Os pais dela guardavam o antisséptico e os Band-Aids neste banheiro.

Na frente da porta do banheiro tem uma moldura quadrada grande com uma dúzia de fotos. Estou em algumas delas, mas parece que nenhuma foto foi adicionada desde que Emma começou o ensino médio. No canto inferior esquerdo, tem uma foto de Tyson, Kellan, Emma e eu apertados no banco traseiro de uma minivan, a caminho de um baile da escola. Tyson e eu usamos gravatas de prender baratas na camisa, e a franja de Emma e de Kellan está toda cacheada. E nós todos parecemos tão pequenos!

Eu me lembro de como Emma e Kellan ficaram dançando com um grupo grande de meninas. Tyson e eu ficamos quase o tempo todo sem fazer nada embaixo das cestas de basquete, menos quando alguma menina nos arrastava para a pista de dança. A última música da noite foi "End of the Road", do Boyz II Men, e resolvi chamar Emma para dançar comigo. Quase sem encostar as mãos nos quadris dela, e ela com a mão nos meus ombros, passamos a primeira metade da música olhando para os pés. Eu a puxei um pouco mais para perto e escorreguei as mãos nas costas dela, e logo Emma estava com o queixo apoiado na lateral do meu pescoço. Quando a última música começou a diminuir, fechei os olhos e inclinei a cabeça até nossas bochechas se tocarem.

Foi a primeira vez que senti que estava ficando a fim da minha melhor amiga.

* * *

Quando volto ao quarto de Emma, estou pronto para conversar sobre o nosso futuro. Apesar de não termos conseguido nos falar sem atacar um ao outro, precisamos fazer isso. E tenho um plano para que isso aconteça.

— Vamos brincar de Jogo da Verdade — digo. — Você pode me perguntar qualquer coisa, e eu também.

Emma balança a cabeça.

— Não tem nada que eu queira saber.

— Nada?

— Tenho um jogo melhor — diz ela. — Ninguém nunca jogou. Chama Recarregar.

Eu tiro a mochila da cama e me sento no edredom de Emma.

— Enquanto você foi ao banheiro — diz Emma —, fiquei pensando no ícone de Recarregar do computador. Você vai enlouquecer com isso.

É legal ver Emma sorrir, por isso eu me sento ereto e escuto.

— Desde que descobrimos o Facebook — diz —, notamos que há mudanças entre o momento em que desligamos e quando voltamos a ligar. Essas mudanças podem ter sido causadas por mil reverberações diversas que ocorrem ao longo do dia. Mas pense em como seria legal ver os efeitos de *uma* reverberação bem pequenininha.

— Não sei muito bem o que você está sugerindo — digo —, mas não vou causar reverberação nenhuma só por diversão.

Emma aponta para o monitor.

— Dê uma olhada no que minha atualização diz.

Emma Nelson Storm
Esqueça. Vou fazer Kev me levar para jantar fora. Tem limite para o tempo que sou capaz de ficar presa dentro de casa.
Há +- 1 hora • Curtir • Comentar

— Isso não me parece ruim — digo. — Você vai sair para jantar.

Emma assente bem devagar.

— Então, *você* vai morar em uma casa enorme no lago e eu tenho que ficar presa dentro de casa. Parece justo.

Quando foi que isso se transformou em uma competição em que ficamos comparando nossa vida?

Emma dá uma olhada no armário dela, depois na cômoda.

— Agora, nós precisamos *fazer* alguma coisa. Não tem que ser nada demais, mas algo que não iríamos fazer antes de começar este jogo.

— Emma, não vou mexer com o futuro. Não como parte de um jogo.

— Então não chame de jogo! — Ela se irrita. — Pense nisso como uma experiência detentora de prêmios.

Emma pega o vaso azul fininho da cômoda dela. No começo da semana, ele continha rosas murchas que Graham tinha dado a ela no baile de formatura. Emma vai virando o vaso devagar, até a água começar a pingar em cima do carpete branco.

— O que você está fazendo? — pergunto. Mas já sei a resposta.

Ela está provocando uma pequena mudança no presente para ver como afeta o futuro. Se eu tirar o vaso da mão dela agora, não vai fazer diferença, porque *isso* também não teria acontecido antes.

No começo, Emma deixa a água derramar em um lugar só, mas, então, começa a traçar círculos maiores, até o vaso esvaziar.

— A água tinha um pouco de terra — explica ela, voltando a se sentar ao computador. — Quando Martin vir isso, provavelmente, vai ter uma longa conversa com minha mãe. Minha mãe vai passar um sermão em mim, e então vai me mandar limpar, quando eu devia estar fazendo a lição de casa. Como você acha que isso vai mudar tudo o que vier depois?

Não quero ficar imaginando como o futuro acabou de mudar. É impossível saber, e, para começo de conversa, não devia ter sido mudado.

Emma olha para mim com ar de súplica.

— Vamos lá! Vai ser divertido. — Ela coloca o ponteiro em cima do ícone de Recarregar. — Avançamos quinze anos e...

Ela dá um clique no mouse e a página recarrega.

Emma Nelson Storm

Vamos ao restaurante preferido de Kev hoje à noite. Espero que a babá apareça desta vez.

Há 36 minutos • Curtir • Comentar

Eu me sento na cama de Emma e me inclino para apertar as têmporas com os polegares. Isso é muito descuido. Emma não se importa com o que vai acontecer com o futuro dela porque não quer o futuro que tem. Ela só se preocupa com Cody. Mas como não há menção dele no Facebook, ela não tem nada a perder.

Emma solta um gemido.

— Eu pareço tão feliz quanto antes. Preciso fazer algo maior.

— Como você sabe que não é feliz nesse futuro? — pergunto. — Achei que você tivesse gostado de Kevin Storm.

— Nós vamos ao restaurante preferido de *Kevin* — diz Emma. — E a minha babá tem mania de não aparecer.

— Você está tirando muitas conclusões de umas poucas palavras — digo.

Emma olha com raiva para mim.

— Se eu estragar tudo, volto a ser como era antes.

— *Não dá* para voltar ao que era antes!

— Você não entrou no jogo, está lembrado? E se eu estragar tudo tanto assim, então vou continuar estragando até melhorar. Posso ficar clicando em Recarregar a noite toda se for preciso.

— Estou fora! — digo e me dirijo para a porta. — Para mim, chega de Facebook. Não vou mais brincar com o futuro.

— Isso é porque você tem medo — diz Emma. — Você não faz ideia de por que Sydney gosta de você, então está apavorado com a possibilidade de que algo que eu fizer rompa a relação firme que vocês vão ter.

— Sydney tem razões de sobra para gostar de mim — respondo.

— Diga três.

— Isso é idiotice.

— Você não consegue, não é mesmo? — diz ela. — Você tem medo da realidade.

— Se alguém neste quarto tem medo da realidade — digo —, não sou eu.

239

— Pronto. — Emma tira a seta do ícone de Recarregar e clica em Amigos.

— O que você está fazendo?

— Vou olhar o seu perfil. Talvez as coisas nunca venham a ser perfeitas no meu futuro, mas estou cansada de ver você agindo como se fosse melhor do que eu porque sua vida se transforma em algo fantástico.

— Eu nunca nem *pensei* nisso. — Corro até o computador e tiro os dedos dela de cima do mouse, então clico para voltar à página de Emma.

Emma bate com o dedo na tela.

— Está vendo onde eu moro agora?

Mora em Columbus, Ohio, EUA

— Está lembrado de que eu era bióloga marinha? — diz ela. — Eu devia morar perto do mar. Eu trabalhava no laboratório em Massachusetts, mas nós nos mudamos para Ohio. Tenho certeza de que foi por causa de Kevin. Por isso, estou falando aqui em voz alta que, se ele chegar a *sugerir* que nós nos mudemos para lá no futuro, está louco. Neste exato segundo, eu me comprometo a *nunca* morar em Ohio.

O dedo de Emma aperta o botão de Recarregar. A página abre de novo.

Mora em Londres, Inglaterra

— Funcionou! — diz.

Ela pega o mouse, mas eu afasto a mão dela mais uma vez. Não vou soltar até que ela prometa que vai parar com esse jogo.

— Isso está me dando medo — digo. — Você nem está *fazendo* mais nada. Só está tomando decisões e mudando sua vida.

Emma olha para mim, mas não diz nada. Quanto mais ela olha, mais sem jeito eu me sinto. Ela dá um meio sorriso e, então, se levanta na ponta dos pés. Os lábios dela apertam os meus e nenhum de nós se afasta.

Fecho os olhos e me inclino para ela.

Emma roça a bochecha na minha e sussurra:

— Como você acha que isso vai afetar o nosso futuro?

Eu abro os lábios quando ela desliza a mão para a minha nuca e me puxa para ainda mais perto.

42://Emma

JOSH SE AFASTA DE MIM, e percebo imediatamente que fui longe demais.

— Por que você fez isso? — pergunta ele. Sua voz está trêmula.

Minhas pernas parecem fracas. Sento na cadeira e tento fazer o meu cérebro se concentrar. Eu fiz isso porque... *não sei*.

Fico olhando para as mãos. Não sei o que dizer. Quando ele saiu para ir ao banheiro há alguns minutos, fui logo abrindo a mochila dele. Não sei bem o que estava procurando, talvez um bilhete de Sydney, ou uma pista de aonde eles tinham ido. Em vez disso, encontrei um pacote de cuecas boxer, o que mostra com clareza que ele está esperando que algo aconteça com ela muito em breve. Depois de tudo o que aconteceu nesta semana, fiquei maluca com isso.

— Não foi nada — respondo. — Vamos só esquecer, pode ser?

— Esquecer? — Os olhos de Josh faíscam de raiva. — Você sabe o que eu sentia por você! Não pode ficar me sacaneando por causa de um jogo idiota.

— Eu não estava sacaneando você.

— Você me rejeitou — diz Josh. — Mas, agora que eu estou partindo para outra, ficou pê da vida. Você acha que eu ia ficar chorando pelos cantos para sempre?

— Claro que não — respondo, segurando as lágrimas que se formam nos meus olhos.

— Talvez outros garotos não se incomodem quando você age assim, mas eu me incomodo.

— Quando eu ajo de que jeito?

— Você fica com as pessoas sem gostar delas de verdade — responde Josh. — E nem se importa com seu futuro. Você se livrou de Jordan Jones como se ele não fizesse a menor diferença. E hoje largou Graham e imediatamente passou para Cody. Vi você no corredor com ele. Mas, caso isso não dê certo, agora resolveu começar uma coisa comigo. Quem vai ser o próximo?

— Não é assim que...

— É sim!

A maneira como Josh diz isso parece um tapa na minha cara. Aperto os punhos e falo:

— Retire o que disse ou saia do meu quarto.

— Já fui! — responde ele.

Assim que os pés de Josh atingem a escada, eu me jogo na cama. Meus ombros tremem, e o peito sobe e desce. Fico olhando para o quadro de cortiça em cima da minha cama, com todas as nossas fotos. Lá estamos: Kellan, Tyson, Josh e eu na piscina de bolinhas da GoodTimez. Ela está pendurada ali desde o ano passado. Em um dos meus futuros, eu até a postei em um álbum do Facebook. Bom, isso não vai mais acontecer. Arranco a foto do quadro de cortiça, rasgo em pedacinhos e jogo na lata de lixo.

* * *

Olho pela janela na direção do banheiro de Josh, mas a persiana está fechada. Hoje de manhã mesmo ele tinha colocado um telefone naquele peitoril, à espera da ligação de Sydney. Eu não o humilhei com essa observação porque não é assim que se trata um amigo.

Você não o julga, você não o humilha. Aposto que ele sempre me julgou. Como hoje de manhã, quando ficou me julgando por eu ter ficado com Kyle e Graham, apesar de não amar nenhum dos dois. E, no almoço, quando disse que eu devia procurá-lo se quisesse conselhos sobre romance. Ele sempre me acha péssima nos relacionamentos.

Ele que se dane.

Volto a me sentar ao computador.

Que se danem as regras dele para o Facebook.

Lá estou eu, fazendo pose com meu marido em Londres. Aumento a foto. O meu cabelo está mais claro, e eu uso um lenço cor de laranja no pescoço. Kevin é só um pouquinho mais alto do que eu e tem olhos castanho-escuros. O Big Ben se ergue no fundo. Kevin segura um bebê no colo. Uma criança maiorzinha espia pelo meio dos meus joelhos.

Emma Storm

Preciso de uma capa de chuva melhor. E preciso dormir. E de um dia que não inclua banana amassada no meu cabelo.

Há 17 horas • Curtir • Comentar

Das outras vezes que eu estava casada com Kevin, e até com Jordan, eu mantive Nelson como parte do meu nome. Que reverberação ocorreu nos últimos vinte minutos para fazer com que abrisse mão do meu nome de solteira?

Desço a página.

Emma Storm

Não aguento o jeito como as pessoas na Inglaterra ficam dizendo "tenha um bom dia" o tempo todo. Parece que estão me forçando a ter um bom dia. E se o meu dia NÃO for bom?

16 de maio às 10:47 • Curtir • Comentar

Emma Storm

Fraldas, chiliques, dentes nascendo, mais chiliques. Kevin queria que eu ficasse em casa com as crianças, mas fico me perguntando por que não há mais homens que fazem isso. Meu salário era melhor que o dele!

14 de maio às 12:09 • Curtir • Comentar

Eu não estou feliz. *De novo!*

Quando disse que não ia morar em Ohio, devia ter sido mais específica. Deveria ter dito: "Não vou abrir mão do emprego dos meus sonhos." Ou: "Não vou morar longe do mar."

Hoje, mais cedo, eu tinha escrito que ficava me perguntando o que uma bióloga marinha estava fazendo em Ohio. Fui vaga, mas dá para ver o que está acontecendo. Kevin fez com que nós nos mudássemos para lá para que ele pudesse ser algum tipo de herói no trabalho dele, mas me afastou do que eu adorava. E os filhos que tínhamos em Ohio estavam com dificuldade de se adaptar à escola porque tiveram que começar no meio do ano. Kevin não se importa conosco. Ele só se importa consigo mesmo.

É como se eu escutasse Josh me acautelando para parar com esse raciocínio. Ele iria dizer que talvez o meu eu futuro esteja em uma semana ruim. Mas eu me conheço. As coisas não estão bem.

Clico em Amigos e vou descendo pelos nomes. Ainda não tem nenhum Cody Grainger. Antes que eu seja capaz de me segurar, vou para a letra J.

Desta vez, também não tem nenhum Josh Templeton.

Então, é assim que as coisas ficam. Um erro e ele usa isso contra mim para sempre.

Há uma caixa no alto da página em que é possível procurar pessoas. Batuco de leve com os dedos no teclado e, então, digito bem rápido "Josh Templeton". Uma página nova abre, com mais Joshs Templetons do que cabem na tela. Mas o terceiro de cima para baixo é ele.

Josh Templeton 2 amigos em comum

Clico no nome e o perfil dele aparece. Ele continua morando em Lake Forest e trabalha na Electra Design.

Na foto, está em um bote a remo com Sydney e três crianças, mas o resto da página está quase todo em branco.

Ao lado do nome dele há um pequeno retângulo que diz: "Adicionar aos amigos". Tento clicar, mas nada acontece. Clico de novo, mas o futuro não se permite ser mudado assim com tanta facilidade.

Ótimo. *Divirta-se com sua vida feliz, Josh.*

Digito "Cody Grainger" na área de busca e aperto o Enter.

A página de Cody é parecida com a de Josh. Ele não é meu Amigo, por isso não posso ver muita informação dele também. Diz que mora em Denver, no Colorado, e que é arquiteto especializado em energia eólica e solar. O cabelo dele parece tão loiro e tão espetado como sempre, e ele ainda tem o mesmo sorriso sensual. Cody, com toda a certeza, envelhece bem.

Desço na página.

Status de relacionamento Solteiro
Interessam-me Mulheres

Como é possível Cody Grainger ainda ser solteiro daqui a quinze anos?

Certo, digamos que eu vá me divorciar de Kevin em Londres, traga as crianças de volta para os Estados Unidos e me case com Cody. É uma possibilidade bem remota, mas nada é impossível. Com esse pensamento em mente, saio do Facebook, desconecto da AOL e me deito na cama.

Alguns minutos depois, o telefone toca. Eu não vou atender. A pessoa que estiver ligando pode simplesmente deixar um recado.

— Emma! — chama Martin.

Há quanto tempo ele está em casa? Espero que não tenha escutado a minha discussão com Josh.

— Você está aí em cima? — pergunta ele. — É seu pai no telefone.

Tiro o fio do computador e ligo no telefone. Quando faço isso, piso na mancha molhada no carpete. Não estou a fim de falar com ninguém agora, principalmente com meu pai. Eu me sinto culpada por ainda não ter ligado para agradecer. Além do mais, ele sempre é todo amoroso no telefone, e isso só vai fazer com que eu me sinta pior.

— Oi, pai — digo.

— Algum problema? — pergunta ele. Parece bravo. — Deixei um recado no fim de semana e outro na segunda-feira, e ainda não tive retorno. Hoje é quarta-feira, Em. Sua mãe disse que o computador chegou no sábado.

Não posso lidar com isso agora.

— Eu sei. Comecei a escrever um e-mail para você, mas andei...

— Ocupada demais para me agradecer? Tenho bastante certeza de que eduquei você para...

— Ah! Então agora *você* me educa.

Ele faz uma pausa.

— Isso não é justo.

— Justo? — A minha voz se ergue. — Você tem uma família nova e está tentando se livrar de mim com presentes. *Isso* é justo?

— Não sei de onde essa atitude...

Bato o fone no gancho.

quinta-feira

43://Josh

REGULO A TEMPERATURA para a mais quente, e a água esguicha para dentro da máquina de lavar soltando vapor. Depois de fazer um círculo azul de sabão em pó por cima da roupa suja, fecho a tampa. Já faz um tempo que não me sinto inspirado a limpar o meu quarto, mas ontem à noite recolhi todas as minhas roupas em uma pilha enorme e enfiei dois anos de edições da revista *Thrasher* no armário. Não dá para saber quando Sydney vai entrar no meu quarto pela primeira vez, por isso quero estar preparado.

Passo pela mesa onde meus pais estão tomando o café da manhã. Meu pai mastiga uma torrada com manteiga, enquanto minha mãe bebe o café.

Pego a caixa de cereal Lucky Charms na despensa e me demoro um pouco ali, tentando imaginar o que vou dizer a eles. Meus pais chegaram em casa ontem à noite e todos nós estávamos cansados demais para conversar sobre o que tinha acontecido no escritório do meu pai.

— Você está lavando roupa antes da aula? — pergunta minha mãe. — Que coisa rara.

— Limpei o meu quarto — digo da despensa.

— Uma coisa ainda mais rara — comenta meu pai.

Antes, eles ficavam me enchendo para arrumar o quarto, mas, no fim, desistiram. Se quiserem considerar isso como uma maneira de eu me desculpar por ontem, por mim, tudo bem.

— Vou passar o aspirador na casa neste fim de semana. Agora que dá para ver o piso do seu quarto, posso limpar lá também.

Eu me dirijo para a mesa.

— Pode deixar que cuido disso — respondo, colocando o cereal em uma tigela. — Vai ser bom para dar um tempo na lição de casa. Estão mandando um monte de coisa para antes das provas finais.

— Reparamos que você passou a noite toda no seu quarto — diz minha mãe. — É bom ver que seus estudos não foram esquecidos.

Eu me atraso para a escola *uma* vez, apenas alguns minutos, e agora eles estão preocupados com a minha lição de casa. Se soubessem que eu me torno designer gráfico de sucesso com uma casa enorme no lago, iam parar de se estressar tanto com um pequeno atraso.

— Não tirei nota baixa o ano todo — digo e despejo leite em cima do cereal.

Minha mãe se inclina por cima da mesa e toca na minha mão.

— Eu não quis dizer isso.

— Nós sabemos que temos sorte — completa meu pai. — Levamos em conta que, tirando esta ocasião, você tem sido muito responsável para chegar à escola na hora.

— Depois que você foi embora, conversamos com alguns colegas — diz minha mãe. — E alguns deles disseram que os filhos chegam mais vezes atrasados do que na hora.

Uma das razões por que meus pais parecem sufocantes é que eles precisam conversar a respeito de *tudo*. Deve ter sido por isso que David se mudou para o outro lado do país. Ele não se sentia à vontade com o fato de eles saberem de todas as partes da vida dele.

Com toda certeza, não posso contar para a minha mãe e para o meu pai que Emma me beijou. Ela é nossa vizinha! Eles iriam se acabar de tanto nervosismo toda vez que eu ficasse sozinho em casa. Tyson iria escutar, mas não é justo arrastá-lo para dentro disso, considerando que ele se encontra com Emma todos os dias.

Minha mãe coloca mais um cubo de açúcar no café.

— Queremos que você saiba que não vemos problema em você pegar carona com Emma para ir para a escola.

Levo uma colher bem cheia de Lucky Charms à boca.

— Nós adoramos Emma — diz meu pai. — Mas chegar na hora na escola é algo que não podemos negociar.

— Certo — digo, e um fio de leite escorre dos meus lábios. Enxugo o queixo com um guardanapo.

Do lado de fora, a porta do carro de Emma bate para fechar. Dou uma olhada no relógio. Se ela está saindo assim tão cedo, significa que quer me evitar de propósito.

É oficial: agora nós não estamos mais nos falando.

44://Emma

AJUSTO O ESPELHO retrovisor quando chego ao fim do quarteirão. Se Josh acha que vou pedir desculpa por ter dado um beijo nele, pode ficar esperando. Talvez eu tenha ferrado com tudo, mas o jeito como ele foi embora e deu as costas para mim me magoou. Fiquei no meu quarto o resto da noite, só desci para jantar. Tentei tocar um pouco de sax, porque isso costuma me relaxar, mas não consegui segurar nenhuma nota.

Viro à esquerda no cruzamento. Preciso ligar para o meu pai hoje à noite e pedir desculpa. Foi *mesmo* generoso da parte dele comprar um computador para mim. Só não entendo por que ele não atendeu quando voltei a ligar para ele ontem à noite. Tentei duas vezes, e em ambas caiu na secretária eletrônica.

— Aqui é a casa dos Nelsons — disse a voz de Cynthia. — Desculpe, mas não podemos atender a sua ligação. Por favor, deixe um recado depois do sinal.

Nós é que éramos a casa dos Nelsons antes.

Não consegui deixar um recado.

* * *

Entro no *drive-thru* do Sunshine Donuts.

— Qual é o seu pedido? — Ouço uma voz de mulher dizer pelo alto-falante.

Eu me inclino para fora da janela.

— Uma rosquinha de canela. Só isso.

Há três carros à minha frente para pegar o pedido. Para matar o tempo, examino o cartaz do Sunshine Donuts. O *O é em amarelo forte com longos raios de sol, como se fossem arco-íris*. Uma mulher que parece muito feliz segura uma bandeja de rosquinhas com cobertura e exclama: "Tenha um dia iluminado!"

O meu dia pareceu péssimo no momento em que acordei, e tudo por causa do que Josh disse. Eu *não* estava sacaneando ele. Josh é meu melhor amigo. Eu não seria capaz de manipulá-lo daquela maneira.

Quando chego à janela para pegar meu pedido, minha vontade de comer rosquinha se foi.

A mulher tem cabelo loiro volumoso preso embaixo de uma redinha. Ela estende um saco de papel branco.

— Canela?

— Acho que mudei de ideia. Não estou mais com fome.

— Não quer mais? — pergunta, balançando o saquinho.

— Desculpe — respondo.

Saio do estacionamento e volto para a rua.

* * *

Faltam duas semanas para as provas finais, e os professores estão começando a fazer pressão. Na prova final de história, vamos ter que compor três dissertações bem longas. Na de inglês, precisamos estar preparados para analisar qualquer um dos livros que lemos neste ano. Na aula de música, a nota geral vai depender muito do nosso desempenho no desfile do fim de semana do Memorial Day.

Não estou no clima de estudar, mas também não posso ferrar com nada. Preciso de uma boa média geral para poder fazer aquele curso de biologia na faculdade, que, um dia, vai me ajudar a ser bióloga marinha. Se o meu futuro é ruim, não posso colocar toda a culpa em Kevin Storm. A responsabilidade também é minha.

Mesmo assim, tudo isso está me deixando com os nervos à flor da pele. Os relógios que fazem seu tique-taque em todas as salas de aula, os corredores que fedem a perfume frutado, a risadinha de Anna Bloom na biblioteca. Eu nunca tinha prestado muita atenção em Anna, mas, depois de vê-la dando em cima de Josh ontem, eu a encontro em todo lugar. E todo mundo por quem passo só fala de amanhã, o dia de matar aula dos alunos do último ano, e da fogueira de Rick.

Entre o terceiro e o quarto tempo, avisto Josh à minha frente. Disparo para o banheiro e fico lá até o sinal tocar.

* * *

— Eu *adoro* batata frita — diz Kellan, enquanto empurramos nossas bandejas pela fila do almoço. — Elas me enchem de energia.

Olho para a alface murcha do bufê de salada e para as poças de gordura por cima da pizza. Se eu não estivesse com tanta pressa para sair de casa antes de Josh, não teria esquecido meu almoço no balcão da cozinha.

— Quando formos nos inscrever na aula na faculdade — diz Kellan —, lembre-se de me pedir para levar você ao café dos alunos. Eles têm as melhores batatas fritas em rolinho.

Ao estender a mão para pegar um iogurte de pêssego, penso sobre o que vi a respeito do futuro de Kellan. Não deu para saber muito sobre a carreira dela, só que mora na Filadélfia e trabalha em uma escola de linguagem de sinais. Ela não se torna médica nem cientista, como sempre fala que vai ser, mas, ao contrário de mim, parece feliz.

Depois de pagar pela comida, vamos até a bomba de ketchup.

— Você pode pegar alguns guardanapos para mim? — pede Kellan. — Pegue alguns para Tyson também. Aquele garoto nunca limpa as mãos, e isso é um nojo.

Com toda certeza, está rolando algo entre ela e Tyson. Antes, quando eles estavam juntos, Tyson ocupava todos os pensamentos dela. Ela o paparicava o tempo todo, levando biscoitos, balinhas e pacotes de chiclete de menta para ele.

Kellan faz um sinal com a cabeça na direção da porta.

— Está pronta?

Eu não me mexo.

— Será que podemos comer aqui dentro hoje?

Ela olha para a porta, depois de novo para mim.

— Mas, e Tyson e Josh?

Não sei como responder.

— O que está acontecendo? — pergunta ela.

— Estou precisando ficar um pouco longe de Josh neste momento.

Kellan vai até a mesa livre mais próxima.

— Isso tem alguma coisa a ver com o fato de a Vagabunda Mills tê-lo tirado da aula hoje?

Meu estômago se aperta.

— Do que você está falando?

— Não sei exatamente o que aconteceu — diz Kellan —, mas, quando fui deixar uma folha de chamada na secretaria, Sua Majestade Real estava lá. Ouvi quando ela pediu ao conselheiro estudantil para liberar Josh pelo resto da tarde. Disse que era para uma coisa do Conselho Estudantil.

Fico olhando fixo para o meu iogurte cor de laranja claro. Seja lá que "coisa" Sydney tivesse em mente, Josh está bem preparado com suas cuecas boxer novas de garanhão.

Kellan dá um sorriso malicioso, chega mais perto e cochicha:

— Tenho certeza de que ela vai ficar *super*impressionada quando ele pegar a carteira e mostrar a camisinha superantiga dele.

45://Josh

— CHEGANDO!

Um sanduíche cai do céu e pousa aos meus pés. Tyson vem correndo na minha direção. Pego o sanduíche e jogo de volta para ele. Ele pega como se fosse uma bola de futebol americano, dá uma volta completa e, então, larga o corpo ao lado da árvore de almoço.

— Você anda escondendo as coisas de mim — diz ele. — Por que não me contou que ficou passeando de carro com Sydney Mills ontem?

Como ele descobriu? Não acho que Emma possa ter dito alguma coisa.

— Caramba, Sydney Mills! — completa.

— Eu poderia ter ligado para contar — digo. — Mas as coisas ficaram meio loucas ontem à noite.

O queixo de Tyson cai. Para acentuar o efeito, ele empurra o queixo para cima com a mão e depois levanta o braço para um "toca aqui".

— As coisas ficaram loucas com Sydney?

— Não exatamente — digo.

Tyson abaixa a mão e começa a abrir a embalagem do sanduíche.

Se *Sydney* tivesse me beijado, eu teria retribuído o "toca aqui" dele. Mas, em vez disso, quem me beijou foi Emma. No momento em que nossos lábios se tocaram, retornei ao ponto em que estava há seis meses. Foi o beijo que eu quis em novembro do ano passado. Parecia que tudo que aconteceu nesta semana finalmente tinha feito com que nós ficássemos juntos de novo. Podíamos recomeçar do zero.

Daí eu me dei conta de qual era a verdade. Ela não tinha me beijado por causa de quem eu era. Ela tinha tido essa oportunidade no fim do ano passado. Emma só precisava de algo que fosse criar uma reverberação enorme, e não se importava se aquilo fosse prejudicar o meu futuro. Porém, mais do que isso, ela não se incomodava se fosse *me* prejudicar.

— Todo mundo passou a manhã inteira fazendo perguntas sobre você e Sydney — diz Tyson. — Cara, como você pode me deixar no escuro desse jeito? — Ele dá uma mordida grande no sanduíche.

— Como foi que todo mundo descobriu?

— É difícil não ver o conversível dela — responde ele. — Não quero ofender, mas o que você estava fazendo no banco do passageiro?

Estar na órbita de Sydney deve ser assim. As pessoas reparam em tudo o que você faz e, depois, ficam fazendo fofoca a respeito do que viram. Apesar de isso estar acontecendo comigo agora, não tem nada a *ver* comigo. Sou apenas um satélite minúsculo que foi atraído pela gravidade de Sydney.

Olho para o outro lado do campo vazio de futebol americano. Se Emma fosse vir para cá, já teria chegado.

* * *

Depois do almoço, tenho processamento de texto I com o senhor Elliott. A classe tem três mesas compridas, todas cobertas com computadores do tipo desktop. Aperto o botão verde de ligar do meu computador e me recosto na cadeira enquanto inicia.

Duas possibilidades passam pela minha cabeça. Uma delas é que Emma não veio almoçar na árvore porque ainda está muito irritada ou envergonhada. A outra é que Emma saiu da escola e foi para casa, para olhar o Facebook sozinha. Mas como Kellan também não estava no almoço, as duas provavelmente estão juntas. Por mais irritada que possa estar, não acredito que vá envolver Kellan nisso.

O senhor Elliott caminha até o meu computador e coloca um papelzinho azul no teclado.

— Você precisa ir até a secretaria.

De novo? Mas por que desta vez? No papel, está escrito o meu nome bem em cima da assinatura da secretária. Os últimos tempos de aula estão circulados em caneta preta.

A paranoia toma conta de mim. E se o senhor Elliott anda monitorando o computador de Emma e sabe o que estamos fazendo? Um geek de computador deve saber como fazer isso. Talvez seja por *isso* que Emma não veio almoçar. Talvez ela tenha sido pega, mas ela não iria entregar a minha localização!

Com a maior calma possível, pergunto:

— O senhor sabe me dizer qual é o assunto?

— A única coisa que sei — responde o senhor Elliott e coça um pedaço de pele seca na lateral da cabeça — é que você pode levar suas coisas, porque não vai voltar.

* * *

Já consigo ver os meus pais (com a testa franzida e os braços cruzados) à minha espera na sala da diretoria. O psicólogo da escola vai estar lá, e, talvez, o professor de física ou de história para dar palpite.

Emma e a mãe dela vão estar sentadas, esperando, e Martin também, com cara de quem preferia estar em outro lugar.

"Brincando com o futuro", o diretor vai dizer, balançando a cabeça em sinal de desaprovação. "Vocês fazem ideia de como isso é perigoso?"

Os professores vão nos passar um sermão a respeito das repercussões em potencial, não apenas para nós, mas para o futuro da humanidade.

— Você chegou, finalmente!

Sydney está parada na frente da secretaria, sorrindo, toda animada. Ela está usando uma camisa de um tom claro de cor-de-rosa, jeans e sandália. Fica na ponta dos pés e dá um aceninho alegre para mim.

Não posso deixar de responder com um sorriso.

— O que você está fazendo aqui?

Sydney aponta para o papelzinho azul na minha mão.

— O que você achou do seu passe de liberação da prisão?

— Foi *você*?

Ela pisca para mim.

— De nada — diz, pegando o papel da minha mão e abrindo a porta da secretaria.

A senhora Bender, a secretária, nos cumprimenta de trás do balcão.

— Só preciso dos papeizinhos azuis, e vocês podem sair.

Sydney estende a mão por cima do balcão e o jeans se aperta ao redor do corpo perfeitamente torneado.

— Aqui estão, senhora B. — Então, ela se vira para mim, enlaça o braço no meu e nos conduz para o corredor.

— Você pegou tudo de que precisa? — pergunta. — Nós não vamos mais voltar até a aula acabar hoje.

Estou com dificuldade de me concentrar com o corpo dela tão próximo do meu. Além disso, os dois botões de cima da camisa dela estão abertos.

— Para onde vamos? — pergunto.

— Temos tarefas a cumprir!

Os livros de que preciso para a lição de casa de hoje estão na minha mochila. Não tenho certeza a respeito das leituras para as aulas da tarde, mas posso ligar para alguém e pedir. Ainda não sei por que nos deram permissão para sair, por isso quero sumir antes que alguém perceba que houve um erro.

Quando saímos do prédio principal, Sydney explica nossa missão. Como presidente do Conselho Estudantil, ela precisa providenciar itens para diversos eventos de fim de ano. O vice-presidente tinha que ajudá-la a fazer isso, mas ele torceu o tornozelo na educação física e não pode acompanhá-la. Para substituí-lo, Sydney... *me* escolheu!

— Eu não sabia que o Conselho Estudantil tinha tanto poder assim — observo. — Você pode perder aula sempre que quiser?

— É preciso ter cuidado. Mas se a escola considera como experiência educativa, a gente recebe aprovação — responde ela. — Nós temos muitas tarefas a cumprir hoje, por isso eu trouxe esta máquina. — Ela dá um tapinha no para-choque traseiro de um Jeep Cherokee SUV preto.

— Este carro é seu? — pergunto. O conversível de ontem parecia ser mais do estilo dela.

— É da minha irmã — diz ela. — Mas ela e o noivo trocaram comigo hoje. Eles moram na mesma rua que nós, então não é nada demais. A gente sempre faz isso.

Vou para o lado do passageiro e entro. No banco entre nós, há uma prancheta com uma lista de coisas a fazer.

— Aperte o cinto — diz ela e dá a partida no motor. — Durante as próximas horas, os seus músculos são meus.

* * *

Pego um cartão prateado e preto que está no porta-bebida.

— Electra Design?

— É uma das empresas do meu pai — diz Sydney. — Eles trabalham com design gráfico.

Electra Design.

— Ele está sempre abrindo empresas novas — completa Sydney. — Minha mãe diz que é viciado em trabalho e que precisa contratar mais gente para ajudá-lo.

Ele vai *me* contratar. Um dia. Eu vou trabalhar na Electra Design... para o pai dela.

Entramos no mesmo shopping center em que fica a GoodTimez Pizza, mas vamos para a extremidade oposta. Sydney para em uma vaga de estacionamento na frente da loja de troféus Trophy Town e desliga o motor. Nós saímos, e eu a ajudo a erguer a janela de trás e a baixar o banco. Ela se inclina para dentro para estender uma lona azul na traseira, e não posso deixar de dar uma olhadinha para dentro da camisa dela. O sutiã é rosa, quase da mesma cor da camisa. E Tyson ficaria feliz de saber que os peitos dela parecem absurdamente reais.

— O banquete dos esportes vai ser na terça-feira que vem, à noite — diz Sydney ao entrar na loja de troféus. — Nós precisamos pegar um monte de prêmios aqui. A parte estranha é que eu já sei que vou ganhar o troféu de tênis. Mas vou esconder no meu armário junto com os outros. Parece muito egoísmo encher o quarto de troféus.

Não conto a ela que fiquei com os meus troféus de taco e de futebol à mostra, anos depois de ter parado de jogar.

No meio da loja, há um troféu de três andares em exposição. Há colunas de cores diferente com as opções, em alturas e configurações variadas. Cada troféu tem no alto um bonequinho esportivo: beisebol, basquete, boliche, até dardo.

Sydney repassa a lista da prancheta com um lápis.

— Você já praticou algum esporte?

— Beisebol e futebol, quando era pequeno — respondo. — No ensino fundamental, comecei a gostar muito de andar de skate. E você? Tirando tênis, claro.

— Eu jogo futebol no outono.

— Você é boa? — pergunto, mas sei que ela é. A cada temporada, várias vezes, ela aparece na primeira página do caderno de esportes do *Lake Forest Tribune*. Ou ela está roubando a bola, ou marcando gol, ou correndo com as mãos para cima.

— Não sou ruim — responde. — Mas não sou louca por esportes igual às minhas irmãs.

Um homem baixinho, de óculos e com entradas no cabelo pergunta se nós somos da escola de ensino médio. Sydney assina um recibo e ele nos ajuda a carregar três caixas de placas e troféus para a traseira do SUV. Depois, vamos buscar os arranjos de flores.

— Minhas irmãs jogavam tênis na escola — diz Sydney. — Durante um tempo, ficaram em primeiro e segundo lugares no condado.

— Ao mesmo tempo?

— Elas são tão competitivas entre si que é ridículo — diz e diminui a velocidade para parar em um sinal. — São gêmeas idênticas, mas discutem o tempo todo.

Gêmeas idênticas?

— O mais louco — prossegue ela — é que as duas estão noivas de estudantes de direito e têm planos para se casar no próximo verão.

Na primeira vez que vi meu futuro, eu tinha um filho e duas filhas idênticas. As meninas eram iguaizinhas a Sydney. Depois, nós tivemos gêmeos que se pareciam comigo.

— Na minha família tem um monte de gêmeos idênticos — diz ela. — Minha mãe também é gêmea.

Eu não digo nada. O que eu posso falar? *Adivinhe só?! Nós antes tínhamos filhas gêmeas, mas não vamos mais ter. Por quê? Porque Emma não gostou do marido dela, e parece que não dá para mudar uma coisa no futuro sem mudar todo o resto. Mas agora parece que temos meninos gêmeos. Ou, pelo menos, tínhamos ontem.*

— Você, de repente, ficou quieto — diz Sydney.

Ela tem razão. Eu devia estar falando. Se quiser que as coisas aconteçam entre nós, não posso ficar aqui pensando sobre o futuro. Preciso me concentrar no presente. Apesar do fato de que um dia nós vamos nos casar, sei muito pouco a respeito dela. Não faço ideia de qual é o filme preferido dela, nem dos lugares a que gosta de ir. Eu nem sei o que a faz dar risada.

— Você quer ter filhos algum dia? — pergunto. Se Tyson estivesse sentado atrás de mim, iria dar uma porrada na minha cabeça.

Sydney sorri e liga o pisca-alerta.

— Essa é uma pergunta estranha de se fazer em um primeiro encontro.

Eu sei que ela está brincando quando fala que essas tarefas são o nosso primeiro encontro, mas se as palavras apareceram na cabeça dela significa que, em algum nível, ela considera isso o início de um relacionamento. E é!

Depois de percorrermos alguns quarteirões em silêncio, pergunto:

— O que você vai fazer neste fim de semana?

— Vou jogar tênis com minha mãe e as minhas irmãs no sábado — responde ela. — E depois a família toda, inclusive o meu pai e os noivos, vai ajudar a organizar um piquenique na prisão no domingo.

Tem uma prisão mais ou menos na metade do caminho entre Lake Forest e Pittsburgh, mas nunca estive lá.

— Os presos fazem piquenique?

— Todo feriado do Memorial Day — responde Sydney. — É trabalho voluntário. No piquenique do ano passado, cometi o erro de levar Jeremy comigo. Você conhece Jeremy Watts?

— Acho que não.

— Ele se formou no ano passado — explica ela. — É um cara decente, mas consegue ser um tanto insensível. Durante todo o tempo que ele ficou lá, fingiu que era um preso e ficou cochichando coisas para mim, tipo: "Pode me passar a salada de macarrão? Eu poderia pegar sozinho, mas estou algemado."

Olho pela janela para ela não perceber que estou segurando um sorriso.

— Eles nem estavam algemados — completa ela.

Dá para imaginar Emma e eu na mesma situação. Se eu fizesse aquela piada da algema, ela ia me dar um soco no braço e me dizer que eu me comportasse, mas os olhos dela iriam entregar tudo. Ela também estaria à beira das risadas.

Aponto para o Sunshine Donuts um pouco à frente na mesma rua.

— Quer dar uma parada? Eu convido.

Sydney olha para onde aponto e, então, franze o nariz.

— Quem sabe mais tarde.

Passamos, e eu observo enquanto o cartaz colorido vai diminuindo no espelho lateral.

46://Emma

TENHO VINTE MINUTOS até precisar estar na pista de corrida, por isso estou estudando na biblioteca. Não tem quase ninguém aqui, só dois meninos do primeiro ano no computador e a senhorita Nesbit, que guarda livros nas estantes sem fazer barulho. A mecha rosa do cabelo dela está presa para trás com uma série complicada de fivelas.

Tudo na minha vida parece estar escorrendo pelo ralo. Tudo, menos Cody. Nós trocamos sorrisos duas vezes nos corredores hoje, e a única coisa em que eu conseguia pensar era: *ele ainda vai estar solteiro daqui a quinze anos*. Vai ser solteiro e gostoso e vai trabalhar como arquiteto em Denver. Apesar de esta cidade não ficar perto do mar, eu poderia aprender a adorar as montanhas.

— Como foi com as listas telefônicas? — pergunta a senhorita Nesbit ao se aproximar da minha mesa. — Encontrou na biblioteca pública?

— Encontrei... obrigada. — Gostaria de ter ficado mais um pouco com a minha fantasia sobre Denver.

— É fantástico, não é mesmo?

— O quê? — pergunto.

— Os recursos que temos disponíveis hoje — responde ela. — Você está no segundo ano, certo? Então provavelmente já está pesquisando faculdades, mas também dá para procurar trabalhos de verão e até estágios em uma biblioteca. É possível planejar o seu futuro todo aqui mesmo.

Dou um meio sorriso. Sim, é ótimo planejar a vida, quando você acha que tudo vai dar certo. Mas, e quando mostram para você, uma vez após a outra, que você não tem quase controle nenhum sobre nada? Por mais que tente consertar o meu futuro, não dá certo.

Depois que a senhorita Nesbit volta para os livros dela, vejo os meninos do primeiro ano darem risada de alguma coisa no computador e me ocorre que estou usando o Facebook do jeito errado. Não tem a ver com *ter* controle automaticamente. Tem a ver com assumir o controle com os recursos disponíveis.

* * *

Quando chego à pista de corrida, explico ao técnico que precisei faltar nos dois últimos treinos devido a problemas femininos. Não é uma mentira completa. Eu estava casada com um idiota e precisei me livrar dele, e, então, descobri que Kellan está prestes a ficar grávida.

Começamos a treinar no campo com a equipe toda em uma roda, fazendo alongamento. Com as mãos nos quadris, eu me inclino para trás e seguro por cinco segundos. A meu lado, Ruby Jenkins está inclinada para a frente com a testa encostada nos joelhos. Ela está me dizendo que vai faltar à aula amanhã, apesar de não estar no último ano. Eu só estou ouvindo mais ou menos, porque, do outro lado da roda, Cody sorri para mim.

Quando paramos de fazer alongamento e nos dirigimos à pista, ele vem correndo até o meu lado.

— Você não participou do treino ontem — diz ele.

Ele se interessa pelo que eu faço?

— Eu estava com uma pessoa — digo de maneira vaga o suficiente para deixá-lo imaginando se não era um garoto.

Olho para o chão e reparo como as nossas pernas estão perfeitamente sincronizadas.

Agora, Emma Nelson, é o momento de usar os seus recursos.

— Nós fomos a Pittsburgh dar uma olhada em alguns prédios — digo. — Fico fascinada com a arquitetura de lá.

— Estou pensando em fazer uma cadeira de arquitetura na Duke no ano que vem — diz ele.

Antes que eu consiga me segurar, solto mais coisas da página do Facebook dele.

— Eu me interesso por energia solar e eólica, e com a relação que têm com a arquitetura.

No segundo em que digo isso, sinto que fui longe demais. Mas, então, Cody aperta os olhos, observando o céu, e diz:

— Nunca pensei nisso.

Solto a respiração.

— Devia pensar. É a onda do futuro.

Cody para e enfia a mão em um bolso do short.

— Encontrei uma coisa perto dos bebedores do vestiário e achei que podia ser sua.

Quando ele abre os dedos, está segurando meu colar de ouro com o pendente minúsculo de *E*. Levo a mão ao pescoço. Faz oito anos que uso esse colar todos os dias. Não acredito que ele caiu e eu nem percebi.

Cody deixa o colar cair na minha mão. Enquanto eu o observo se afastar correndo, lembro o que Josh disse ontem, sobre como acabei de terminar com Graham e agora já quero passar para Cody. Josh não entende que Cody não é simplesmente um carinha em que eu reparei de repente. Faz um tempão que sou a fim dele. Seria uma loucura não reagir quando ele presta atenção em mim.

* * *

No caminho de casa, penso sobre o que aconteceu ontem no Facebook. Ao insistir que não ia morar em Ohio, o meu futuro mudou para Londres. Só o fato de pensar diferente pode mudar tudo.

Obviamente, não estou feliz com Kevin. Mas, em vez de ir atrás dele como fiz com Jordan, talvez eu possa prometer a mim mesma que, um dia, quando eu conhecer Kevin Storm, não vou me casar com ele.

Diminuo a velocidade em um sinal e olho ao redor para ter certeza de que ninguém está me observando.

— Um dia — digo baixinho —, vou conhecer Kevin Storm, mas não vou me casar com ele.

O sinal fica verde e piso no acelerador.

Digo a mesma coisa mais uma vez, agora mais alto, e então completo:

— Independentemente de qualquer coisa!

47://Josh

ESTAMOS NO ESTACIONAMENTO do Sam's Club, uma megaloja de descontos a uns quinze quilômetros da cidade. Abro o porta-malas do Jeep Cherokee de Sydney e pulo para dentro. A traseira já está cheia de coisas, e preciso avançar agachado para não bater a cabeça.

— Está pronto? — pergunta ela.

Estendo as mãos e ela tira um saco de Cheetos tamanho família do carrinho de compras. Joga pra mim. Depois me entrega dois sacos de pretzels, seguidos por Doritos. Enquanto ela ajeita as caixas de refrigerante no porta-malas, vou arrumando o resto da carga para abrir espaço.

— Para que banquete é tudo isto aqui? — pergunto.

Sydney ergue um pacote de doze latinhas de Mountain Dew e estende para mim.

— Não é para a escola.

Eu faço o refrigerante deslizar até o fundo do porta-malas. Ela me entrega mais um pacote de doze latas e encaixo bem no primeiro, então puxo uma ponta da lona azul, que está amassada por baixo.

— Geralmente, as tarefas do Conselho demoram mais — diz ela. — Mas nós fizemos tudo tão rápido que achei que tínhamos tempo para uma atividade extracurricular.

Passei a tarde inteira empurrando carrinhos, erguendo caixas e colocando coisas no Cherokee. E está ótimo. Eu não vou reclamar de passar um tempo com Sydney Mills. Nem me importo de ajudá-la em um assunto particular, mas teria sido legal se ela tivesse me avisado sobre a mudança.

Pulo para o chão.

— É para aquela festa na prisão?

— *Piquenique* na prisão — diz ela, fechando o porta-malas. — Mas, não. É para a fogueira do meu amigo amanhã à noite.

Enxugo a testa com as costas da mão e me acomodo no banco. Quando ela dá a partida, baixo a janela até a metade.

— Não dá para servir só álcool em uma festa, se não as pessoas ficam bêbadas demais — explica Sydney. — Precisa ter alguma coisa para beliscar.

Todo mundo passou a semana inteira falando dessa fogueira. Tyson pegou a caminhonete do pai dele para ajudar alguns skatistas do último ano a levar lenha para o lago.

— Além do mais, se a polícia chegar à festa, é bom ter refrigerante à mão — explica Sydney. — Você esconde a cerveja e pega uma Coca!

Não pensei muito em ir à fogueira porque minha mente anda ocupada com outras coisas. Principalmente com Sydney.

— Antes, Rick deixou um recado no meu celular — diz ela. — Pediu para eu comprar algumas coisas para ele. Eu ia fazer isso amanhã, mas, como tivemos tempo hoje à tarde, achei que era melhor dar conta logo. Além do mais, hoje eu estou com o Cherokee.

Sydney e eu passamos as últimas três horas rodando pela cidade juntos. No começo, eu nem conseguia acreditar que ela tinha me escolhido para isso. Cada vez que os nossos cotovelos se batiam ou os nossos dedos se encostavam, eu sentia a eletricidade percorrer todo o meu corpo. Mas, depois de um tempo, as coisas se acalmaram. Talvez eu estivesse esperando uma conexão instantânea. Apesar do fato de que nós vamos terminar juntos, neste momento nós mal nos conhecemos. Eu sou só o cara que ergueu a voz na aula quando o ex dela estava agindo feito um imbecil.

— Se você não se importar — diz Sydney —, será que podemos deixar as coisas da fogueira antes de eu levar você para casa? Fica no caminho.

— Tudo bem.

— Você já foi à casa de Rick?

— Que Rick? — pergunto. E então me dou conta de quem ela está falando. — *Rick Rolland?*

— A casa dele é linda — diz ela. — Fica bem na beira do lago.

— Você está falando daquele cara da aula de comportamento social, da classe do professor Fritz?

— Ele mesmo! Os pais dele já saíram de viagem para passar o feriado fora, então ele vai organizar a... ah... certo. — Sydney se volta para mim com uma expressão de quem está pedindo desculpa. — Rick e eu namorávamos, mas isso já é passado.

— Isso... não... tudo bem.

— Sei que ele parece ser um imbecil — diz ela. — Mas, na verdade, é um bom amigo.

Quando Sydney entra na estrada, baixo a janela toda.

* * *

Sydney sai no retorno para o lago Crown e vira logo à esquerda em uma estrada de terra bem suja. Enquanto damos a volta no lago, fico prestando atenção para ver se avisto a casa em que ela e eu vamos morar um dia, mas não vejo nada que se pareça com as fotos no Facebook. Talvez a nossa casa ainda nem tenha sido construída.

Viramos na entrada de cascalho da casa de Rick e paramos na frente de uma construção de tijolinhos com uma floresta densa de pinheiros atrás. Sydney buzina duas vezes e, então, desliga o motor.

— Podemos esperar aqui — diz ela.

Como Rick não aparece, Sydney pega o celular da bolsa e aperta alguns botões.

Espero que a família de Rick já tenha se mudado daqui quando Sydney e eu comprarmos nossa casa.

— Ninguém atende — diz Sydney. E coloca o telefone no painel. — Já volto.

Ela corre pelo caminho pavimentado de tijolos, vira a maçaneta e entra. Quando desaparece dentro da casa, fico olhando para a porta fechada.

Não consigo me imaginar entrando assim como quem não quer nada na casa de alguém que namorei. Tento imaginar a expressão no rosto de Rebecca Alvarez se eu entrasse pela porta da casa dela sem bater. Acho que as pessoas da órbita de Sydney agem de maneira diferente. Para elas, não é estranho namorar alguém, terminar e depois ajudar a pessoa a organizar uma festa.

Sydney sai primeiro e deixa a porta aberta atrás de si. Rick aparece um momento depois e olha direto para mim. Ele está usando uma camiseta cinza e short, e, mesmo daqui, dá para ver que as panturrilhas dele são três vezes maiores do que as minhas. Quando acena para mim com a cabeça, não há nenhum vestígio de ciúme nem de arrogância, nem de ele ter me reconhecido da aula de comportamento social do outro dia.

Abro a porta do passageiro e saio do carro. Parado ali na entrada da casa com Sydney e Rick, eu me sinto como se fosse o irmãozinho magrela que pegou uma carona.

— Syd me disse que você ajudou na visita ao Sam's Club — diz Rick. — Legal.

Ele a chama de Syd.

— Sem problema — respondo.

Rick se vira para o outro lado e sei exatamente o que ele está pensando. *Este cara não é ameaça nenhuma.* Ou talvez isso seja injusto. Talvez ele não pareça ameaçado porque não existe mais nada entre ele e Sydney.

Pego dois pacotes de doze latinhas de refrigerante e levo para dentro da casa de Rick. Coloco logo na entrada, ao lado de cinco barris de chope. Sydney traz os salgadinhos, e Rick carrega seis pacotes de refrigerante como se as latinhas estivessem vazias. Quando voltamos ao Cherokee, ele me oferece um "toca aqui", enquanto Sydney fecha o porta-malas.

— Volto em um minuto — diz ela para mim. — Rick precisa achar a carteira dele.

Sydney e Rick se afastam juntos. Eu me acomodo no meu banco e fecho a porta. Nos minutos seguintes, tento não ficar pensando no fato de Sydney estar na casa de Rick. Sei que eles não estão se agarrando lá dentro. Tenho certeza disso! Mas ainda não estou acostumado com o mundo deles e suas regras de relacionamento.

Encosto a mão no celular de Sydney que está no painel. Nunca usei um celular, mas gostaria de poder ligar para o meu irmão neste momento. *Simplesmente me diga o que fazer, porque não tenho a mínima ideia.*

Quando Sydney volta para o carro, lança um sorriso para mim.

— O Rick é legal — diz e tira um par de óculos escuros do visor. — Fico feliz por termos voltado a ser amigos.

Com os óculos escuros no rosto e o cabelo escorrendo por cima dos ombros, Sydney parece ficar contente com qualquer coisa que a vida jogue para cima dela. É o oposto completo de como me sinto. Sei que um dia nós vamos ter uma casa por aqui e vamos fazer viagens de férias chiques. Mas algo fantástico vai ter que acontecer entre agora e aquele momento, porque, neste instante, nós não parecemos feitos um para o outro. Se começássemos a namorar agora, não imagino que fosse durar além do verão.

48://Emma

FECHO A PORTA do quarto e disco o número do meu pai.

— Aqui é a casa dos Nelsons — diz a voz de Cynthia.
— Desculpe, mas não podemos atender a sua ligação. Por favor, deixe um recado depois do sinal.

Ouço um tom grave seguido por dois bipes curtos.

— Oi, pai... é Emma. — Faço uma pausa e fecho os olhos. *Você precisa fazer isso.* — Talvez você esteja ocupado com o bebê, mas quero pedir desculpa pelo que disse ontem e por ainda não ter agradecido. Eu gostei do computador, de verdade. É só que... — Não posso ser covarde e falar isso pela secretária eletrônica. Preciso falar com ele ao vivo. — Você pode me ligar, por favor?

Desligo e tento imaginar quem vai ouvir o meu recado primeiro. Espero que não seja Cynthia. Ela sempre foi legal, mas tem algumas coisas que quero que fiquem só entre meu pai e eu.

— Dale. — Eu a imagino dizer enquanto nina o bebê no ombro. — Sua filha deixou um recado.

Ou, talvez, ela vá dizer sua *outra* filha. Espero que não. Espero que ela só me chame de Emma.

* * *

A primeira coisa que olho no Facebook é o meu status de relacionamento. Não estou mais casada com Kevin Storm, e o nome do meu novo marido é Isaac Rawlings. Trabalho na Universidade da Carolina do Sul. Não diz qual é meu emprego, mas tem um link para uma coisa chamada Serviços Marinhos e Costeiros. Na minha foto, roço a bochecha em um golden retriever, e o meu cabelo está comprido e encaracolado.

Então leio a minha primeira anotação.

Emma Nelson
É oficial: A partir de hoje, tirei o Rawlings do meu nome. Isaac pode ter ficado com o jogo da sala de jantar, mas eu vou levar o sofá e pegar meu nome de volta. Agora só preciso achar uma casa para guardá-lo. (Estou falando do sofá.)
Há 4 horas • Curtir • Comentar

Baixo a cabeça e esfrego os olhos. Faz menos de uma semana que Josh me deu aquele CD-ROM, mas, por acaso, fiz alguma coisa de bom com ele? Talvez Josh tenha razão, eu não devia ter me livrado de Jordan Jones com tanta rapidez. Ou talvez devesse ter ficado com Kevin.

Não era perfeito, mas todo casal passa por momentos difíceis. Agora estou casada com Isaac Rawlings, e já estamos nos divorciando.

Mesmo que eu conseguisse reverter *tudo*, não sei para que vida gostaria de voltar. E já causei tantas reverberações a essa altura que não vai ter como recuperar qualquer um dos futuros exatamente. Se eu for estudar na Universidade Estadual de Tampa, onde deveria conhecer Jordan, nunca vou me sentir à vontade perto dele, por saber como as coisas acabam.

E nem *quero* saber onde conheci Isaac Rawlings. Quando resolver que não vou me casar com ele, só vou parar em outro casamento ruim.

Dou uma olhada na categoria dos meus Amigos. Dessa vez, só tenho cento e catorze amigos. Desço até a letra *J*, mas continua sem ter nenhum Josh.

Vou subindo de novo pelos nomes quando vejo o de Cody Grainger. Meu coração começa a disparar. Alguma coisa mudou *mesmo* entre nós hoje! Na foto, ele está usando um blêizer com gravata, e o cabelo dele está bem penteadinho para o lado. Clico no nome dele e...

Cody Grainger
Estou me aprontando para fazer uma palestra em Zurique. O voo desde Tucson foi mesmo muito longo.
Há 2 horas • Curtir • Comentar

Leio as várias atualizações de status mais recentes dele. Cody agora mora no Arizona. Ele é professor de arquitetura, especializado em energia solar e eólica. E faz palestras no mundo todo. Há duas semanas, visitou a Casa Branca e falou no Congresso. E o melhor de tudo é que ele continua solteiro.

No último futuro de Cody, ele simplesmente trabalhava nesse campo. Agora ele é um dos maiores especialistas que existem. E foi por minha causa! O que eu disse a ele sobre arquitetura hoje deve ter dado início à carreira dele. Isso é bizarro demais até para se *pensar*.

Cody não tem mais nenhuma outra foto, mas na página "Sobre" dele tem uma lista aleatória de coisas de que ele gosta.

> Comida mexicana apimentada, Atividades dos ex-alunos de Duke, Filmes de drive-in, Violão, Vinho tinto, Fazer citações de *Quanto mais idiota melhor*

Fico imaginando se não devo adicionar Duke à minha lista de faculdades. Seria legal.

Não acredito que Cody gosta tanto assim de *Quanto mais idiota melhor*. Fui ver esse filme com Josh e Tyson há alguns anos. Tyson passou o filme todo uivando, comendo balas Junior Mints e berrando para a tela. Josh e eu não acreditamos como podia ser tão idiota. Nós nos divertimos só de observar Tyson.

Mas se Cody é capaz de fazer citações de *Quanto mais idiota melhor* daqui a quinze anos, e se eu quero que as coisas avancem com ele, preciso colocar as mãos nesse filme o mais rápido possível.

* * *

— *Quanto mais idiota melhor?* — pergunta a atendente da locadora de vídeo. — Coloquei na prateleira há dez minutos.

Ela me indica a seção de comédia. Eu logo localizo o filme, volto para o balcão e entrego minha carteirinha para ela.

— "Vai ser meu" — diz ela e sorri, enquanto digita o meu nome. — "Ah, sim. Vai ser meu."

Não faço a menor ideia do que ela está falando.

— Desculpe, não entendi.

A mulher deixa a cabeça cair para o lado.

— Você nunca assistiu a *Quanto mais idiota melhor*?

— Eu vi no cinema, mas não... — Então percebo o que ela está fazendo. — É uma citação do filme! Quem disse? Wayne ou Garth?

— Wayne, acho. Meu namorado fala isso o tempo todo.

— É mesmo? Então as pessoas acham essa frase engraçada?

Ele fica olhando para mim como se eu fosse louca.

— Você precisa devolver daqui a dois dias.

Agradeço e saio apressada pela porta.

49://Josh

NA SALINHA DE DESCANSO dos funcionários, o pai de Tyson traz dois pratos de papel, cada um com uma fatia de pizza de *pepperoni*.

— Sei que você disse que não estava com fome — fala e coloca um prato do lado do meu livro de história. — Mas todo mundo tem espaço para uma fatia.

Gosto do pai de Tyson. Talvez seja pelo fato de ele ter criado Tyson sozinho, mas é mais acessível do que a maior parte dos pais. Quando cheguei há uma hora, dizendo que precisava de um lugar para estudar, não me questionou, apesar de ninguém ir à GoodTimez em busca de paz e silêncio. Ele simplesmente tirou os jornais da mesa dos fundos e perguntou se eu queria alguma coisa para comer.

— A TV vai incomodar você? — pergunta ele, sentando-se em uma cadeira dobrável à minha frente.

— Não, tudo bem. — Viro uma página do livro didático e dou uma mordida na pizza.

O pai de Tyson se inclina para a frente e aperta o botão para ligar a TV. Dois homens aparecem na CNN, discutindo a respeito do presidente Clinton e de sexo.

— Por acaso eles não estavam falando disso na última vez que vim aqui? — pergunta ele.

Sorrio.

— Tenho certeza de que estão quase acabando.

Depois que Sydney me deixou em casa, tentei estudar na minha sala para poder ficar de olho na entrada da garagem da casa de Emma. Não quero passar mais um dia sendo ignorado por ela. Não é justo para nenhum de nós dois. Precisamos conversar sobre o que aconteceu ontem.

Mas, então, quando Emma chegou em casa da corrida, fiquei paralisado no meu sofá enquanto ela entrava em casa. Um pouquinho depois, ela voltou a entrar no carro e saiu em disparada. Foi aí que peguei a mochila e o skate e vim para a GoodTimez.

— O que você está estudando? — pergunta o pai de Tyson.

— Vietnã. — Dou mais uma mordida na pizza e limpo os dedos em um guardanapo. — Vai ter uma questão dissertativa na prova final sobre a teoria do dominó.

— Eu me lembro da teoria do dominó — comenta e assiste a mais alguns segundos dos homens discutindo na TV. — Se não impedirmos algo ruim de acontecer, a coisa continua se disseminando até ficar praticamente impossível tomar alguma providência a respeito dela.

— Acho que é isso mesmo.

— Mesmo com a nossa capacidade de avaliar aquela guerra — diz ele —, não há como saber com certeza o que foi perdido e o que foi salvo. Mas as coisas são assim. A história é uma droga quando se está no meio dela.

Tyson chega e apoia o skate na parede.

— O que está rolando, sr. Mills? — diz ele para me cumprimentar. — Pai, você acabou de dizer que "a história é uma droga"?

— Nós estávamos falando sobre a dissertação de Josh — responde o pai dele. — Falando em lição de casa, por onde diabos você andou?

Tyson dá um sorriso sacana.

— Estava com um amigo. Desde quando você acompanha todos os meus movimentos?

O pai de Tyson faz uma bolinha com um guardanapo e joga em cima dele.

— Só faça a sua lição de casa, T-bone; depois preciso de você no salão. Você também pode ajudar, Josh. Pagar pela estadia.

* * *

A GoodTimez Pizza tem reservados amarelos e mesas cor de laranja, do lado do restaurante, e um fliperama do outro. Mas, bem no meio, fica a razão por que todas as crianças de Lake Forest querem fazer sua festa de aniversário aqui. Três escorregadores de tubos de plástico (vermelho, azul e verde) cospem a garotada em uma piscina de bolinhas de plástico das cores do arco-íris.

Com intervalo de algumas semanas, depois que o restaurante fecha, a piscina é esvaziada para que as bolinhas sejam limpas. Nesta noite, obedecendo ordens, fico para ajudar. Tyson se aperta por uma faixa vertical na rede ao redor da piscina de bolinhas e imediatamente se afunda de joelhos. Ele mergulha um balde branco nas bolinhas e depois faz passar pela rede. Seguro um saco de lixo preto grande aberto e Tyson vira o balde, deixando as bolinhas caírem.

— Então, não aconteceu nada hoje quando você estava com Sydney? — pergunta Tyson, enchendo mais um balde de bolinhas. — Talvez você deva convidá-la para almoçar com a gente amanhã. Vou ver o que posso fazer para ajudar a dar impulso às coisas.

Os outros funcionários estão limpando as mesas, passando aspirador e tirando as fichas dos videogames. A música está tocando alto demais para eles poderem ouvir o que nós estamos dizendo, mas, mesmo assim, não me sinto à vontade com essa conversa.

— É cedo demais — digo baixinho. — Mal nos conhecemos.

Tyson esvazia mais um balde no meu saco.

— Cara, ela tirou você da escola. Acho que ela *quer* conhecer você.

— Talvez. — Coloco o saco de lixo cheio de lado. — Mas talvez eu não esteja pronto.

Tyson abre a rede só o suficiente para jogar uma bola verde na minha testa.

— Então, apronte-se! Estamos falando de Sydney Mills. É o meu *sonho* ser amigo do cara que vai sair com ela.

Balanço um saco de lixo para abrir.

— Você não preferia ser o tal cara?

Tyson pensa a respeito do assunto.

— Não. Gente demais fica falando de você.

Eu pego a bola verde do chão e coloco dentro do saco de lixo.

— Isso sem falar que parece que você e Kellan vão voltar.

Tyson não responde.

— Não se preocupe — digo. — Vou deixar Kellan contar para Emma, se é que já não contou. Mas você deve se preparar. Emma vai querer ter uma longa conversa com você a respeito...

— A respeito de não magoar Kellan, eu sei. — Tyson apoia as costas na beirada acolchoada da piscina de bolinhas. Nós esvaziamos o suficiente para os joelhos dele aparecerem feito duas ilhas na frente do peito. Ele olha para mim através da rede.

— Eu *nunca* ia querer magoar Kellan. Da última vez, simplesmente não estava pronto.

— Mas você é capaz de entender por que Emma está preocupada — completo. — Da última vez que vocês dois terminaram, Kellan enlouqueceu.

Tyson pega uma bola vermelha e lança de lado para cima do escorregador azul. Ela rola até o alto e volta a cair na piscina.

— Nós gostamos um do outro — diz, finalmente. — E nós dois refletimos muito neste ano. Não sei o que mais podemos fazer.

Não há nada que eu possa dizer a ele. Tyson está se debatendo com o fato de se deixar apaixonar ou não por alguém por quem já se apaixonou. Minha situação é diferente. Eu devia estar me apaixonando por Sydney, e tudo parece estar se alinhando para que isso aconteça. Mas, quando penso sobre o meu futuro, não sei muito bem se é para lá que quero que ele vá.

* * *

A luz da varanda está acesa quando chego em casa. Apoio meu skate na porta e enfio a mão no bolso para pegar a chave. Dá para ouvir meus pais conversando lá dentro. Provavelmente não vão dizer nenhuma palavra quando eu entrar, mas meu pai vai olhar para o relógio, para mostrar que quase exagerei.

A casa de Emma está praticamente escura. As luzes do lado de fora estão apagadas, e as do andar de cima também. Há um brilho azul fraco vindo do fundo da sala do térreo.

Atravesso o gramado que divide a minha casa e a dela, e ouço os sinos de vento da varanda da frente de Emma. Quando Martin os pendurou, Emma reclamou que até os barulhos dele estavam se infiltrando em sua vida.

Com passos leves, eu me aproximo da janela da sala dela. No meio do aposento, Emma está dormindo no sofá, com a cabeça apoiada no braço do móvel. Ela está de frente para a TV, mas, do jeito que está virada, não consigo ver o que ela está assistindo.

Sinto falta dela. Mesmo que não disséssemos nada um ao outro, mesmo que ela continuasse dormindo, eu gostaria de poder estar sentado naquele sofá com ela neste momento.

sexta-feira

50://Emma

— EMMA? — chama minha mãe do andar de baixo.

Dou uma olhada no despertador. Ainda faltam dez minutos para tocar.

— Emma!

Resmungo e puxo as cobertas para cima da cabeça. Caí no sono no sofá, ontem à noite, e acabei subindo para o meu quarto aos tropeços às duas da manhã. Quando cheguei ao andar de cima, percebi que a luz do banheiro de Josh estava acesa. Quando ele não consegue dormir, toma banho no meio da madrugada. Pensei em fazer a minha luz piscar algumas vezes. Se ele fizesse a dele piscar, eu mostraria um recado na minha janela, como nós fazíamos quando éramos crianças. Mas resolvi não incomodar. Josh não quer saber de mim. Ele passou a tarde com Sydney, dando os primeiros passos na direção do futuro dos dois juntos.

As sandálias da minha mãe estalam na escada, e examino meu cérebro cansado para ver o que eu posso ter feito para irritá-la. Eu nem a vi ontem à noite. Ela e Martin saíram para comprar armários em Pittsburgh. Jantei e coloquei o meu prato e o meu copo na máquina de lavar. Até limpei a pia, antes de começar a assistir a *Quanto mais idiota melhor*.

Minha mãe está usando um vestido amarelo, e o cabelo dela está preso para trás com uma faixa combinando. Ela está com a testa franzida e segura uma fita de vídeo preta.

— *Quanto mais idiota melhor*, Emma?

Esfrego o ombro sobre o qual estava dormindo.

— Foi por isso que você me acordou?

— Não. — Ela mostra uma fita que tem na outra mão.

— É por *isso* que acordei você.

Pego um fru-fru da minha mesinha de cabeceira e faço um rabo de cavalo.

— Pode ser mais específica?

— Você ejetou nossa fita *virgem* para assistir a *Quanto mais idiota melhor* — diz minha mãe, apertando os lábios com força.

Dou de ombros. Talvez tenha ejetado uma fita. Não lembro.

— Nós estávamos gravando *Seinfeld* — diz ela. — Tínhamos programado.

— Desculpe.

— Nós gravamos toda quinta-feira, Emma. Você sabe disso. — Ela olha para o pôster de mar preso na parede em cima da minha escrivaninha e, depois, de novo para mim. — Martin e eu estamos preocupados com sua falta de respeito nesta casa.

Eu me sento ereta.

— Falta de respeito? Do que você está falando?

Ela aponta para o chão perto da minha cômoda.

— Martin reparou naquela mancha bem ali. Emma, nós acabamos de colocar carpete novo. Como é que você já derramou alguma coisa em cima dele?

Eu *não* quero falar sobre isso. Derramar a água do vaso foi uma coisa idiota de se fazer, mas não foi a coisa mais idiota que fiz naquela tarde.

— Tentei limpar — digo.

— Devia ter pedido para a gente ajudar. Temos produtos que tiram manchas...

Espere um segundo!

— O que Martin estava fazendo no meu quarto?

Minha mãe suspira.

— Ele só estava medindo com o empreiteiro.

Pulo para fora da cama e puxo a camiseta para cima dos quadris. Não estou a fim de brigar, principalmente depois das discussões com Josh e com meu pai, mas não posso deixar isso passar em branco.

— É para o escritório dele — completa ela. — Mas só para depois que você se formar.

— Isso é uma loucura! — digo, com o coração disparado. Coloco as mãos perto dos olhos, quase para tapá-los. — Este é o meu quarto há dezesseis anos, e *continua sendo* o meu quarto. Talvez Martin tenha planos de transformá-lo em um escritório para ele algum dia, mas não tem minha permissão para entrar aqui sempre que quiser.

Minha mãe coloca os dois vídeos em cima da minha cômoda.

— Sinto muito por *Seinfeld* — digo, abro uma gaveta e pego uma camiseta verde e um short jeans. — Vou ver se acho alguém que gravou. Mas você precisa dizer a Martin para parar de tramar a invasão dele.

Minha mãe olha para o nada, como se estivesse lutando contra lágrimas.

— Tem sido um ajuste para todos nós — diz ela baixinho.

Penso em dizer a ela que foi um ajuste quando ela e meu pai se divorciaram, e que o breve casamento com Erik foi outro ajuste. Estou cansada de ajustes.

— Só diga a Martin para não entrar no meu quarto — falo.

* * *

Status de relacionamento Em um relacionamento enrolado

Esse é o meu futuro nesta manhã. Não diz se estou casada. Não diz se estou solteira. Agora sou formada pela San Diego State e moro em Oakland, na Califórnia.

A última coisa que escrevi foi na quarta-feira.

Emma Nelson
Espero que não chova neste fim de semana.
18 de maio às 18:44 • Curtir • Comentar

Minha foto é em preto e branco, quase uma silhueta. Estou tocando saxofone na frente de uma janela aberta, e meu cabelo bate no ombro.

Clico para abrir a minha lista de amigos e começo a descer pelos nomes. Cody está lá. Usa uma gravata diferente, mas a aparência é basicamente a mesma de ontem. Vou até o J, mas Josh continua sem estar lá.

Clico de volta para a minha página principal. Acabei de escrever alguma coisa, há doze segundos!

Emma Nelson
Estou fazendo uma faxina emocional e me desapegando de coisas a que me apeguei durante muito tempo. Começando pela minha senha. Faz quinze anos que uso a mesma. Só estou esperando que uma palavra nova se revele.
Há 12 segundos • Curtir • Comentar

Eu vou me livrar de *Millicent*?

Clarence e Millicent representam tudo o que existe de bom na minha amizade com Josh. E agora quero abrir mão disso? Será que estraguei minha amizade com ele para sempre por causa daquele beijo? Ou porque não tinha uma resposta clara a respeito de *por que* eu o beijei?

Espere aí! Eu não posso mudar a minha senha. Foi por causa dela que pude entrar no Facebook. E *preciso* conseguir entrar no Facebook. Meu relacionamento agora é enrolado. Não há menção nenhuma sobre carreira. Apesar de eu não falar muita coisa, imagino que, a certa altura, vou começar a fazer revelações mais uma vez. Se eu não puder saber os detalhes da minha vida, não vou ter oportunidade de consertar as coisas.

— Emma! — chama a minha mãe, e isso me assusta.

— Martin precisa dar um telefonema de trabalho. Você pode desligar a internet agora?

— Não, eu...

— Era disso que nós estávamos falando agora há pouco — avisa. — Vamos mandar instalar outra linha de telefone em breve, só para a internet. Mas, agora, você precisa desligar.

Quando fecho a tela, penso na foto de Kellan, Tyson, Josh e eu na GoodTimez que rasguei outro dia. Corro para minha lata de lixo, na esperança de que Martin não a tenha esvaziado quando passou por aqui. E ali, embaixo de vários lenços de papel amassados, estão os pedacinhos da foto. Tiro todos do lixo, um por um, e seguro na palma da mão em concha.

Talvez Josh e eu não vamos ser amigos no futuro, mas não posso jogar fora estas lembranças. Abro a gaveta de cima, coloco os pedaços da foto no meu diário e volto a fechar a cômoda.

51://Josh

HOJE É O DIA de matar aula dos alunos do último ano. Sem um quarto dos alunos na escola, os corredores parecem estranhamente vazios e grandes. Tudo também está mais quieto, e, por isso, é fácil eu me perder em pensamentos.

Enquanto caminho para o terceiro tempo, deslizo o ombro por cima das portas dos armários e penso no tempo. Se pudesse, iria viajar seis meses de volta ao passado, até a noite em que tentei beijar Emma, e não tentaria. Ela continuaria pegando no meu braço em busca de calor, enquanto caminhávamos pelo cemitério, mas não haveria mal-estar entre nós quando voltássemos para o carro dela com Tyson e Kellan. Se não pudesse voltar tanto assim, retornaria à varanda de Emma no dia em que ela ganhou o computador e não daria aquele CD-ROM para ela. Assim, ela nunca teria descoberto o Facebook. Nós continuaríamos sem ser tão próximos quanto antes, mas, pelo menos, estaríamos nos falando.

Prossigo pelo corredor até que uma voz atrás de mim diz:

— Achei você!

Respiro de leve e me viro.

— Não é estranho? — Sydney faz um gesto para o corredor ao nosso redor. — Parece que não tem ninguém aqui hoje.

Ela é linda mesmo, com o cabelo castanho-claro e os olhos cor de âmbar. Poderia estar em uma das revistas que Emma e Kellan folheiam para fazer testes.

— Seus braços estão cansados por causa de ontem? — pergunta Sydney. Ela estende a mão para pegar no meu bíceps. Felizmente, fiz minhas flexões extras hoje.

— Eu fiz você trabalhar pesado.

— Não tem problema — respondo, apesar de os meus braços estarem bem doloridos. — E você?

Sydney deixa os ombros e os braços caírem para a frente.

— Estava exausta quando cheguei em casa.

O sinal de aviso de dois minutos toca, e fico feliz com a interrupção.

— Onde você vai almoçar? — pergunta Sydney, e dá uma olhada no telefone.

Vou ao meu lugar de sempre no carvalho, mas não sei bem se devo convidá-la para se juntar a mim. Foi o que Tyson sugeriu, mas Emma pode estar lá, e isso vai ser uma situação mais sem jeito do que sou capaz de suportar neste momento.

— Se você já tem planos — diz Sydney —, podemos almoçar juntos alguma outra hora.

Ela merece uma explicação.

— Não é que eu tenha planos — digo. — Mas houve uma certa tensão com uma amiga minha, e eu queria conversar com ela sobre isso hoje.

Sydney desvia o olhar por um momento. Eu não devia ter dito que era uma *amiga*.

— Que coisa boa — diz. — Quero dizer, é legal da sua parte.

No Facebook, Sydney e eu parecíamos felizes juntos. Apesar de sermos pessoas diferentes agora, acho que vamos ficar mais parecidos com o passar do tempo. Talvez Emma tenha razão e eu forcei a barra cedo demais.

— O que vou dizer pode parecer esquisito — continua Sydney, baixando os olhos. — Ontem à noite, eu estava contando para a minha irmã, Haley, o que fizemos ontem, e como eu me diverti por passar a tarde com você.

— Obrigado — digo. — Eu também me diverti.

Ela suspira e então olha para mim com um meio sorriso.

— Mas quando disse a ela que levei você à casa de Rick, ela me chamou de idiota. Se isso fez com que você se sentisse pouco à vontade, só queria pedir desculpa.

Dou de ombros de leve, mas não digo nada. Eu realmente não estava esperando um pedido de desculpa.

Sydney dá um sorriso tímido.

— Haley provavelmente iria dizer que sou uma idiota por fazer este convite, mas você quer ir àquela fogueira comigo hoje à noite?

— A da casa de Rick?

— Não é exatamente *na* casa dele — diz ela. — É perto do lago.

Shana Roy chega apressada.

— Oi, Syd! — Depois de uma breve olhadela para mim, ela estende a mão com a palma virada para cima para Sydney. — Preciso de chiclete ou bala de menta. Você tem?

Enquanto Sydney revira a bolsa, tento pensar no que vou dizer a respeito da fogueira. Se a gente não deve ficar junto assim tão cedo e eu for com ela, será que vou forçar as coisas além dos limites? Mas se tentar fazer as coisas irem mais devagar, será que vão retomar o ritmo algum dia?

Felizmente, existe uma maneira de saber. Seja lá qual for a resposta que eu dê, posso ver o Facebook depois da escola para conferir as repercussões. Posso usar a chave de emergência de Emma e olhar enquanto ela ainda estiver na corrida. Eu sei o e-mail e a senha dela, então só preciso dar uma olhadinha e resolver se...

Não! Se eu realmente preferia que nós nunca tivéssemos descoberto o Facebook, então é assim que vai ter de ser daqui para a frente. Até onde sei, o Facebook nunca existiu. E se isso fosse verdade, e se Sydney Mills estivesse me convidando para uma fogueira, eu seria idiota de dizer não.

Shana coloca um chiclete na boca e dá tchau. Quando ela se afasta, Sydney sorri para mim.

— Então, você quer ir?

— Vamos, sim — respondo.

* * *

Pego meu segundo sanduíche. Emma coloca uma fatia de queijo amarelo em cima de um pedaço de maçã. Ela e Kellan chegaram juntas para o almoço, mas Emma não proferiu mais do que algumas palavras desde que se sentou.

Kellan joga uma batata frita em cima de Tyson e acerta o queixo dele.

Ele pega a batata frita do colo e enfia na boca.

— Não pare até conseguir.

Kellan faz mira mais uma vez com cuidado, e Tyson abre a boca. A batata frita dispara na direção do rosto dele e...

— Na mosca! — Kellan joga as mãos para cima.

Tyson tosse duas vezes e faz sinal de positivo com os polegares esticados para ela.

Emma pega outra fatia de queijo e oferece para mim.

— Se você quiser.

Não sou fã de queijo sem nada, mas aceito mesmo assim.

— Uau! — Tyson olha de Emma para mim. — Vocês realmente reconheceram a existência um do outro e trocaram queijo? Este é um grande momento. Alguém tem uma câmera?

Kellan joga uma batatinha na testa dele.

— Deixe os dois em paz.

— Mas é assim que tudo começa — diz Tyson, e coloca a batatinha no ketchup de Kellan. — Antes que a gente se dê conta, ele vai oferecer uma mordida do sanduíche dele para ela. E, se não tomarem cuidado...

— Tyson! — diz Kellan. — Cale a boca.

Tyson estende os braços.

— O que foi? Eles não trocam uma única palavra...

Desta vez, quando a batatinha atinge a testa de Tyson, está coberta de ketchup. Fica grudada por um instante e então cai no chão.

Kellan leva a mão à boca.

— *Não* era a minha intenção fazer isso.

Tyson dá risada.

— A sua intenção não era jogar ou você não queria ter passado no ketchup primeiro?

Kellan pega a mochila e coloca no colo.

— Tenho um guardanapo aqui em algum lugar.

— Esqueça o guardanapo, mulher — diz Tyson e se levanta. — Vou limpar isto aqui na sua camiseta.

Kellan solta um grito e então sai em disparada na direção do campo de futebol. Tyson segue logo atrás.

— Emma — digo assim que eles se afastam. — Quero pedir desculpa pelo que eu falei naquele dia. Eu sei que você jamais ficaria brincando com meus sentimentos de propósito.

Emma passa a mão em um pedaço de grama.

— Talvez nós devêssemos aceitar que esta semana foi maluca e deixar as coisas assim.

Kellan dá um gritinho no campo quando Tyson a pega. Ele faz mira com a cabeça cheia de ketchup no peito dela, mas ela se desvencilha e continua correndo.

É, foi uma semana maluca, mas nós precisamos conversar a respeito dela.

— Eu só não sabia o que fazer depois que...

— Eu sei. — Emma abana a mão para espantar o assunto e então sussurra: — Josh, escute. Você provavelmente vai ficar bravo comigo de novo, mas andei olhando o Facebook um pouco, e hoje de manhã dizia...

— Só me diga que nós podemos parar de ficar nos evitando — respondo. — É a única coisa que me interessa.

Emma respira fundo, como se estivesse prestes a chorar. Pego uma folha de capim, aperto entre os polegares e assobio. Emma tapa os ouvidos, mas, pelo menos, está sorrindo.

— Você me acha encantador e adorável? — pergunto quando ela baixa as mãos. — Ou ainda está brava?

Emma dá uma gargalhada.

— Nunca fiquei brava. Só estava moderadamente irritada.

— E agora?

Ela se inclina para a frente e dá um beliscão na minha bochecha.

— Encantador e adorável.

Tyson e Kellan voltam caminhando para a árvore com ar despreocupado. O ketchup agora está na manga da camiseta dele.

— Todo mundo fez as pazes e trocou beijinhos? — pergunta Tyson.

Meu rosto fica quente imediatamente.

Kellan bate palmas.

— Pergunta seguinte. Quem vai à fogueira? Tyson vai levar a lenha, e eu sei que quero ir.

Emma olha para mim com otimismo cauteloso.

— O negócio é o seguinte — digo, com vontade de retirar minhas próximas palavras antes mesmo de serem proferidas. — Eu já combinei de ir com Sydney.

— Ah — fala Kellan.

Emma fecha a tampa do Tupperware dela.

— Eu queria poder ir — diz ela. — Mas, hoje de manhã, minha mãe e eu brigamos, e eu acho que devo ficar em casa.

— Tem certeza? — pergunta Kellan. — Acho que vai ser divertido.

— Tenho uma ideia — diz Tyson. — Podemos convidar Sydney para ir conosco. Cabe todo mundo no carro de Kellan. Quando eu terminar com a lenha, devolvo a caminhonete do meu pai e podemos ir todos juntos.

Emma pega o Sprite de Kellan e dá um gole.

— Não, Josh tem que ir com Sydney. E eu vou ficar em casa.

Quando Emma guarda o pote de volta na bolsa, percebo que Kellan está olhando feio para mim.

52://Emma

ESTOU COM UM NÓ na garganta desde a hora do almoço, quando Josh disse para a gente que ia à fogueira com Sydney. Ele parecia acanhado de dizer aquilo na minha frente, mas nem sabe as notícias mais recentes sobre o meu futuro péssimo. Da última vez que ele viu, eu estava morando em Londres com Kevin Storm. De lá para cá, eu me divorciei de Isaac Rawlings e agora tenho uma relação enrolada na Califórnia.

Pior de tudo, Josh não faz ideia de que a nossa amizade não vai se remendar nunca.

Estou caminhando para a corrida, mas preferia estar sentada na frente do meu computador, para ver se já mudei a minha senha. Se não mudei, então eu poderia ler o máximo possível antes de perder o Facebook para sempre.

— Ei, Emma — diz Cody. Ele está vindo correndo pelo estacionamento, com uma bolsa de ginástica a tiracolo. O cabelo dele está espetado de suor, e a camiseta está bem esticada por cima do peito. — Parece que nós dois nos atrasamos.

— Fui com a minha amiga até o laboratório de química — digo.

Cody se coloca ao meu lado e começa a andar no mesmo ritmo que eu.

— Fiquei preso no trânsito na volta do dia de matar aula dos alunos do último ano.

— Como foi?

Ele dá de ombros.

— Foi uma chatice. Eu já superei tudo isso aqui. Agora é só a contagem regressiva até eu ir para Duke. É lá que vou estudar no próximo semestre.

— Ah — digo, como se a informação fosse novidade para mim. Na verdade, sei mais sobre o futuro de Cody do que ele. Um dia, ele vai morar em Denver e visitar a Casa Branca. E, daqui a quinze anos, ainda vai ser solteiro. Mas, neste momento, ele adora um filme a que eu acabei de assistir.

— O que você disse me lembrou de uma citação engraçada. — Enxugo as palmas das mãos no short e faço uma imitação de Wayne. — "Passei um ano achando que tinha mono. Acontece que eu só estava entediado."

— Foi bem perto — diz Cody, e um sorriso se abriu em seu rosto. — "*Uma vez* passei um ano achando que tinha mono." Eu não sabia que você gostava de *Quanto mais idiota melhor*.

A verdade é que eu tinha odiado ainda mais da segunda vez.

— Você assistiu? — pergunto.

— Algumas vezes — diz. — Então, Emma Nelson gosta de Green Day e *Quanto mais idiota melhor*. Estou impressionado.

Ele coloca o braço nos meus ombros como quem não quer nada, enquanto caminhamos na direção da pista. A lateral do nosso corpo se toca o tempo todo. Dá para sentir o corpo musculoso dele contra o meu, e ele tem cheiro de loção pós-barba.

Não dá para acreditar, mas pode ser que isso esteja dando certo mesmo.

* * *

O treinador vai dizendo o nosso tempo, de acordo com as voltas que completamos na pista. A cada quatrocentos metros, bato meu próprio recorde.

O treinador McLeod sopra o apito para nos incentivar.

— Seja lá o que tenha dado em você, Emma, está muito bom. Continue assim!

Continuo correndo apesar de as minhas pernas estarem queimando. Estou fazendo isso para impressionar Cody, mas também está servindo para limpar minha mente. No momento, estou brigando com Josh, meu pai e agora minha mãe. A única pessoa que me sobrou foi Kellan, e tenho a sensação de que a estou perdendo para Tyson mais uma vez.

— Dê uma volta caminhando, Emma — diz o treinador depois dos meus últimos quatrocentos metros.

Estou caminhando pela pista, com a mão apertando a lateral do corpo, quando Cody se aproxima de mim correndo.

— Você está com a sensação de que vai vomitar? — pergunta.

Fico olhando fixo para ele.

— Acho que não.

— É de *Quanto mais idiota melhor*.

Forço uma risada.

— Certo. Claro que sim.

— Ei, quer uma carona para casa? Preciso sair para ir buscar o meu anel de formatura, mas coloquei aquela fita pirata no carro...

— Que fita pirata? — pergunto, enrolando para ganhar tempo para resolver o que fazer. O meu carro está no estacionamento dos alunos, e tenho que pegar Kellan no laboratório de química e levá-la para casa.

— Dave Matthews — diz ele. — Mas primeiro preciso falar com McLeod a respeito das provas cronometradas de amanhã. Então, se você quiser, encontre-se comigo no estacionamento daqui a dez minutos. Tenho um Toyota prata.

Como se eu não soubesse.

* * *

— Por que você está sem fôlego? — pergunta Kellan, ajeitando um béquer em um suporte de metal. Ela usa óculos de proteção de plástico e tem uma seleção de substâncias químicas a sua frente. Kellan completou química avançada no ano passado, mas ainda frequenta o laboratório como assistente da professora.

A Srta. Monroe está na frente com alguns alunos. Chego mais perto para ter certeza de que ninguém vai escutar.

— Vim correndo da pista — digo. — Cody me convidou para ir com ele pegar o anel de formatura e vai me dar carona para casa.

— Por quê? — pergunta Kellan. Ela coloca um pó amarelo com uma colher dentro de um dos béqueres, e ele instantaneamente emite um gás fétido.

Dou um passo atrás e abano a mão na frente do nariz.

— Isso é seguro?

Kellan ergue os óculos na testa.

— Eu não vou beber. E não mude de assunto. Por que Cody quer que você vá com ele?

Não consigo segurar um sorriso.

— Nós andamos conversando ultimamente. Acontece que temos muito em comum.

Enquanto Kellan escreve alguma coisa na tabela de laboratório dela, observo seu rosto. Só vi uma foto da filha dela, mas está na cara que Lindsay se parecia muito com ela.

— Deixe-me adivinhar — diz Kellan finalmente. — Você está pedindo para eu levar o seu carro para casa.

Enfio a mão na mochila, pego a chave e coloco do lado do bico de Bunsen.

— Acho que não vai demorar muito. Você pode ficar esperando na minha casa, e, depois, eu levo você para a sua. Ou pode pegar a minha bicicleta na garagem, se não quiser esperar.

Kellan não responde.

— Por favor — digo. — Vou ficar te devendo uma.

— Vai *mesmo* — responde e coloca as minhas chaves na bolsa. — Ir da sua casa até a minha de bicicleta é igual a fazer o Tour de France. E não preciso dizer a você para ter cuidado com Cody. Nós duas sabemos que ele sempre quer mais alguma coisa das meninas.

— Nós vamos buscar o anel de formatura dele — digo. — Só isso. E eu levo você para casa no segundo em que chegar.

— Ou, talvez, eu peça a Tyson para ir me buscar.

— Certo, o que está acontecendo entre vocês dois? — pergunto.

Kellan volta a atenção para outro béquer.

— Kellan Steiner! — digo. — Você mal se recuperou da última vez que terminou com Tyson. Não precisa de mais drama.

— Sei que tive meus altos e baixos com ele — responde ela, me encarando. — Para falar a verdade, cheguei a ligar para o terapeuta ontem para marcar outra consulta. Quero tratar a sério o fato de controlar as minhas emoções.

— Então é oficial? Você e Tyson vão voltar?

— Eu não disse isso. — Kellan pega uma pinça de metal e imediatamente larga. — Mas, falando em drama, e eu quero saber a verdade, o que está rolando entre você e Josh?

Eu me encolho.

— Nada.

— Ontem você nem queria almoçar porque ele estava lá. E depois, hoje, quase começou a chorar quando ele tocou no nome de Sydney.

Coloco a mochila nos ombros.

— As pessoas se distanciam — digo. — E, às vezes, não há nada que se possa fazer.

Eu me viro e caminho na direção da porta.

53://Josh

— DOBRE OS JOELHOS! — grito com as mãos em concha.

No half-pipe, o cara chapado está prestes a entrar na pista, pela primeira vez. Tentei fazer com que desistisse, mas ele está determinado a impressionar a namorada. Ela está na outra ponta da rampa com os braços cruzados, balançando a cabeça.

Com um pé na parte de trás do skate e as rodas traseiras presas à beirada da rampa, ele lentamente ergue a outra perna e pousa na parte da frente do skate.

Tyson e eu estamos ao lado da rampa, sentados nos skates. Tyson balança de um lado para o outro.

— Nunca vi uma pessoa morrer em um half-pipe.

— Continue olhando — digo e coloco as mãos em concha na frente da boca mais uma vez. — Dobre os joelhos!

O cara chapado assente, como se tivesse me escutado. Quando o skate dele começa a se inclinar para a frente, ele solta um grito primitivo. Voa rampa abaixo, mas não está com os joelhos dobrados. O skate dispara debaixo dele, as pernas sobem para o ar, e ele cai com tudo de costas.

A namorada desce pelo outro lado, pula do skate e corre na direção dele. Ela o ajuda a sair cambaleando.

Tyson aplaude.

— Ele não morreu. Acho que foi um sucesso.

Coloco a mochila nas costas e levanto.

— Vou para casa.

Tyson dá risada.

— Mas, e se ele tentar de novo?

Eu balanço a cabeça. Estou estressado demais com a fogueira de hoje à noite para me divertir com qualquer coisa que esteja acontecendo aqui. Talvez eu esteja me preocupando demais com nada. Talvez esta seja a noite em que Sydney e eu finalmente entramos em sintonia. Ou talvez seja a noite em que vamos nos separar para sempre.

Dou um tapa na mão de Tyson.

— A gente se vê no lago.

* * *

Abro a porta do meu closet. Na prateleira comprida por cima das camisetas, guardo tudo que não consigo jogar fora. Revistas de skate. Um gesso que uma vez eu usei na perna, assinado por todo mundo que eu conheço.

Uma caixa de sapatos com fitas de punk piratas que David me deu. Tiro de lá uma caixa de bastões de carvão gastos e um bloco de desenho grande em que não toco desde o ano passado.

É gostoso voltar a segurar este bloco. Anos atrás, escrevi "TEMPLETON" em letras grandes na parte da frente. Era esse o nome pelo qual eu queria ser conhecido quando me tornasse um artista famoso.

Abro a capa e dou risada da minha primeira obra de arte: *Vinte e um Piu-Pius*. São vinte e um esboços a lápis do Piu-Piu, mas eu só pintei três de amarelo. Não me lembro do significado daqueles três, mas naquela época queriam dizer alguma coisa.

A página seguinte é *Toons & Latas*. O Diabo da Tasmânia e Gaguinho gritam em telefones de lata, frustrados com o fato de que não conseguem se entender, com cuspe voando para todos os lados. Falando sério, que diabo eu tinha tomado?

Algumas páginas depois, viro o bloco de lado.

No começo do meu nono ano, Emma e eu estávamos estudando na cama dela quando perguntei se podia desenhá-la. Ela colocou o livro de lado e ficou lá posando, com a maior paciência, enquanto eu riscava o papel, mas fiquei frustrado porque não consegui desenhar direito. Talvez até estivesse parecido com ela, mas *parecia* uma pessoa qualquer.

Mas Emma adorou, e me fez mostrar para todos os nossos amigos. Nunca mais, porém, tentei desenhar nada de verdade. Se tinha uma coisa que devia ter sido capaz de retratar era Emma.

Passo pelos vários outros desenhos da turma do Looney Tunes e arranco a primeira folha em branco. Coloco em cima do bloco e apoio no quadril. Com um pedaço quebrado de carvão, faço um rabisco no meio da página e sombreio um pedaço irregular à direita. Examino por um momento e adiciono um horizonte arqueado na parte de baixo. Parece o começo de alguma coisa. Só não tenho bem certeza do que é.

54://Emma

A PARTE DE DENTRO do carro de Cody é diferente do que eu tinha imaginado. É gasta, o estofamento dos bancos está quase rasgando, e o vinil da porta está rachado em vários lugares.

— Meu irmão me deu este carro quando foi para a faculdade — diz ele, quando saímos do estacionamento dos alunos. — Eu sei, é uma lata-velha.

O fato de que Cody parece ter vergonha do próprio carro é a maior fofura. Ele está me mostrando seu lado vulnerável. Isso me dá vontade de abrir a boca e dizer a ele que um dia vai poder comprar o carro que quiser.

— Onde seu irmão estuda? — pergunto.

— Na Universidade de Vermont. Ele é ligado em causas ambientais.

Do mesmo jeito que você vai ser, um dia!

Cody vira à esquerda na rua Finch e pega a direção da estrada. Estica a mão perto dos meus joelhos para abrir o porta-luvas, que está bem arrumadinho com fileiras de fitas cassete.

— Você pode pegar a fita em que está escrito "Dave Matthews"? — pede. — É a fita pirata de que falei para você. Eles tocaram perto da faculdade do meu irmão, e ele gravou.

Pego a fita e coloco no toca-fitas. Uma leve estática sai dos alto-falantes. Enquanto espero a música começar, dou uma olhada em Cody. Ele é um motorista muito seguro, dá para ver pela maneira como reclina o banco com uma mão e segura o volante com a outra, despreocupado.

Entra na estrada e a fita começa. Tem tanta gente falando ao fundo que mal dá para ouvir a música. Acho que estão tocando "What Would You Say".

— O público é irritante — diz Cody e aponta para o som. — Se você só vai lá para beber e conversar o show inteiro, é melhor ir para um bar.

— Meu pai é músico profissional — falo. — Ele sempre reclama disso.

Cody aumenta o volume.

— Como guitarrista, Dave Matthews é subestimado. Você consegue ouvir o que ele está fazendo aqui?

Tento escutar, mas a qualidade é péssima mesmo.

— É demais.

Cody pisa fundo no acelerador e passa dois carros. Estamos indo na direção do Shopping Center de Lake Forest. Kellan e eu vamos lá algumas vezes por ano, mas costumamos economizar para poder fazer compras em Pittsburgh.

— Por que o seu anel de formatura não está com você? — pergunto. Consigo enxergar o anel de Cody perfeitamente. É de prata e bem volumoso, com uma pedra cor de laranja no meio, a cor oficial da equipe Cheetah.

— Mandei gravar com a data da competição estadual — diz ele. — Eu sei que é estranho mandar gravar uma data que ainda não aconteceu, mas estou fazendo isso para dar sorte.

Cody ficou em primeiro lugar nas regionais dos cem metros rasos, há duas semanas. Daqui a uma semana, vai participar das estaduais e tem chance de ser o primeiro corredor de todo o estado da Pensilvânia.

— Talvez eu peça para darem uma olhada no meu colar — digo e remexo no bolsinho da minha mochila. — Quem sabe podem consertar o fecho.

— Sinto muito... o som disso aqui é terrível. — Cody aperta o botão para desligar o som. Quando faz isso, um ciclista da faixa de bicicleta entra na frente do carro.

Eu grito:

— Cuidado!

Cody desvia o carro para a esquerda. Outro carro buzina e pisa com tudo no freio, e cubro os olhos.

— Mas que droga foi essa? — grita Cody, dando uma olhada no espelho retrovisor.

Pelo espelho lateral, observo quando o ciclista apoia o pé no acostamento. Tira o capacete e mostra o dedo do meio para Cody.

— Olhe só para ele! — ironiza Cody. — Quase causou um acidente e agora está mostrando o dedo para *mim*?

Meu coração está disparado e as mãos tremem.

— E você devia pegar leve na gritaria — diz Cody. — Para falar a verdade, não ajudou.

Cody entra no estacionamento no Shopping Center Lake Forest e desliga o motor. Sai do carro, e eu também desço. Mas deixo minha mochila lá dentro. Cody não diz nada sobre o meu colar quando estamos na loja, e eu também não menciono o assunto.

* * *

Quando voltamos para o carro, o clima parece ter melhorado. A gravação no anel de formatura de Cody ficou perfeita, e o joalheiro pediu para ele assinar um recorte de jornal que tinha a foto dele e um artigo falando sobre a competição estadual. Agi como se tivesse ficado surpresa quando ele me mostrou, mas tenho o mesmo recorte na gaveta da escrivaninha em casa.

Quando Cody entra na estrada mais uma vez, estica a mão para pegar uma fita nova no porta-luvas. Desta vez, os dedos dele roçam meus joelhos.

— Sabe — diz ele —, a casa dos meus tios fica aqui bem perto, e eles têm um sistema de som de arrasar. Está a fim de ver se a gente consegue escutar a fita pirata melhor na casa deles?

Meu estômago se revira de animação.

— Não se preocupe — completa. — Os dois são cirurgiões-dentistas e trabalham em horários malucos. Não vão estar em casa.

— Tem certeza de que eles não vão se incomodar?

— Não, não tem problema. Meu tio me deu uma chave extra.

Cody pega uma saída à esquerda e entra em uma rua cheia de mansões pré-fabricadas e árvores recém-plantadas. Ele estaciona na frente de uma casa enorme com uma fonte no gramado e colunas em estilo romano para sustentar a varanda.

— É legal, hein? — Cody pega a fita pirata e sai do carro.

Se estivesse aqui com Josh, nós dois iríamos enfiar a mão no bolso para procurar moedinhas para jogar na fonte. Mas não vai ter como eu fazer isso com Cody no jardim da frente da casa dos tios dele.

Dou uma olhada nas casas, todas gigantescas e silenciosas. Apesar de não ter ninguém por ali, sinto a necessidade de cochichar.

— Tem certeza de que eles não vão chegar? — pergunto.

Cody balança a cabeça.

— Eu venho muito aqui.

Ele digita um código de segurança e coloca a chave na fechadura. Quando abre a porta, ele se vira e sorri para mim. Meu estômago dá uma cambalhota.

55://Josh

ARRANJO OS ESBOÇOS a carvão em um semicírculo ao meu redor, então me levanto e dou um passo atrás. Alguns têm traços angulosos, alguns são quase só ondulados e outros são bem esparsos. Cada um deles passa uma sensação única, mas todos formam um conjunto.

Pela janela do quarto, ouço o carro de Emma entrar na garagem. Corro escada abaixo e saio pela porta de casa. A porta do lado do motorista se abre e Kellan sai do carro.

— Você estava esperando alguma outra pessoa? — pergunta ela.

— Cadê Emma? Ainda está na corrida?

A expressão de Kellan é uma mistura de preocupação e pena.

— Acho que não. Vou deixar o carro dela, mas não vou ficar esperando até que volte.

— Vocês duas brigaram? — pergunto.

Kellan caminha na direção da garagem de Emma, mas então gira para olhar para mim.

— Você acaba de perguntar se Emma e *eu* brigamos? Vocês dois é que parecem não estar se falando.

— Nós conversamos no almoço — digo.

— Quase nada! — Kellan prossegue até a lateral da garagem e experimenta a maçaneta da porta, mas está trancada. — Josh, você faz ideia de que ela está no carro de uma pessoa agora? Sabe quem é?

Bato com o sapato em uma pedra falsa e pego o chaveiro de Scooby-Doo. Minhas mãos parecem desajeitadas quando tento enfiar a chave na fechadura. Kellan a arranca da minha mão e entra.

— Ela está com Cody — diz Kellan. — Aquele cara é um bundão ególatra, e eu considero *você* responsável por isso.

— *Eu*? — Até onde sei, Emma e Cody conversaram uma vez no corredor. Ele nem era amigo dela no Facebook.

Kellan tira um capacete do guidão da bicicleta de Emma.

— Tem alguma disputa estranha rolando entre vocês, e eu não estou gostando nada — diz ela. Ela chuta o pezinho e empurra a bicicleta até a porta.

— Do que você está falando?

— Você acha mesmo que Emma estaria andando de carro por aí com Cody Grainger se você fosse à fogueira com a gente? Mas, não, você vai com Sydney Mills.

Não quero imaginar Emma no carro de Cody.

Quando acompanho Kellan até a calçada, olho para a rua. Não sei que carro Cody tem, mas quando uma minivan toda velha faz a curva, desejo em segredo que seja ele.

Quando eu volto a me virar, os olhos de Kellan estão mais brandos.

— Sei que Sydney é linda — diz ela. — Mas fiquei observando você na hora do almoço hoje. Quando falou que ela ia levar você à fogueira, não foi do jeito que a maior parte dos meninos teria falado.

— De que jeito devia ter sido?

Kellan solta um suspiro e ajusta a correia embaixo do pescoço.

— Feliz.

Não sei o que responder.

— Você vai à fogueira com Sydney porque parece que deve ir? Porque ela é *Sydney Mills*? — pergunta Kellan. — E, se você responder que sim, vou ficar muito decepcionada com você.

— Não era isso que eu ia dizer.

— Nenhuma menina, por mais perfeita que seja, merece ser magoada desse jeito — fala Kellan. — Então, se você não está a fim de Sydney, precisa dizer a ela hoje à noite.

Kellan passa a perna por cima da bicicleta e dá impulso para a frente.

Volto caminhando devagar para a minha casa. Quando chego à porta, ouço o guincho suave de freios. Kellan não sabe que estou olhando, mas vejo quando ela para ao lado do carro de Emma e estende a mão até o limpador de para-brisa. Deixa um pedaço de papel dobrado preso ao vidro, depois dá a volta e sai pedalando.

* * *

Pego o telefone sem fio do quarto dos meus pais e saio de casa. Quando chego ao murinho que rodeia os balanços, disco o número de David. A secretária eletrônica dele atende depois de dois toques.

— Aqui é David. Provavelmente estou filtrando as minhas ligações neste momento, então deixe o seu nome depois do sinal e vamos ver se eu atendo.

— Oi, aqui é Josh — digo e ando devagar entre os balanços. — Você deve estar na aula, mas, se receber este recado...

Ouço um clique na ponta da linha de David.

— Você ainda está aí?

— Estou aqui.

— Dormi na hora da aula da tarde — diz ele. — Mas isso não é uma coisa que você deve contar à mamãe e ao papai.

Antes de eu ter visto o futuro de David, eu teria dado risada desse comentário. Agora, fico imaginando quanto da vida dele não é para nossos pais (e eu) ficarem sabendo. No fim, ele vai ter que contar para todo mundo que é gay, porque leva Phillip à minha casa no lago. Aliás, um dia ele vai escrever na internet que tem um relacionamento com um homem.

Com a mão livre, seguro na corrente de um balanço.

— Você tem um segundo para conversar?

Ouço David se acomodar no pufe dele.

— Claro. O que está rolando?

Não consigo me lembrar por que pensei que ligar para o meu irmão iria ajudar. Não tem nada que ele possa dizer, se eu não revelar tudo sobre Sydney, eu e o nosso futuro juntos. Sem contar a ele sobre o Facebook, vai parecer patético. Quem reclama de ir a uma fogueira com Sydney Mills?

— Josh — diz David. — Você entende como os telefones funcionam? Quando você liga para alguém, supostamente tem que falar.

— Desculpe. É que estou muito confuso por causa de uma menina, neste momento.

— Emma? — pergunta David.

— Não — respondo. — O nome dela é Sydney Mills. Era dela que eu estava falando na outra noite.

— Espere, é a irmã mais nova das gêmeas Mills? — pergunta ele. — Cara, elas eram gostosas.

Eu me sento no balanço e viro para a esquerda. Por que ele está dizendo isso? Será que *ele* pensava que elas eram gostosas ou está dizendo que os *outros* caras achavam que eram gostosas? Se ele está tentando me enganar, eu não devia ter ligado, para começo de conversa. Preciso conversar com ele com honestidade.

— Se Sydney Mills for *um pouco* como as irmãs... — David solta um assobio. — Então, estou achando que você aceitou o meu conselho. Viu o seu momento e não deixou passar.

— Ela me convidou para ir a uma fogueira hoje à noite — digo.

— Olhe só para a sua investida! Então, qual é o problema?

— É difícil explicar — continuo. — Ela é linda. E qualquer cara da escola iria *adorar* sair com ela... menos eu. E, no entanto, sei que deveria gostar.

— Ela é legal? — pergunta ele.

— Ela é um pouco centrada em si mesma. Mas, sim, é legal.

David fica em silêncio por um momento.

— Está preocupado com o fato de que ela possa ter mais experiência do que você? Porque, se quiser, posso explicar...

— Não — digo. — Não é isso. — Não liguei para ele porque estou nervoso de ficar com ela. Estou nervoso a respeito da minha vida toda.

— Sei qual é o seu problema — diz David.

— Eu tenho algum problema?

— Você é um cara do tipo maria vai com as outras — diz ele. — Sempre foi assim. E pode ser fácil, porque significa que você não precisa tomar nenhuma decisão difícil. Mas, às vezes, é preciso descobrir o que *você* quer, Josh. Se isso significa que você tem que nadar contra a corrente para conseguir, pelo menos tem em vista algo que pode fazer você muito feliz.

Giro o balanço na outra direção.

— Onde você quer fazer faculdade? — pergunta David. — Sei que você só vai ter de tratar disso no ano que vem, mas em que lugares você está pensando agora?

Dou risada no telefone. Ele acha que vou ficar na Universidade Estadual de Hemlock, onde nossos pais trabalham. Mas eu já vi o Facebook. Sei onde vou estudar, e ele está errado.

— Na Universidade de Washington — respondo.

— Então, você vai estudar no mesmo lugar que o seu irmão — diz David. — Essas são algumas correntes bem fortes contra as quais você está nadando.

— Mas é uma faculdade boa.

— Eu sei que é — responde ele. — Mas precisa escolher a faculdade que *você* quer.

Um apito toca na ponta da linha dele, e isso significa que ele tem outra ligação.

— Ouça — diz David. — Hoje à noite, você precisa ir à fogueira com Sydney porque disse que ia. Mas, quando terminar, quero que você pense em uma coisa.

O telefone dele apita mais uma vez.

— Se as coisas não estiverem dando certo com ela — completa —, talvez seja porque tem alguma outra pessoa com quem você preferia estar. E, se isso for verdade, por que não nadar contra a corrente e convidá-la para sair?

Porque eu não posso fazer isso de novo.

56://Emma

— QUE DELÍCIA — murmura Cody e vira a cabeça de um lado para o outro.

Já faz um tempo que estou massageando os ombros dele. Um aquário cheio de peixes turquesa borbulha, e a mesinha de centro à nossa frente exibe um leque de livros de arte moderna. Estou sentada em um sofá de couro preto e Cody está no chão, recostado entre os meus joelhos. Quando chegamos aqui, ele pegou duas garrafas de água da geladeira. Escutamos algumas músicas da fita pirata de Dave Matthews e, então, ele colocou para tocar um CD de Paul Simon do tio dele.

A casa é fantástica.

Cody é fantástico.

Olho para o meu reflexo no espelho horizontal pendurado por cima da lareira de mármore. O espelho tem uma moldura grossa de bronze e provavelmente pesa mais do que a minha cômoda. Se eu soubesse que isso ia acontecer quando acordei hoje, teria colocado algo melhor do que minha camiseta verde-oliva com short jeans. Mas acho que poderia ter sido pior. Observo meu reflexo enquanto passo os dedos pelo pescoço de Cody, por dentro da gola da camiseta dele. Ele murmura de prazer e fecha os olhos.

Parece que meu futuro está só começando.

— Definitivamente, era disso que eu estava precisando — diz Cody, enquanto se vira e sorri para mim. — O treino com pesos ontem acabou com meus ombros.

Retribuo o sorriso dele e flexiono os dedos, que estão começando a doer. Essa massagem durou um tempão.

— Com os meus também — respondo e arqueio os ombros. Abro a tampa da minha garrafa de água e tomo um gole.

— Se você terminou — diz Cody —, agora posso fazer uma massagem em você.

— Claro. Obrigada.

Penso sobre a primeira vez que Cody e eu conversamos, e como apoiei a cabeça no ombro dele no trajeto do ônibus até a escola, depois da competição. Eu sempre o admirei de longe, mas, de repente, aquele cara perfeito estava prestando atenção em mim. Demorou um ano e precisou de algumas informações sobre o futuro dele, mas aqui estamos nós.

— Está pronta? — pergunta Cody. Ele se ergue do chão e se senta a meu lado no sofá. Eu me viro de frente para o aquário e ele começa a massagear meus ombros.

É uma massagem bem diferente da que eu fiz nele. As mãos dele tocam minha pele com suavidade, movendo-se lentamente pelos meus braços. Ele escorrega os dedos pelas laterais do meu corpo e, depois, para nos meus quadris. Fecho os olhos e sinto um calafriozinho no corpo quando ele beija meu pescoço.

— Você é fofa, Emma Nelson — sussurra ele, dando uma série de beijos enfileirados do pescoço à minha orelha. — Isso aqui é bem mais divertido do que quando você gritou no meu carro, no caminho de vinda.

Ele enlaça o braço na minha cintura, e digo a mim mesma para relaxar. Digo a mim mesma para ser divertida, e não a menina que gritou no carro.

Este é o momento em que devo me virar para trás e retribuir o beijo. Em vez disso, dou uma olhada no espelho e percebo que não sei quem está no reflexo.

— Você disse que vem muito aqui? — pergunto.

— Às vezes — diz Cody, beijando o outro ombro.

Imagino aquela menina para quem ele deu o telefone na competição de corrida.

— Com outras meninas?

— Essa é uma pergunta um tanto pessoal.

— Esse é um momento um tanto pessoal — respondo.

— Nós só estamos nos divertindo.

Cody continua esfregando os meus ombros. Enquanto ele faz isso, penso sobre os últimos dias. Ouvi ele me falar a respeito de Duke e de que estava tentando aprender a tocar violão sozinho, e até recitei *Quanto mais idiota melhor* para ele. Mas ele nunca perguntou nada sobre mim. Isso é porque ele não se importa com quem eu sou. Ele se importa comigo porque eu o idolatro.

Eu me levanto.

Cody olha para mim.

— O que foi?

— Quero ir para casa — digo.

— Nós acabamos de chegar — observa ele e se recosta. Os dedos dele estão entrelaçados atrás da cabeça, e os cotovelos estão abertos. — Você devia se acalmar mais um pouco.

Lá vem ele, dizendo para eu me acalmar de novo. Igualzinho no carro.

A teoria de Kellan está errada. Quando Cody fez aquela manobra brusca no trânsito e brigou comigo por eu ter gritado, eu não vi o meu futuro marido. Sentado a meu lado no carro estava um sujeito muito diferente do que eu esperava.

— Vou para casa.

Cody cerra os dentes, e dá para ver que está louco da vida. Acho que não tem muitas meninas que fazem isso com ele.

— Acho que posso levar você.

E entrar no carro com ele de novo?

— Prefiro ir andando — respondo.

— Estamos a cinco quilômetros da sua casa.

Começo a caminhar na direção da porta.

— Sei qual é a distância.

Cody vem atrás de mim e tenta pegar a minha mão.

— Eu disse que levo você.

— Não! — digo e afasto a mão dele.

Abro a porta, e ele pega no meu ombro para me forçar a virar.

— Você percebe que está parecendo uma louca? — pergunta.

Tiro a mão dele do meu ombro.

— E, no entanto, você não faz ideia de que é um canalha.

* * *

Caminho pela estrada, de frente para o fluxo do trânsito. O acostamento se alarga por quase um quilômetro, antes de se estreitar gradativamente. Quando já não dá mais para caminhar na lateral da pista, começo a andar pelo meio do capim alto. A distância, além dos trilhos de trem, vejo o terreno tomado por mato onde um parquinho itinerante costumava funcionar no verão.

Levanto bem os pés para evitar o mato que raspa nos meus tornozelos. Quando chego aos trilhos, eu me abaixo para tirar os carrapichos das meias. Quando Josh e eu éramos mais novos, uma vez viemos de bicicleta até aqui com moedas para colocar nos trilhos para o trem achatar. Como o trem não passou, fomos ao terreno do parquinho para procurar tesouros perdidos.

Caminho por uma área ampla onde a roda-gigante costumava ficar, ao lado de um bicho-da-seda vermelho capenga. Depois, vinha o vendedor de bala puxa-puxa e um jogo em que revólveres de brinquedo atiravam jatos de água na boca de cabeças de palhaços de plástico.

Caminho pelo terreno pensando em como ando mudando coisas específicas na tentativa de melhorar o meu futuro, desde que descobrimos o Facebook. Jordan Jones provavelmente estava me traindo, por isso eu o dispensei. Kevin Storm acabou com a minha carreira, por isso eu me assegurei de que nunca íamos nos mudar para Ohio. Mas toda vez que eu conseguia um futuro novo, continuava infeliz.

Nos últimos cinco dias, tenho tentado entender por que isso acontece comigo e como posso mudar as coisas para que não aconteça de novo. Mas estou começando a me perguntar se isso realmente não tem nada a ver com o futuro. Talvez tenha tudo a ver com o que acontece agora.

Dou a volta em uma tábua comprida, inchada por causa da umidade. Tirando Cody, a maior parte dos caras de quem gosto é legal. Graham pode ter sido meio avançadinho, mas nunca foi maldoso. E Dylan é um dos sujeitos mais simpáticos que conheço. No outro dia, ele estava pegando livros para a namorada nova dele porque...

Ai meu Deus.

Dylan pegou aqueles livros porque ele *ama* a namorada dele. Ele nunca fez esse tipo de coisa por mim porque nunca lhe dei oportunidade. Nunca disse a ele o que estava lendo nem que filmes me faziam chorar. Eu mantinha distância suficiente para nunca me magoar.

Sempre me protegi quando a questão é amor. E talvez seja esse o problema. Por não permitir que me magoe agora, as reverberações são de muito mais mágoa depois. No futuro, talvez eu continue sem permitir que meus maridos vejam quem eu sou de verdade, por isso nunca dou a eles a chance de saber o que me faz feliz. Ou isso ou eu me caso com um canalha convencido igual ao Cody, e aí, com toda a certeza, não vai existir muito amor.

Depois de atravessar o terreno do parquinho, piso na calçada rachada. Folhas de grama crescem entre as rachaduras, lutando por um gostinho de sol. Ainda falta muito para eu chegar em casa, mas uma hora eu chego.

* * *

A primeira coisa em que reparo quando entro na cozinha é um recado no balcão.

> *Emma,*
> *Sua mãe e eu vamos jantar mais tarde com amigos, mas gostaria de levar você para tomar um sorvete amanhã. Sinto muito por ter aborrecido você ao entrar no seu quarto. Vou me esforçar mais para respeitar o seu espaço a partir de agora.*
> *— Martin*
>
> *P.S. O seu pai deixou um recado na secretária eletrônica.*

Dobro o bilhete no meio e vou até o banheiro para lavar o rosto. O lugar parece uma zona de guerra com azulejos arrancados e canos saindo das paredes. No piso, alguém colocou uma fileira de azulejos azuis delicados;

sem dúvida, é o que minha mãe e Martin estão planejando para a reforma.

Preciso dizer a eles que gostei da escolha.

Na cozinha, eu me sirvo de um copo de água gelada e depois aperto o botão do play na secretária eletrônica.

— Oi, Emma — diz a voz do meu pai. — Desculpe por ter demorado a retornar a sua ligação. As coisas andam estressantes por aqui. Na verdade, estamos tendo que levar Rachel ao hospital várias vezes. Os médicos estão fazendo exames e...

Meu pai faz uma pausa para respirar, e sinto meus olhos se enchendo de lágrimas. Eu mandei um cachorro de pelúcia quando Rachel nasceu, mas não me dei permissão de pensar muito na minha irmãzinha. Agora sinto vontade de pegá-la no colo e dizer a ela que a amo e que tudo vai ficar bem.

— Por favor, ligue para mim — continua meu pai. — Cynthia e eu vamos adorar se você vier nos visitar no verão. Nós dois estamos com saudade de você. Eu estou com saudade de você.

* * *

O Facebook continua aqui, na minha lista de Favoritos.

Por favor não troque a senha, digo a mim mesma. *Mesmo que só seja por enquanto, para nunca mais.*

Digito "EmmaNelson4Ever@aol.com" e "Millicent", e então aperto o Enter.

Solto a respiração. A senha continua funcionando.

Emma Nelson

É uma decisão difícil, mas estou pensando em cancelar minha conta do Facebook. Devia passar mais tempo vivendo no aqui e agora. Qualquer um que precise falar comigo sabe o que fazer.

Há 2 horas • Curtir • Comentar

Não confiro o meu Status de Relacionamento nem onde estou morando. Em vez disso, abro a minha lista de amigos e desço até a letra *R*, e lá está ela.

Rachel Nelson

Na fotinho, a minha irmã parece ter uns quinze anos de idade, com olhos castanho-escuros e cabelo castanho encaracolado, igual ao meu. Fico olhando para o rosto de Rachel, então me recosto na cadeira e começo a chorar.

Depois de alguns minutos, enxugo os olhos e subo até a letra *J*. Josh e eu voltamos a ser amigos. Ele está em pé na frente de uma cadeia de montanhas escarpadas com uma mochila azul nas costas. O cabelo dele está mais bagunçado do que o normal. Ele olha diretamente para a câmera com um sorriso enorme. Coloco a seta ao lado da foto de Josh, mas resolvo não clicar. Não quero mais tirar conclusão nenhuma. Se Josh parece feliz, então devo ficar feliz por ele.

Antes de fechar o Facebook, confiro uma última coisa. Clico nas minhas Fotos. Na parte de baixo, como antes, tenho um álbum chamado Lembranças da escola. Carrega devagar, mas, depois de alguns minutos, vejo minha foto no dia que peguei a carteira de motorista. E lá está a foto de Tyson e Josh usando os skates como espadas. Tem a foto da minha bunda com biquíni: "Os bons e velhos tempos." E ali, bem embaixo, a foto de Kellan, Tyson, Josh e eu na piscina de bolinhas da GoodTimez. Chego mais perto da tela. A qualidade não é perfeita, mas dá para ver o emaranhado de linhas onde rasguei a foto, e as sombras leves dos lugares em que eu devo ter usado durex para colar, mais tarde.

* * *

Tiro o fio de trás do computador e ligo no telefone. A linha do meu pai toca duas vezes, e, então, Cynthia atende.

— Oi, é Emma — digo.

— Olá, querida. — A voz dela parece cansada. — Seu pai vai ficar muito feliz por você ter ligado. Ele está dando mamadeira para a bebê agora. Será que ele pode retornar?

— Claro que sim — digo. — Mas ele disse uma coisa no recado que deixou aqui sobre a Rachel. Ela está bem?

Cynthia solta um suspiro pesado.

— Os médicos não sabem por que ela não está ganhando peso suficiente. Está difícil.

Eu gostaria de poder contar a Cynthia o que vi no Facebook, que Rachel vai crescer e se transformar em uma garota bonita. Mas a única coisa que posso dizer é:

— Ela vai ficar bem. Eu sei que vai.

— Obrigada — responde Cynthia, e ouço a voz dela falhar. — Eu precisava ouvir isso.

Cynthia e eu conversamos durante mais alguns minutos, e, então, ela me convida para ir lá no verão, do mesmo jeito que meu pai fez. Digo a ela que estou pensando muito na ideia.

Quando desligo, calço os chinelos e saio da casa para respirar o ar frio. Uma brisa leve sopra e agita um pedacinho de papel preso no para-brisa do meu carro.

Levanto o limpador de para-brisa e desdobro o bilhete. Reconheço a letra de Kellan imediatamente.

Emma,
Lembre-se de que você me deve uma, eu, a sua
amiga fantástica que está prestes a pedalar até
em casa. Bom, vou cobrar. Nós duas precisa-
mos ir a esta fogueira. Passe na minha casa às
20h.
Bjs,
Kellan

Volto a dobrar o papel e entro em casa mais uma vez.

57://Josh

— NÃO É UM ENCONTRO — digo e enfio a colher na sopa de peru.

— Ela convidou você para ir à fogueira? — pergunta meu pai. — Ela se ofereceu para pegar você em casa?

— Continua não sendo um encontro — respondo.

— O que não entendo é por que você nunca convidou essa menina para sair antes — diz minha mãe.

Porque ela é Sydney Mills!, tenho vontade de gritar. *Ela está um ano na minha frente e anos-luz além de mim.*

Em vez disso, respondo:

— É um assunto enrolado.

— Se você vai namorar essa menina — observa minha mãe —, precisamos estabelecer algumas regras básicas.

Fico com os olhos fixos na tigela de sopa.

— Eu nunca disse que isso iria se transformar em um relacionamento.

— Você chegou em casa alguns minutos atrasado ontem à noite — diz meu pai.

— Eu sei que estava ajudando Tyson na pizzaria, mas quer pegar o meu relógio emprestado para hoje à noite?

Ele começa a abrir a pulseira prateada e dourada enorme e a tirar do pulso.

— Tudo bem — respondo. — O celular de Sydney tem relógio.

— Celular? — pergunta meu pai. — Bom, então não quero que você chegue aqui com alguma história sobre um pneu furado, sem ligar para nós antes.

— Era David quem fazia isso — digo. Ele usou essa desculpa duas vezes por chegar em casa atrasado depois de sair com Jessica... ou seja lá quem fosse.

Minha mãe assopra a sopa de leve.

— Este é um fim de semana prolongado — diz ela. — Por isso, seu pai e eu resolvemos dar uma hora extra para você, antes de voltar para casa.

Tenho certeza de que isso é por causa do meu comentário sobre David ter se mudado para Seattle para ficar longe deles.

— Não acho que vá precisar. Na verdade, estou bem cansado.

— Bom, se mudar de ideia — observa minha mãe —, você pode usar o celular de Sydney para nos ligar.

Empurro a cadeira para trás.

— Preciso me arrumar.

* * *

Sydney ligou do celular para dizer que estava alguns minutos atrasada. Um dos noivos de não sei qual irmã tinha que fazer uma entrega para os pais dela e pegou o carro emprestado. Ele tinha acabado de trazer de volta.

Um dia, talvez, eu vá conhecer esses noivos, e fico imaginando se vamos ter algo em comum. David provavelmente diria que eles são sujeitos do tipo maria vai com as outras. Talvez ele tivesse razão quando me chamou disso, mas não tenho certeza se ainda quero ser esse tipo de homem. Talvez eu queira *mesmo* ir para alguma outra faculdade, como, por exemplo, uma que seja especializada em artes visuais. E, apesar de Waikiki e Acapulco provavelmente serem ótimos, as férias dos meus sonhos podem ser escalar montanhas ou percorrer a Europa de trem.

A campainha toca enquanto estou escovando os dentes. Bem como eu pedi para os meus pais não fazerem, ouço quando abrem a porta.

Disparo escada abaixo, enquanto fecho o zíper do moletom preto. Quando chego à porta, Sydney está parada com um vestido azul-anil tomara que caia que fica acima dos joelhos. O cabelo dela está solto e desce todo ondulado. Ela sorri e conversa com os meus pais, enquanto papai examina o celular dela.

— Oi, querido — diz minha mãe. Ela ergue as sobrancelhas para mim. — Quando nos disse que Sydney era bonita, foi um tanto modesto.

Sydney deixa a cabeça cair para o lado.

— Obrigada, sra. Templeton. É muito gentil da sua parte.

Pego o telefone das mãos do meu pai e devolvo para Sydney.

— Está pronta para ir?

— Foi maravilhoso conhecer vocês dois — diz Sydney.

Saio pela porta, e Sydney enlaça o braço dela no meu. Vamos caminhando pelo jardim, mas, então, meu pai limpa a garganta.

— Josh? — chama ele. — A que horas você acha que a fogueira vai terminar?

Eu me viro para trás. Por acaso nós já não conversamos sobre isso?

— Este é um fim de semana prolongado. Vocês não disseram...?

— Você ficou fora ontem à noite até tarde — diz minha mãe. — Vamos manter a hora de sempre de voltar para casa. Assim, você deve ter tempo suficiente para se divertir com seus amigos.

58://Emma

O CAMINHO ATÉ A CASA de Rick demora uma eternidade. Dirijo mais devagar quando chego ao trecho de
terra, em parte para evitar buracos e em parte porque
não estou nada contente de ser arrastada para esta fogueira. Sei que Kellan tem alguma coisa em mente. Ela
me disse que cruzou com Josh quando foi entregar o
meu carro, mas não quis dizer sobre o que conversaram.

Eu devia ter implorado a Kellan para cobrar o favor
dela em outro momento. Ela podia ter ido com Tyson de
caminhonete, ou pegado o carro que divide com a mãe.
Mas ela quis que eu viesse junto. E, por saber que há
uma gravidez no futuro próximo, cheguei à conclusão
de que essa fogueira à beira do lago é um lugar importante para ficar de olho nela.

— Devem ser as endorfinas do trajeto de bicicleta —
diz Kellan, agitando os pés no banco do passageiro. —

Cheguei em casa, tomei um banho e agora estou me sentindo totalmente renovada.

Nós nos aproximamos de um terreno de cascalho cheio de carros estacionados.

— Só uma hora, certo? — pergunto.

— Uma hora — responde Kellan. — Damos um oi, sentamos um pouco perto da fogueira e, se você ainda estiver odiando, podemos voltar para sua casa e assistir a um filme.

Eu quase dou risada e digo a Kellan que aluguei *Quanto mais idiota melhor*. Mas a última coisa que quero é reconhecer que assisti àquilo para conquistar Cody.

Paro atrás de um monte de carros. Alguns garotos estão rondando a cerveja, mas a maior parte das pessoas caminha na direção de uma trilha de terra que atravessa os pinheiros.

Kellan aponta para um espaço vago à direita.

— Estacione ali.

Ao mesmo tempo, percebemos que isso vai nos deixar a duas vagas de distância do conversível de Sydney. Quando os pneus de uma caminhonete rodam no cascalho atrás de nós, Kellan e eu olhamos no espelhinho do lado dela.

— A caminhonete de Tyson! — diz ela. — Vamos parar do lado dele em vez daqui.

Faço a manobra e paro ao lado de Tyson. Tem um aluno do último ano no banco do passageiro e outro na caçamba, ajeitando uma pilha de lenha.

— Kel! — diz Tyson, pulando para fora da cabine. — Oi, Em!

Kellan abre a porta do carro e desce.

— Ei! Nós já temos nomes — diz. — Com duas sílabas.

Os alunos do último ano dão tapas nas costas de Tyson; então, cada um pega uma braçada de lenha e sai na direção dos pinheiros.

Tyson vai até a traseira da caminhonete e junta uma pilha de lenha.

— Querem ajudar? A caminhada até as fogueiras é curta.

Kellan cruza os braços.

— Por acaso eu tenho cara de ser talhada para o trabalho pesado?

Pego alguns pedaços de lenha.

— Obrigado, Emma — diz Tyson e balança a cabeça na direção de Kellan. — Pelo menos, alguém sabe ser útil.

Kellan ergue a tampa da traseira da caminhonete e fecha com um clique.

— Olhe só para mim! Estou sendo útil.

Ela sai saltitando pelo caminho com Tyson atrás. Ajeito a madeira nos braços, respiro fundo e acompanho os dois.

* * *

O céu tem um tom profundo de púrpura com uma faixa fina de âmbar por cima da copa das árvores. A maior parte da luz aqui vem de seis fogueiras que salpicam a margem do rio. Do outro lado do lago Crown, fica a praia pública. Mal consigo distinguir os contornos sombreados da barraquinha de lanches e da tenda.

— Alguém quer uma cerveja? — pergunta um garoto. Ele é aluno do último ano. Scott, talvez? Ele pega uma lata de um pacote de seis e balança o resto a nossa frente.

— Não, obrigada — respondo.

Kellan ergue sua latinha de Sprite. Se Scott desse uma cerveja para ela, eu poderia me sentir tentada a arrancar da mão dela para impedir que bebesse hoje e tomasse alguma decisão ruim.

Tyson olha para as latas de cerveja, mas Kellan coloca a mão na cabeça dele e faz com que balance em sinal de não.

— Nem pense nisso — diz ela. — Você está dirigindo.

— Tem razão — responde Tyson. — O meu pai iria me matar.

— E eu iria esconder o corpo no concreto mole — completa Kellan.

Scott dá de ombros e prossegue seu caminho pela praia.

Nós três nos aproximamos de uma fogueira. Tyson pega um pedaço de lenha em uma pilha próxima e joga no fogo. Solta fumaça por um minuto, antes de as chamas começarem a lamber a madeira.

Passo os dedos pela areia fria. Dúzias de pessoas estão reunidas ao redor de cada fogueira, mas ainda não vi Josh nem Sydney. Durante todo o tempo em que estive aqui, observei casais se afastarem para o meio das árvores. Imaginar Josh ali com Sydney faz meu estômago revirar.

Olho para o outro lado da água, para a margem tranquila da praia pública. Quando Kellan e eu estávamos lá outro dia, avistei a futura casa de Josh e Sydney em algum lugar deste lado do lago. Provavelmente fica a apenas uma caminhada curta pela praia. De certo modo, parece tristemente apropriado o fato de a fogueira ser aqui. Nesta noite, Josh vai começar a desaparecer em um futuro em que o único lugar em que continuamos amigos é na internet.

Reparo em Graham sentado perto da fogueira seguinte, assando dois marshmallows em um pau comprido. Quando Graham tira o galho do fogo, percebe que estou olhando. Ele acena para mim, e eu respondo com um gesto de cabeça.

— Lá está ele! — Tyson aponta para a praia.

Sigo o braço estendido de Tyson. A duas fogueiras de distância, vejo Josh. Ele está sentado com Sydney e os amigos dela em um tronco grosso. Josh olha para o fogo com as mãos enfiadas nos bolsos do moletom.

— Josh! — grita Tyson.

Puxo os joelhos para perto do peito e sussurro:

— Não vamos fazer isso.

— Não quer incomodar? — pergunta Tyson. — Falando sério, se esse garoto está ficando VIP demais para nós, talvez eu precise dar um cacete nele.

Kellan coloca a mão nas minhas costas e traça círculos lentos.

— Josh! — berra Tyson de novo.

Josh levanta a cabeça, mas só para olhar para o outro lado do lago. Sydney está conversando com uma amiga. Acho que é Shana Roy, mas só dá para ver a parte de trás da cabeça dela.

— Ele está meio que longe — diz Kellan. — Talvez não esteja escutando.

Pego na manga de Tyson.

— Deixe Josh em paz, certo?

— Isso vai chamar a atenção dele — diz Tyson. Ele coloca as mãos em concha em cima da boca e grita: — *Ei, cabeção!*

Em uma reação retardada, Josh se vira para nós.

59://Josh

FICO ESPERANDO Shana começar a dar risada de novo. Essa vai ser a minha chance de interromper a conversa dela com Sydney. O garoto de faculdade bêbado sentado ao lado dela se inclina, faz algum comentário e... lá vai ela!

— Sydney? — digo.

Ela se vira para mim com os lábios apertados de leve.

— Vou ali um minuto dar um oi para os meus amigos.

Ela olha para o lugar onde Tyson, Kellan e Emma estão sentados na areia ao redor de uma fogueira de tamanho médio.

— Foi o seu amigo que acabou de gritar "ei, cabeção"?

— Tyson — digo. — Tenho certeza de que ele disse isso com amor.

— Vou com você — diz ela. Ela se levanta e puxa a parte de cima do vestido um pouco mais para cima no peito. Não há como negar que está fantástica hoje à noite.

Quando começamos a caminhar, Sydney chega mais perto de mim.

— Na verdade, não falo muito com Kellan ou Emma desde o quinto ano.

— Vai ficar tudo bem — digo, tanto para Sydney quanto para mim mesmo. Sei que Emma vai se comportar, mas não dá para saber com Kellan. No começo da semana, ela estava chamando Sydney de vagabunda.

Passamos pela fogueira maior, onde vinte ou trinta garotos e garotas da escola estavam reunidos. A maior parte está bebendo cerveja, e alguns fumam. Várias meninas acenam para Sydney quando passamos e logo se viram umas para as outras e começam a cochichar.

Quando nos aproximamos da fogueira seguinte, Emma está com a cabeça apoiada nos joelhos. Fico imaginando o que a fez decidir vir, no final das contas. Ela me cumprimenta com um leve aceno de cabeça e, em seguida, olha para as chamas. Kellan está sentada ao lado dela, esfregando suas costas. Tyson dá uma olhada no peito de Sydney e, então, volta a atenção para mim.

— Olá! — diz ele. — Não tinha me dado conta de que vocês já estavam aqui.

— Quer dizer que o "ei, cabeção" era para outra pessoa? — pergunto.

Tyson sorri e me dá um "toca aqui".

— Obrigada por me emprestarem Josh hoje à noite — diz Sydney. — Sei que vocês são muito próximos. Vocês todos vieram juntos?

Emma e Kellan não falam nada, mas Tyson dá de ombros e responde:

— Eu vim na minha caminhonete. Alguns alunos do último ano precisavam de ajuda para carregar a lenha.

— Então, obrigada por nos manter aquecidos — diz Sydney, ao mesmo tempo que se aperta contra o meu braço. Quando ela faz isso, vejo os olhos de Emma se voltarem com rapidez na nossa direção.

— A caminhonete é do *seu pai* — diz Kellan a Tyson. Ela se levanta e limpa a areia do jeans. — Então, Josh, com quem vocês dois estão?

Parece que ela está me desafiando, apesar de eu não estar fazendo nada de errado.

— Estamos com os amigos de Sydney.

— Shana é minha amiga — diz Sydney. — Mas não conheço aquelas outras pessoas. Elas estudam na Universidade Estadual de Hemlock.

Tyson joga mais um pedaço de lenha na fogueira. Quando Kellan olha de Sydney para mim, um silêncio desconfortável se instala. Eu não devia ter vindo aqui.

Finalmente, Sydney sorri para Kellan.

— A última vez que nós nos falamos foi na sua festa de aniversário do quinto ano, não foi?

Kellan joga a cabeça para trás.

— Você se lembra disso?

Sydney assente.

— Nós estávamos no mesmo time de lançamento de bexiga com água.

Tyson cutuca o fogo com um pau.

Emma continua olhando para o fogo, balançando o queixo devagar entre os joelhos.

— Não ganhamos — comenta Sydney —, mas assumo toda a responsabilidade por isso. Foi um péssimo lançamento.

Kellan sorri.

— Está perdoada.

Tyson vai para o lado e dá tapinhas na areia a seu lado.

— Por que vocês não se sentam?

Emma se levanta.

— Vou pegar uma bebida. Alguém quer alguma coisa?

Sem esperar resposta, sai caminhando pela praia.

60://Emma

KELLAN SE APROXIMA de mim nos isopores.

— Está tudo bem com você?

— Só quero ir embora — respondo. — Já passou uma hora?

Kellan enfia a mão no isopor e tira um pouco de gelo.

— Sinto muito. Foi idiotice minha fazer você vir aqui — diz ela. — Queria que as coisas fossem diferentes.

— Não são — digo. Mas, na verdade, nunca mais vão ser a mesma coisa.

Kellan joga um cubo de gelo no lago.

Dou uma olhada na direção da nossa fogueira. Josh e Sydney não estão mais lá. Tyson dá risada de alguns caras que estão cuspindo cerveja no fogo.

— Foi uma ideia idiota — observa Kellan. — Mas eu tinha esperança de que você e Josh talvez...

— Josh agora está com Sydney — respondo com firmeza. — Você não viu os dois? Se eu tive uma chance com ele, deixei passar. Não, não deixei passar. Joguei fora.

Kellan fica olhando fixo para mim, mas não tem nada que possa dizer.

— Por favor — digo —, só quero ir para casa.

— Quem vai para casa? — Tyson se aproxima e abraça cada uma de nós com um braço. — Ninguém vai para casa tão cedo. Acabamos de chegar.

Kellan olha de Tyson para mim.

— Você devia ficar — falo para ela. — Por mim, tudo bem voltar sozinha.

— De jeito nenhum — diz Kellan e pega na minha mão com os dedos frios. Ela se vira para Tyson. — Nós vamos embora, talvez, vamos para a casa de Emma assistir a um filme.

— Por quê? — pergunta ele. — Não estão se divertindo?

— Só não estou me sentindo... — Vejo quando Kellan e Tyson trocam um olhar. Ela não quer ir embora, mas é uma amiga leal demais para me dizer. — Estou cansada demais para um filme. Quando chegar em casa, vou direto para a cama.

Kellan examina o meu rosto.

— Posso ir embora agora mesmo, se você quiser.

— Você devia ficar — digo. — Vou ficar mal se você for embora.

Tyson sorri para Kellan.

— Posso deixar você em casa.

Quando peguei a lenha na traseira da caminhonete de Tyson, reparei em dois sacos de dormir enrolados. A caminho de casa, e se Tyson e Kellan forem para uma estradinha deserta no meio do nada? E se forem para a traseira e se deitarem nos sacos de dormir abertos para olhar as estrelas?

Tchã-ram! Lindsay é concebida.

— Está tudo bem com você? — pergunta Kellan. — Você fez uma expressão estranha por um segundo.

Aponto para Kellan e depois para Tyson.

— Não se mexam. Estou falando sério. Não vão a *lugar nenhum.*

Eu me viro e disparo pela praia.

* * *

Paro de correr quando me aproximo do grupo de Sydney.

Atrás do tronco em que Josh e Sydney estão sentados, os pinheiros lançam sombras enormes. Caminho pela escuridão e dou um tapinha no ombro de Josh. Ele vira o corpo para trás. Quando percebe que sou eu, sorri.

Sydney também se vira.

— Tudo bem, Emma?

— Oi, Sydney — digo. — Desculpe incomodar, mas eu...

Agora todas as pessoas em volta da fogueira estão olhando para mim.

Josh vai para o lado para abrir espaço no tronco.

— Quer sentar?

— Não posso — respondo. — Eu estava aqui imaginando... será que você se importa... pode me emprestar o seu moletom?

Quando ele abre o zíper, chego mais perto e sussurro:

— E a sua carteira também. Trago de volta em um segundo, juro.

Josh deve ter percebido que todo mundo estava olhando, porque ele coloca o moletom no tronco antes de colocar a carteira dentro dele, e entrega as duas coisas para mim.

— Volto logo — falo.

Desapareço nas sombras. Coloco o moletom de Josh em cima do braço e abro a carteira dele devagar. Enfio o dedo na dobra atrás da carteirinha de estudante dele e... lá está!

Pego a camisinha, com a embalagem amassada e gasta, e enfio no bolso do moletom de Josh. Então me esgueiro por trás dele de novo. Aperto a carteira contra a lateral do corpo dele e ele pega, disfarçadamente.

* * *

— Eu ainda estou aqui — diz Kellan quando volto. — Mas Tyson saiu para cuspir refrigerante na fogueira. É difícil controlar aquele garoto.

Kellan tenta parecer aborrecida com o comportamento de Tyson, mas sei que ela adora.

— Então, por que você queria que eu esperasse? — pergunta.

Olho para o moletom de Josh nas minhas mãos. Eu me sinto idiota por causa do que estou prestes a dizer, mas não sei que alternativa tenho.

— Está ficando frio — digo a ela e ergo o moletom entre nós.

Kellan fica olhando fixo para o moletom, depois para mim.

— Eu só achei... que você vai precisar disso — comento.

Ela ergue uma sobrancelha, como se eu tivesse ficado louca. Como não me mexo, ela pega o moletom e enfia os braços nas mangas. Se Kellan e Tyson vão transar hoje à noite, ela precisa, pelo menos, ter a opção de usar proteção. Claro que é possível ela não encontrar a camisinha a tempo. Ou ela pode achar a camisinha e resolver não usar porque está velha demais. Mas se não posso avisá-la sobre a gravidez, isso é o melhor que posso fazer.

— Este moletom é de Josh? — pergunta. E leva o punho ao nariz. — Você já reparou que Josh tem o cheiro de uma floresta de pinheiros?

Minha garganta se aperta. Dou um abraço nela e digo:

— É um moletom ótimo. Você devia colocar as mãos nos bolsos. Eles são *muito* quentes.

Então me despeço e saio pela trilha entre as árvores.

61://Josh

FICO SENTADO com os pés enfiados na areia, e os tênis ao meu lado. Com os joelhos de frente para a fogueira e um cobertor grosso ao redor dos ombros, consigo ficar aquecido. Não sei bem de quem é este cobertor, mas Shana estava enrolada nele antes. Quando saiu com um dos garotos de faculdade, peguei para mim.

Sydney foi até o estacionamento há alguns minutos. Alguém ligou para o celular dela para dizer que havia bebidas quentes disponíveis. Alguns amigos dela ainda estão sentados no tronco do outro lado da fogueira. São alunos do segundo ano como ela, mas não sei o nome deles.

A fogueira perto da qual Emma, Tyson e Kellan estavam sentados quase apagou. Só sobraram brasas que brilham alaranjadas. Algumas vezes, vi Tyson e Kellan caminhando pela margem, mas já faz um tempo que não os vejo. E não vi mais Emma, desde que ela trouxe a minha carteira de volta.

Eu me viro para olhar para o lago. O céu escuro e as árvores se misturam sem distinção. O lago é quase negro, com ondinhas iluminadas pelo luar que batem na direção da margem.

— Tem lugar para um? — pergunta Sydney. Ela está em pé por cima de mim, segurando um copo de isopor.

Pego o copo quente, quando ela se senta ao meu lado. O vapor que sobe da abertura da tampa de plástico tem cheiro de chocolate quente.

— Eu divido com você — diz ela —, se você dividir o cobertor.

Ergo uma ponta do cobertor e ela aninha o corpo perto do meu, cobrindo nós dois. As vozes ao redor das fogueiras transformam-se em murmúrios.

Sydney estende a mão e entrego o copo para ela. Ela toma um golinho.

— Foi gentil da sua parte dar o moletom para Emma. Sempre soube que você era um cara bacana.

Eu me viro para ela.

— Como assim?

Ela sorri e me oferece o copo.

— Pode acreditar, nem todo garoto iria entregar o moletom só porque uma menina pediu.

Tomo um gole de chocolate quente.

— Emma e eu somos amigos há muito tempo.

Sydney solta o ar dos pulmões devagar, deixa a cabeça pender e olha para as estrelas.

— Se você me dissesse que estava com frio, eu também teria dado o moletom para você — digo.

Ela aperta os joelhos contra o peito.

— E, para ser sincero — completo —, acho que você é uma menina legal.

— Infelizmente — diz ela —, ser legal não significa que você consegue tudo o que quer.

Parece que ela está falando de nós. Apesar de eu não querer ter um relacionamento com Sydney, ouvi-la dizer essas palavras me deixa triste.

Aperto o cobertor com mais força ao nosso redor. Se Sydney quisesse apoiar a cabeça no meu ombro, eu deixaria. Mas ela não apoia. Então, só ficamos lá sentados, compartilhando a bebida quente até acabar.

62://Emma

NÃO ACENDO A LUZ do quarto nem a da escrivaninha, quando me sento na frente do computador e conecto na AOL.

— *Bem-vindo!*

Clico no Facebook na minha lista de Favoritos. A caixa branca se abre e digito o meu e-mail e a senha. No momento em que aperto o Enter, o monitor estala e pisca. Quando a luz diminui, a tela da AOL volta a aparecer.

— *Bem-vindo!*

Quando olho de novo na lista dos Favoritos, já não mostra mais o Facebook. Viro de costas para o computador e fico olhando para o quarto escuro.

Daqui a quinze anos, faço exatamente o que disse que ia fazer.

Acabou.

* * *

Fico aliviada por minha mãe e Martin ainda não terem voltado. Vou para o banheiro, escovo os dentes e prendo o meu cabelo com um fru-fru. É estranho me ver sem o meu colar de *E*.

Quando volto para o quarto, tiro o colar quebrado da mochila e coloco ao lado do vaso azul na cômoda. Algum dia, vou mandar consertar.

Visto uma camiseta de manga comprida e vou para a cama.

Talvez o meu futuro eu realmente precisasse se concentrar mais na vida a seu redor. Talvez isso ajude a melhorar as coisas. Ou talvez o meu futuro eu sinta uma conexão com o meu eu atual e saiba que preciso me concentrar no *meu* aqui e agora.

Estendo a mão para o som e coloco *Kind of Blue* para tocar. Meu pai costumava colocar Miles Davis para tocar para mim quando eu não conseguia dormir.

Na rua, ouço um carro chegar. Por um momento, fico achando que é a minha mãe e Martin voltando da noitada, mas ele para na frente da casa de Josh e os faróis refletem na minha janela.

Não preciso olhar para fora para saber que é o carro de Sydney. Ela deve estar se inclinando neste momento para dar um beijo na bochecha de Josh. Se ela se inclinar de novo, ele vai se virar e apertar os lábios contra os dela.

Sem que me desse conta, de repente, as lágrimas começaram a escorrer pelo meu rosto.

Estou chorando porque Josh vai se casar com Sydney e os dois vão ter uma vida linda juntos. E talvez eu também tenha uma vida boa, mas nunca mais vou encontrar outra pessoa como Josh. Josh é adorável e bondoso, e ele me conhece melhor do que ninguém. Ele sabe quem eu sou de verdade, e ele gosta de mim por quem sou. Josh é... Josh. E agora eu o perdi.

Aperto o rosto molhado contra o travesseiro. Então, ficar com o coração partido é assim.

63://Josh

— NÃO DESLIGUE O motor até chegar em casa — digo.
— Talvez não volte a ligar.

Graham afasta a mão da ignição.

— Boa ideia.

Quando saí da fogueira, pedi carona para várias pessoas, mas todo mundo estava indo para outro lado. Então, vi que Graham ia fazer uma chupeta para o carro dele pegar. Ajudei a ligar os cabos, e ele me ofereceu uma carona.

Quando abro a porta do passageiro para descer, Graham diz:

— Dê um oi a Emma por mim.

Apoio meus braços na janela abaixada.

— Posso perguntar uma coisa? Quando vocês dois estavam juntos, você em algum momento gostou de verdade dela?

Os faróis dele diminuem um pouco, então ele pisa no acelerador e eles voltam a ficar mais fortes.

— Você é muito amigo dela, certo?

— Sou, sim — respondo.

— Eu gostava dela, sim — diz ele. — Mas nenhum de nós dois queria algo sério. Era só diversão, sabe como é?

Desvio o olhar por um segundo. Ainda sou capaz de ver quando ele pegou nos peitos dela no campo de beisebol.

— Emma é demais — diz Graham. — Se eu quisesse algo em longo prazo, ela iria ser difícil de superar.

Os faróis ficam fracos de novo e me afasto do carro. Graham dá ré, sai para a rua e acena pela janela.

Quando abro a porta, meus pais estão lendo revistas, fingindo que não estavam me esperando acordados.

— Não parecia ser o carro de Sydney — diz meu pai.

— E não era — respondo, subindo para o quarto.

* * *

Ligo o rádio em volume bem baixo e, então, me sento no chão com as costas apoiadas na cama. Ao meu lado, estão os oito esboços a carvão de antes.

No andar de baixo, ouço alguém bater na porta. Ouço quando meu pai atende, seguido pela voz de... *Tyson*? Segundos depois, dois pares de pés sobem as escadas apressados.

— Levante! — diz Tyson e escancara a porta do meu quarto.

Kellan está ao lado dele, vestida com meu moletom preto.

— Você ouviu o que ele disse!

Coloco a mão no colchão e dou impulso para levantar.

— O que vocês estão fazendo aqui?

— Estamos aqui para garantir que você e... — Kellan para de falar quando vê os esboços. — Você desenhou isso?

— Concentre-se! — diz Tyson a Kellan. — Além do mais, eu nem consigo distinguir o que eles são. Volte a desenhar o Piu-Piu, Picasso. Certo, o negócio é o seguinte. Nós vamos sequestrar você.

— Você e Emma — diz Kellan.

— Obviamente, nenhum dos dois estava se divertindo hoje à noite — diz Tyson.

— E não foi só hoje à noite — diz Kellan, olhando para Tyson. — Eles estão assim a semana toda!

— Pessoal! — digo. — O que está acontecendo?

Tyson dá um passo à frente.

— Nós estamos dizendo que a noite ainda não terminou.

— E, desta vez, vamos ser nós quatro. — Kellan coloca as mãos na cintura. — Só nós quatro. Nós conversamos com seus pais, e eles estenderam seu horário para uma da manhã.

Não dá para acreditar.

— Sério?

Tyson assente na direção de Kellan.

— A garota tem charme.

— Agora, precisamos pegar Emma — diz Kellan.

Quando Graham me trouxe para casa, reparei no carro de Emma na garagem. Olhei para a janela do quarto dela, mas a luz estava apagada.

— Ela foi dormir cedo — digo.

Kellan ergue as mãos, fingindo decepção.

— Não estou nem aí! Ela não tem escolha.

— Como é que vocês vão falar com ela? Não podem telefonar a esta hora da noite.

Tyson tira uma lanterna do bolso de trás.

— Nós quatro temos muita história — diz ele. — Eu sei como você e Emma costumavam se comunicar.

Kellan pega o meu bloco de desenho, então pega um pincel atômico da minha escrivaninha e começa a escrever um bilhete.

Tyson vai até o banheiro, abre a janela e grita:

— Emma! Caramba, acorde e olhe para fora!

Kellan dá risada quando arranca o bilhete do bloco.

— Ah, não tem como a mãe dela ter ouvido isso.

Balanço a cabeça e sigo meus amigos até o banheiro.

64://Emma

ALGUÉM BERROU DO lado de fora da minha janela e me fez acordar.

A última coisa de que me lembro é minha mãe colocando a cabeça para dentro do meu quarto por volta das onze. Eu não disse nada quando ela deu um beijo na minha bochecha e fechou a porta.

Estico a mão para a mesinha de cabeceira e aperto a parte de cima do meu despertador para acender os números vermelhos. São só 23h20.

Desta vez, a voz não é tão alta.

— Segure firme.

Será que é Tyson?

Tiro as cobertas e caminho até a janela. Quando olho para fora, cubro a boca para não dar risada. Tyson está com a testa colada na tela da janela do banheiro de Josh. Está segurando uma folha de papel contra o vidro. Tem mais alguém no banheiro, iluminando um recado com uma lanterna. Felizmente, o binóculo cor-de-rosa ainda está na gaveta de cima da minha escrivaninha.

Arraste o traseiro
para a rua em
3 minutos
pq nós vamos
sequestrar você!!!

Quando baixo o binóculo, Tyson acena e tira o bilhete da janela.

— E é sério! — grita.

Kellan aparece à janela com a lanterna acesa embaixo do queixo.

— Nós dois estamos falando sério!

Quando Kellan e Tyson saem, Josh vai até a janela. Ele não diz nada, mas sorri e dá de ombros. Kellan o tira do caminho, encosta o pulso na janela e aponta para o relógio.

Faço sinal de positivo, me enfio em uma roupa e desço a escada na ponta dos pés.

* * *

A caminhonete de Tyson está estacionada na frente de casa, e ele está sentado atrás da direção. Kellan se espreme ao lado dele, e Josh está do lado de fora, segurando a porta aberta para mim.

Ele dá um sorriso tímido quando entro.

— Vai ficar bem apertado — diz Tyson.

Josh entra depois de mim, mas a porta não fecha toda.

— Vocês precisam se apertar — diz Kellan.

Eu me espremo contra Kellan o máximo possível. Josh desliza até nossos corpos se tocarem do ombro ao joelho.

Quando ele bate a porta para fechar, Tyson engata a marcha, e a caminhonete dá um solavanco para a frente. Josh estica o cinto de segurança antes de entregar para mim. Coloco em cima de nós dois e prendo a fivela.

— Para onde estamos indo? — pergunta Josh.

Ele não teve nada a ver com isso? Dou uma olhada em Kellan, mas ela continua olhando para a rua com um sorriso.

— Só tem uma coisa de que a gente precisa agora — diz Tyson.

Ele e Kellan dão socos no ar e gritam:

— GoodTimez!

* * *

Nunca estive na GoodTimez Pizza depois de fechar, e o lugar fica em um silêncio fantasmagórico. Tyson digitou o código de segurança à porta e acendeu algumas luzes. Felizmente, não ligou a música disco.

Em poucos minutos, Tyson e Kellan já estão em uma competição acalorada em uma partida de Pac-Man. Kellan agarra o joystick e grita: "Engulam esta, fantasminhas!", toda vez que come uma bolinha de força. Ela está usando o moletom de Josh, mas não vou perguntar se achou alguma coisa no bolso. Vou considerar como bom sinal o fato de ela ainda estar vestida com ele.

Eu me afasto do fliperama e sento em um dos reservados para comer. Depois de um tempinho, Josh desliza para o assento à minha frente.

— Nós temos amigos estranhos.

— É verdade — digo. — Mas o menino é mais estranho.

— Vou ter de fazer essa concessão — concorda ele. — E, no entanto, tenho a sensação de que o sequestro foi ideia de Kellan.

— Você também teve que fugir sem seus pais verem? Josh balança a cabeça.

— Eles convenceram meus pais a me deixar ficar na rua até à uma.

— Não acredito!

Passamos um minuto sem dizer nada, mas não ficamos sem jeito. É bom estar com Josh mais uma vez. Mesmo que ele esteja com Sydney, ainda podemos ser amigos.

Josh dá uma olhada na direção do videogame. Está na vez de Tyson no joystick, e Kellan pula de um lado para o outro e grita:

— Peguem ele, fantasminhas, peguem!

— Tem uma coisa que preciso contar para você — fala Josh, enquanto passa o dedo em um amassado no tampo da mesa.

— O que é?

Ele respira fundo e solta o ar devagar.

— Se você quiser, posso falar primeiro — digo. — Porque preciso contar uma coisa para você também.

Ele sorri.

— Eu iria adorar se você falasse primeiro.

— Sumiu — digo. Dou uma olhada em Kellan e Tyson, ainda absorvidos no jogo de Pac-Man. — Nós não podemos mais entrar no Facebook.

Josh se inclina por cima da mesa.

— É mesmo? Como foi que isso aconteceu?

— Hoje à noite, daqui a quinze anos, cancelo a minha conta — digo. — Originalmente, eu só ia mudar a senha, mas a coisa toda desapareceu como se nunca tivesse existido.

Josh se recosta, obviamente atônito com a notícia.

— Agora é sua vez — digo.

Ele coloca as duas mãos na mesa. O rosto dele está corado das bochechas às orelhas.

— Diga logo, Josh.

— Eu não sei o que vai acontecer no futuro — diz ele. — E, agora, acho que nenhum de nós dois vai saber. Mas resolvi que não vou ficar com Sydney.

Não sei como reagir.

— Nunca pareceu certo — prossegue ele, e então olha para mim. — Ela nunca foi a mulher certa para mim.

Uma bola de plástico azul bate na lateral da cabeça de Josh. Nós dois olhamos para a piscina de bolinhas. Kellan já está lá, e Tyson está entrando pela abertura na rede.

Depois de mergulhar, Tyson grita:

— Venham! Menos conversa, mais lançamento de bolinhas!

Kellan joga um monte das bolas das cores do arco-íris para cima.

Josh olha para mim, e nós dois sorrimos. Nós nos aproximamos e olhamos através da rede. Kellan e Tyson estão esticados, ocupando a área entre os escorregadores. Eu entro primeiro e afundo até os joelhos, e Josh cai depois de mim. As bolinhas sobem e mudam de lugar ao nosso redor, cobrindo a gente até o peito.

Kellan joga uma bola amarela para mim e eu pego.

— Quando foi que nós tiramos aquela foto nossa aqui? — pergunta ela.

Penso na minha cópia daquela foto, no momento rasgada em pedacinhos no meu diário. Um dia vou colar os pedaços com durex.

— No ano passado — diz Tyson. — Ainda tenho a minha no armário da escola.

— Eu também — Josh diz. Ele joga outra bola cor de laranja no peito de Tyson.

Kellan joga outra bola amarela para cima de mim. Eu pego e jogo para Tyson; em seguida, volto a colocar o braço no meio das bolinhas. Quando faço isso, meu dedinho toca na lateral da mão de Josh. Estou prestes a afastar, mas, em vez disso, deixo minha mão onde está.

Um momento depois, Josh coloca o dedinho dele por cima do meu.

65://Josh

PASSEI A SEMANA toda vendo pedacinhos do meu futuro e fiquei pensando em como minhas ações no momento vão me afetar daqui a quinze anos. Mas quando o dedo de Emma tocou o meu, só pensei no agora.

Se eu afastasse a mão, sei que Emma iria considerar um acidente. Mas eu não queria que isso acontecesse. Então, deslizei o meu dedo para cima do dela. Como ela não afastou a mão, eu dei mais um passo. Agora, cobri a mão dela toda.

— Querem ver uma coisa? — Kellan pega a mão de Tyson e traça a palma da mão dele com o indicador até o pulso. — Esta aqui é a linha da carreira.

— A linha da minha carreira? — pergunta Tyson. — Cadê a minha linha do *amor*? Mostre alguma coisa sexy para mim, mulher!

Kellan solta a mão dele.

— Não há esperança para você.

Emma dá risada. Quando faz isso, vira a mão para cima e entrelaça os dedos nos meus. De todas as terminações nervosas que eu achava haver na minha mão, agora percebo que o número é cem vezes maior.

— Vocês dois estão muito quietos — diz Kellan. Ele olha com cuidado de mim para Emma. — Estão tramando uma vingança por terem sido sequestrados?

Não mesmo.

— Esperem! — diz Tyson. Ele ergue os dois braços da piscina de bolinhas. — *Shhh...* Escutem. Se algum de vocês souber ler estômagos, digam o que isto quer dizer.

Nós todos esperamos com paciência até o estômago dele roncar.

— Deixem para lá — diz. — Essa foi fácil. Estou *morrendo de fome*!

Kellan pega a rede ao redor da piscina de bolinhas e se ergue.

— Tem uma cozinha inteira lá no fundo que a gente pode assaltar.

Emma escorrega o corpo mais para baixo, até as bolinhas encostarem no queixo dela.

Kellan caminha cambaleante pela piscina e sai pela tela.

Tyson vai atrás dela.

— Vocês querem vir? — pergunta ele.

Emma aperta a minha mão.

— Não estou com fome — digo.

— Estou bem — fala Emma.

— Não vamos demorar — diz Kellan. — Provavelmente, só vamos esquentar uns pãezinhos de alho.

— Não precisam se apressar — diz Emma.

Quando ouço a porta da cozinha fechar, finalmente, olho fixo para Emma. Ela sorri para mim. Empurro para o lado algumas bolinhas de plástico para poder ver o rosto dela todo.

— Muito melhor — observo.

Emma deixa a cabeça cair para trás, e o sorriso dela some.

— Josh, preciso falar uma outra coisa para você. E este é provavelmente o pior momento para isso.

Resmungo.

— Não parece muito promissor.

Ela se ajeita de lado e ergue os olhos para mim, sem largar minha mão.

— A escola acaba daqui a algumas semanas, e tenho a sensação de que este pode ser o verão mais incrível de todos — diz ela. — Mas meu pai me convidou para ir passar o verão na Flórida. Eu quero muito ver Cynthia e ele, e, principalmente, quero conhecer Rachel.

Apesar de eu estar de mãos dadas com Emma pela primeira vez, já sinto saudade dela. Seria fantástico nós passarmos este verão juntos. Uma parte grande de mim deseja que ela não vá embora. E, no entanto, estou feliz por ela.

— Sei o quanto isso é importante para você — digo.

— Eu sei que você sabe.

— Claro que eu seria idiota se não tentasse convencer você a não ficar fora o verão *inteiro*.

— Não vou viajar o verão inteiro — diz ela. — Provavelmente só seis semanas.

— Ou quem sabe quatro?

Emma sorri.

— Cinco.

— Quatro e meia, e eu faço uma festa de boas-vindas quando você voltar.

Ela dá risada.

— Ninguém dá festa para alguém que só ficou fora quatro semanas e meia.

— Então, que tal um encontro bacana de verdade? — Estendo o braço e encontro a outra mão dela em cima da barriga. Perco um pouco o equilíbrio e escorrego mais para baixo na piscina de bolinhas.

— De certa maneira, estou feliz que o Facebook não exista mais — diz Emma. — Detestei ficar obcecada pelo que eu não queria no meu futuro.

— É melhor se concentrar naquilo que você, *de fato*, quer — digo.

Os lábios dela se abrem um pouco.

— Estou começando a entender o que é.

— Mas eu adoraria saber o que isso vai mudar — comento, chegando mais perto.

Sinto a respiração dela nos meus lábios quando nós dois sussurramos:

— Espero que mude tudo.

Com imensa gratidão, os autores gostariam de enviar solicitações de amizade a:

JoanMarie Asher
Jocelyn Davies
Ryan Hipp
Magda Lendzion
Penguin Young Readers
Jodi Reamer
Laura Rennert
Jonas Rideout
Society of Children's Book Writers and Illustrators
Ben Schrank
Mark Zuckerberg

Este livro foi composto na tipografia
Book Antiqua, em corpo 11/15,8, e impresso em
papel off-white no Sistema Digital Instant Duplex
da Divisão Gráfica da Distribuidora Record.